山东省社会科学规划研究项目（12CWXJ17）研究成果

徐陵研究

刘宝春 著

山东人民出版社·济南
国家一级出版社 全国百佳图书出版单位

图书在版编目（CIP）数据

徐陵研究 / 刘宝春著. -- 济南：山东人民出版社，2021.11

ISBN 978-7-209-13557-3

Ⅰ. ①徐… Ⅱ. ①刘… Ⅲ. ①徐陵（507–583）–人物研究 Ⅳ. ①K825.6

中国版本图书馆CIP数据核字(2021)第237535号

徐陵研究

XULING YANJIU

刘宝春 著

主管单位 山东出版传媒股份有限公司
出版发行 山东人民出版社
出 版 人 胡长青
社　　址 济南市市中区舜耕路517号
邮　　编 250003
电　　话 总编室（0531）82098914
　　　　 市场部（0531）82098027
网　　址 http://www.sd-book.com.cn
印　　装 山东华立印务有限公司
经　　销 新华书店

规　　格 16开（170mm×240mm）
印　　张 16.75
字　　数 218千字
版　　次 2021年11月第1版
印　　次 2021年11月第1次
ISBN 978-7-209-13557-3
定　　价 42.00元

前 言

徐陵（507—583），字孝穆，东海郯（今山东省郯城县）人。徐陵是南北朝时期著名的政治家、文学家，被比作“凤”“麒麟”“颜回”①。在政治上，徐陵积极入世，勇于作为。为使者，则坚守忠节，出使不辱使命；为御史中丞，则弹劾权臣，肃严朝廷；为吏部尚书，则提举纲维，整顿吏治；为尚书仆射，则荐推良将、接引后进等。徐陵历仕梁、陈两朝数代，“位隆朝宰，献替谋猷，盖亮直存矣”②，官至尚书左仆射，为朝廷股肱，国之重臣，后世尊称为徐仆射。在文学上，徐陵牢笼六朝，启扬唐代，为“六朝之渤澥，唐代之津梁”③。其文在梁则“当时后进，竞相模范。每有一文，京都莫不传诵”④，与庾信齐名，号称“徐庾体”；在陈则“自有陈创业，文檄军书及禅授诏策，皆陵所制”⑤，“国家有大手笔，皆陵草之”⑥，“每一文出手，好事者已传写成诵，遂被之华夷，家藏其本”⑦，为“一代文宗”⑧“文曰词宗”⑨，独步江南，与庾信南北朝双峰峙立。

---

① 姚思廉：《陈书·徐陵传》卷二十六，中华书局1972年版，第325页。

② 姚思廉：《陈书·徐陵传》卷二十六，中华书局1972年版，第325页。

③ 许梿评选，黎经诰笺注：《六朝文絜笺注》，上海古籍出版社1982年版，第142页。

④ 令狐德棻：《周书·庾信传》卷四十一，中华书局1971年版，第733页。

⑤ 姚思廉：《陈书·徐陵传》卷二十六，中华书局1972年版，第335页。

⑥ 姚思廉：《陈书·徐陵传》卷二十六，中华书局1972年版，第335页。

⑦ 姚思廉：《陈书·徐陵传》卷二十六，中华书局1972年版，第335页。

⑧ 姚思廉：《陈书·徐陵传》卷二十六，中华书局1972年版，第335页。

⑨ 姚思廉：《陈书·徐陵传》卷二十六，中华书局1972年版，第334页。

徐陵“集国家重臣与文苑领袖于一身”①，“在南朝可谓重如泰山，灿若日月”②，然而“弹指千年，事过境迁，徐陵在今人的记忆中，早已光环褪尽，非复昔日情景”③。徐陵何以生前辉煌，身后落寞？究其原因，却是时代的无奈。徐陵生于梁代，其文学自然沾染齐梁气息。齐梁时期，宫体诗大盛，而徐陵是宫体诗干将，写了大量宫体诗，“父子在东宫，出入禁闼，恩礼莫与比隆”④，并因“徐庾体”响誉南北。然而时光流转，时代的号角吹响了唐代大帝国的最强音，随着六朝“宫殿”的轰然倒塌，宫体诗因其“靡丽”“轻艳”也同时遭到无情批判，甚至背上了“亡国之音”⑤的罪名。宫体诗被批判，“徐庾体”之主要成员徐陵、庾信自然脱不了干系。不过庾信是幸运的，在唐代，他遇到了杜甫。杜甫困顿的人生使他对庾信的遭遇感同身受，他视庾信为知己，对其创作推崇备至。“庾信平生最萧瑟，暮年诗赋动江关”（杜甫《咏怀古迹五首·其一》）、“庾信文章老更成，凌云健笔意纵横”（杜甫《戏为六绝句·其一》），杜甫的褒奖几乎洗掉了庾信身上的“脂粉”气，曾经比肩而立的徐陵、庾信，从此便只有庾信“独美于前”⑥了。元稹说杜甫的诗“杂徐、庾之流丽”（元稹《唐故工部员外郎杜君墓系铭序》），可见杜甫对徐陵也是欣赏的，遗憾的是，杜甫没有说出来。杜甫说庾信后期之作“动江关”“老更成”，实际上徐陵又何尝不是如此？徐陵出使北朝，被扣七载，走投无路，家国难归，感慨兴亡，声泪并发，何曾有逊于子山？诚如钱钟书所言，徐陵“诸书，意致纵横，辞气愤激，曲折尽意，喷薄宣情，亦本家国交集之感，作声泪俱下之文，如子山之有《哀江南赋》《拟连珠》也”⑦。然而当钱氏发出如

---

① 许逸民：《徐陵集校笺·前言》，中华书局2008年版，第3页。

② 许逸民：《徐陵集校笺·前言》，中华书局2008年版，第3页。

③ 许逸民：《徐陵集校笺·前言》，中华书局2008年版，第3页。

④ 令狐德棻：《周书·庾信传》卷四十一，中华书局1971年版，第733页。

⑤ “梁自大同之后，雅道沦缺，渐乖典则，争驰新巧。简文、湘东，启其淫放，徐陵、庾信，分路扬镳。其意浅而繁，其文匿而彩，词尚轻险，情多哀思。格以延陵之听，盖亦亡国之音乎！”（魏征：《隋书·文学》卷七十六，中华书局1973年版，第1730页。）

⑥ 许逸民：《徐陵集校笺·前言》，中华书局2008年版，第4页。

⑦ 钱钟书：《谈艺录》（补订本），中华书局1984年版，第301页。

此赞美惊叹时，新千年的钟声即将敲响了。

新的时代是一个文化多元的时代，人们对“一代有一代之文学”有了更深刻的理解。不仅“存在即合理”，而且宫体诗本身就是时代的结晶，是文学自觉前提下，齐梁文人对新文学的积极尝试，是文学发展史上重要的一环。袁行霈先生说：“就文学演进而言，倘无南朝之声色，以修饰汉魏之风骨，何来唐代近体诗之大观耶?”① 徐陵是南朝最后一位优秀的作家，是南北朝文学的集大成者，是唐代格律诗的先驱，其润泽后世久深矣。今天我们已经认识到了徐陵独特的文学价值，对徐陵的研究也逐渐重视起来。2008 年，许逸民先生的巨著《徐陵集校笺》问世，许先生的校笺“语必溯源，事必数典，凡疑难处必有一校，困惑处必有一笺”②，为研究者提供了极大方便。之后硕士论文、博士论文日见增多，名篇宏论亦时有呈现，徐陵研究出现了崭新气象。但遗憾的是，至今依然还没有一部全面研究徐陵人生、创作的著作问世，这对徐陵的研究不能不说是一个缺憾。2013 年，笔者在博士论文基础上，完成了《南朝东海徐氏家族文化研究》一书，并由中华书局出版，在此作中，笔者曾将徐陵列专章论之。但因为时间紧张，角度不同，对徐陵的研究尚不深不透不系统。在家族研究中，笔者深感徐陵在中国文学史上的重要意义，更对徐陵其人其文产生了极大兴趣，基于此，笔者不揣浅陋，决定完成《徐陵研究》的写作。

徐陵是中国文学史上的重要作家，原有文集三十卷，今存《徐孝穆集》六卷，《玉台新咏》十卷。徐陵的创作内容丰富，全面反映了当时的社会风貌以及其生活、情感、政治经历；在艺术上，“其文颇变旧体，缉裁巧密，多有新意”，善于使用隶事、音律、对仗、辞采等多种手法表情达意、说理驳难，具有很高的艺术价值。本文将在前期研究及众贤研究的基础上，对徐陵的生平、家世、思想倾向、作品内容、创作特点、文学思想等问题进行研究，以企比较全面地揭示徐陵的精神风貌、文学价值，以及独特的文学史地位。

---

① 许逸民：《徐陵集校笺·袁行霈序》，中华书局 2008 年版，第 1 页。

② 许逸民：《徐陵集校笺·袁行霈序》，中华书局 2008 年版，第 1 页。

目　录

第一章　徐陵的家世

徐陵（507—583），字孝穆，东海郯人，属东海徐氏。东海徐氏是南朝时期著名的大家族，在南朝近一百七十年的历史进程中，东海徐氏有五任宰相，四封为公，位高权重，声名显赫，出现了徐羡之、徐孝嗣、徐勉、徐摛、徐悱、徐怦、徐君蒨、徐孝克、徐伯阳等一批重要的政治家、文学家、诗人，他们或驰骋政坛，或著书诵咏，沉淀了优秀的家族文化；徐氏家族注重姻亲，强调门当户对，选择德、文俱备的家族作为姻亲，在与姻亲交流的过程中，促进了家族文化的积累与深化。

第一节　徐陵的远祖与族亲

东海徐氏家族是一个古老的家族，出自古徐国，汉代形成郡望，其郡望在东海郯郡，号称东海徐氏。晋八王之乱时，东海徐宁南迁江南，并乘势崛起，于是徐宁成为南朝东海徐氏家族第一代先祖，其后瓜瓞绵绵，繁盛于南朝。

徐宁，生卒不详。东海徐氏家族南迁始祖。《元和姓纂》记载：“自明居五代孙宁过江东。”① 因此，东海徐氏南下始祖为徐宁。徐宁事迹主要附在《晋书·桓彝传》中：“于时王敦擅权，嫌忌士望，（桓）彝以疾去职。尝过舆县，县宰徐宁字安期，通朗博涉，彝遇之，欣然停留累日，结交而别。先是，庾亮每属彝觅一佳吏部，及至都，谓亮曰：‘为卿得一吏部矣。’亮问所在，彝曰：‘人所应有而不必有，人所应无而不必无。徐宁真海岱清士。’因为叙之，即迁吏部郎，竟历显职。”②《晋书·桓彝传》还附上了徐宁小传：“徐宁者，东海郯人也。少知名，为舆县令。时廷尉桓彝称有人伦鉴识，彝尝去职，至广陵寻亲旧，还遇风，停浦中，累日忧悒，因上岸，见一室宇，有似廨署，访之，云是舆县。彝乃造之。宁清惠博涉，相遇欣然，因留数夕。彝大赏之，结交而别。至都，谓庾亮曰：‘吾为卿得一佳吏部郎。’语在彝传。即迁吏部郎、左将军、江州刺史，卒官。”③ 王敦擅权在司马睿建东晋前后，桓彝此时在舆县（今扬州）与徐宁邂逅，可知东海徐氏南迁较早。从以上记录看，桓彝因为徐宁“通朗博涉”“人所应有而不必有，人所应无而不必无”，是一位“海岱清士”，因而向庾亮推荐了徐宁。而徐宁也从此“竟历显职”，“迁吏部郎、左将军、江州刺史”，看来影响不小。不过《真诰》也记载了有关徐宁的另一方面的事迹，如“陶侃为西河侯，亦领兵数千，近求藤含自代，犹未许。侃以徐宁为长史，宁坐收北阙叛将不擒免官，当以蔡谟代宁”④，如此看来，徐宁官做得并不成功。但无论“竟历显职”也好，被“免官”也罢，徐宁的南迁及其被推荐对于徐氏家族意义重大。第一，徐宁“跃入龙门”，提高了家族威望，扩大了家族的社会影响。第二，徐宁过江后，结交了许多权力士族，为家族未来的发展奠定了重要基础。

---

① 林宝撰，岑仲勉校记：《元和姓纂》，中华书局 1994 年版，第 197 页。

② 房玄龄：《晋书·桓彝传》卷七十四，中华书局 1974 年版，第 1939—1940 页。

③ 房玄龄：《晋书·徐宁传》卷七十四，中华书局 1974 年版，第 1955—1956 页。

④〔日〕吉川忠夫，麦谷邦夫编，朱越利译：《真诰校注》，中国社会科学出版社 2006 年版，第 493 页。

徐羡之（364—426），字宗文，生于晋哀帝兴宁二年（364），徐宁之孙。东海徐氏家族南迁后，真正使家族崛起的是徐羡之。徐羡之“少为王雅太子少傅主簿”，又为“刘牢之镇北功曹”，之后，投奔到刘裕麾下，得刘裕赏识，步步高升，直至显赫。曾为镇军参军、尚书库部郎、领军司马、琅邪王大司马参军、司徒左西属、徐州别驾从事史、太尉咨议参军，再除鹰扬将军、琅邪内史等职；刘裕登基后，进号镇军将军，加散骑常侍。被首封为南昌县公。迁尚书令、扬州刺史，加散骑常侍。进位司空、录尚书事、常侍、刺史如故。成为刘宋刘裕时一人之下万人之上的显赫重臣。永初三年，刘裕病重，召徐羡之等至榻前，任命其为少皇帝刘义符的首位顾命大臣。刘义符时，徐羡之作为顾命大臣，势力熏天。刘义符不喜朝政，花天酒地，徐羡之发动政变，废暗立明，迎扶刘裕第三子刘义隆为帝，被任为司徒、司空、录尚书事、南平郡公，食邑四千户，达到极盛，但最终因为“威高震主”，为刘义隆捕杀。

《宋书·徐羡之传》载，“羡之起自布衣，又无术学”①，既如此，何以成功？大概有以下几方面原因：

第一，投靠高门和贤能。徐羡之首先投靠的是高门王雅，“羡之少为王雅太子少傅主簿”，但是王雅身边人才济济，徐羡之的才华没有得到王雅的重视。徐羡之于是投奔镇北功曹刘牢之。但徐羡之很快发现，刘牢之虽然威震四方、权势熏天，但反复无常，胸无大志，非成大事之人，于是果断投身刘裕。

第二，有“宰臣之望”。《宋书·徐羡之传》载：“羡之起布衣，又无术学，直以志力局度，一旦居廊庙，朝野推服，咸谓有宰臣之望。沈密寡言，不以忧喜见色。颇工弈棋，观戏常若未解，当世倍以此推之。傅亮、

① 沈约：《宋书·徐羡之传》卷四十三，中华书局1974年版，第1331页。

蔡廓常言：‘徐公晓万事，安异同。’”① 可见，徐羡之有“志力局度”“有宰臣之望”，能“晓万事，安异同”，这是徐羡之成功的根本原因。

第三，与刘裕建立了密切的姻亲关系。徐羡之的侄子徐逵之娶了刘裕与藏皇后所生的长女会稽公主刘兴男，徐羡之的两个儿子娶了刘裕另外两个女儿，从此“与高祖同府，深相亲结”②，成为儿女亲家。“时徐羡之住西州，尝幸羡之，便步出西掖门，羽仪络驿追随，已出西明门矣。”③ 可见二人的莫逆之情。

总之，徐羡之的奋斗，带动了家族的崛起，虽然徐羡之后来被杀，但东海徐氏家族已忝高门之列。

徐孝嗣（453—499）字始昌，是东海徐氏家族中又一重要代表。徐孝嗣是徐羡之侄徐逵之之曾孙，“八岁，袭爵枝江县公，见宋孝武，升阶流涕，迄于就席。帝甚爱之。尚康乐公主”④，可见至此，徐氏家族已成为地位显赫的皇亲国戚。随着家族地位的变化，徐氏家族的文化风貌也发生了转变。《南齐书·徐孝嗣传》曰，徐孝嗣“幼而挺立，风仪端简”⑤，“爱好文学，赏托清胜。器量弘雅”⑥，“孝嗣文人，不显同异”；尚书令王俭赞其“方轨叔茂，追清彦辅。柔亦不茹，刚亦不吐”⑦。可见，这时候的徐氏家族，已经改变了“起自布衣，又无术学”的形象，跃身为士族了。因为学问深厚，徐孝嗣成为著名的学术咨议和导师。《南齐书》载：“上敕仪曹令史陈淑、王景之、朱玄真、陈义民撰江左以来仪典，令谘受孝嗣。”⑧

---

① 沈约：《宋书·徐羡之传》卷四十三，中华书局1974年版，第1331页。
② 沈约：《宋书·徐羡之传》卷四十三，中华书局1974年版，第1329页。
③ 沈约：《宋书·武帝本纪》卷三，中华书局1974年版，第60页。
④ 萧子显：《南齐书·徐孝嗣传》卷四十四，中华书局1972年版，第771页。
⑤ 萧子显：《南齐书·徐孝嗣传》卷四十四，中华书局1972年版，第771页。
⑥ 萧子显：《南齐书·徐孝嗣传》卷四十四，中华书局1972年版，第773页。
⑦ 萧子显：《南齐书·徐孝嗣传》卷四十四，中华书局1972年版，第772页。
⑧ 萧子显：《南齐书·徐孝嗣传》卷四十四，中华书局1972年版，第772页。

又“竟陵王子良甚善之。子良好佛法，使孝嗣及庐江何胤掌知斋讲及众僧”①，可见其学问之高。

徐孝嗣的政治才能深为时人颂赞。如有一次，萧赜问王俭：“谁可继卿者？”王俭直接回答：“臣东都之日，其在徐孝嗣乎！”② 王俭还时常对人夸奖：“徐孝嗣将来必为宰相。”③ 后来果然如王俭所说，徐孝嗣依靠自己的能力，逐渐成为朝廷的支柱，由著作郎，转而任太子中庶子、吏部尚书、御史中丞、五兵尚书、太子詹事等职，“台阁事多以委之”④，授命顾命大臣，官至尚书仆射、尚书令、中书监，成为朝廷重臣，国之砥柱。徐孝嗣秉持家族传统，为官勇于作为，如“从世祖幸方山”时，徐孝嗣借古喻今，巧谏萧赜，使其放弃修筑“离宫”的打算；连年战乱，军国虚乏，徐孝嗣上书《屯田表》⑤，忧国之情，忠心可表；遗憾的是，南齐享祚二十四年，却有七朝皇帝，皇权争夺异常激烈，流血事件不时发生，大臣们朝不保夕。虽然徐孝嗣一边积极作为，一边谨慎行事，力图自保，但终究没有逃脱被杀的命运。

徐勉（466—535），字修仁，祖长宗，宋高祖霸府行参军，父融，南昌相。梁时，徐勉是家族最杰出的代表之一。勉幼孤贫，早励清节。起家国子生，射策举高第。青年时仕齐。萧梁起义后，投奔萧衍。萧衍“使管书记”。萧梁建，徐勉步步高升。高祖践阼，先拜中书侍郎，迁建威将军、后军咨议参军、本邑中正、尚书左丞。天监二年，除给事黄门侍郎、尚书吏部郎，参掌大选。迁侍中。六年，除给事中、五兵尚书，迁吏部尚书。除散骑常侍，领游击将军，未拜，改领太子右卫率。迁左卫将军，领太子

---

① 萧子显：《南齐书·徐孝嗣传》卷四十四，中华书局1972年版，第772页。
② 萧子显：《南齐书·徐孝嗣传》卷四十四，中华书局1972年版，第772页。
③ 萧子显：《南齐书·徐孝嗣传》卷四十四，中华书局1972年版，第772页。
④ 萧子显：《南齐书·徐孝嗣传》卷四十四，中华书局1972年版，第773页。
⑤ 萧子显：《南齐书·徐孝嗣传》卷四十四，中华书局1972年版，第772页。

中庶子，侍东宫。转太子詹事，领云骑将军，寻加散骑常侍，迁尚书右仆射，詹事如故。寻授宣惠将军，置佐史，侍中、仆射如故。又除尚书仆射、中卫将军、寻加中书令。中大通三年，又以疾自陈，移授特进、右光禄大夫、侍中、中卫将军，置佐史，余如故。增亲信四十人。大同元年卒，谥曰简肃公。

徐勉早孤，起于贫寒，之所以受到梁武帝萧衍的器重，大概有以下几方面原因：

第一、旧恩。徐勉与萧衍相识是因为萧衍长兄萧懿的缘故，“初与长沙宣武王游，高祖深器赏之。”① 长沙宣武王即萧衍的长兄萧懿。萧衍起义后，因受其连累，萧懿被东昏杀害，之后徐勉投奔了萧衍。“及义兵至京邑，勉于新林谒见，高祖甚加恩礼，使管书记。高祖践阼，拜中书侍郎，迁建威将军、后军咨议参军、本邑中正、尚书左丞。”② 萧衍对兄长十分敬重，萧懿被害，萧衍十分愧疚，对有“旧恩”的萧懿的部下自然十分看重，这是萧衍亲近徐勉的重要情感因素。

第二、公正无私。徐勉之所以受到萧衍的器重，“旧恩”恐怕并非关键因素，最重要的还是源于徐勉自身的品格与能力。首先，徐勉为官公正无私，这是徐勉赢得萧衍信任的关键因素之一。如：

> 勉以旧恩，越升重位，尽心奉上，知无不为。爰自小选，迄于此职，常参掌衡石，甚得士心。③
>
> 时每有议定，勉理证明允，莫能贬夺，同官咸取则焉。④
>
> 自掌枢宪，多所纠举，时论以为称职。⑤

---

① 姚思廉：《梁书·徐勉传》卷二十五，中华书局 1973 年版，第 377 页。
② 姚思廉：《梁书·徐勉传》卷二十五，中华书局 1973 年版，第 377 页。
③ 姚思廉：《梁书·徐勉传》卷二十五，中华书局 1973 年版，第 379 页。
④ 李延寿：《南史·徐勉传》卷六十，中华书局 1975 年版，第 1478 页。
⑤ 姚思廉：《梁书·徐勉传》卷二十五，中华书局 1973 年版，第 377 页。

……尝与门人夜集，客有虞暠求詹事五官。勉正色答云："今夕止可谈风月，不宜及公事。"故时人咸服其无私。①

徐勉的无私深为后人叹服。宋人编《册府元龟》，将徐勉归入铨选部"公望"之列。《山堂肆考》将徐勉评为六曹表率。《通志》《海录碎事》《记纂渊海》《天中记》等文献都对徐勉的无私津津乐道。湛若水评曰："冢宰之任，不在多能，一公足矣，又何必精力应对为哉！惟公也，故好恶以正，而邪正自明。建官惟贤，位事惟能。若狥私情，则不贤者进而贤者退，天下岂有不乱哉！徐勉持正于梁武之朝，而却虞暠之请，其与李朝隐之裁抑侥幸，贾黯之斥桑泽，皆可以为吏部之法矣。"② 可见，徐勉的公正已经得到了后世的承认。

徐勉公正为官，更得到了梁武帝的赞赏。本传记载：

及卒，帝闻而流涕……有司奏谥"居敬行简曰简"，帝益"执心决断曰肃"，因谥简肃公。③

"执心决断曰肃"，包含着对徐勉公正无私的肯定和赞赏。因此，梁武帝重用徐勉与其稳健、公正等品质和人格魅力有关。

第三，学问渊博。梁武帝是萧梁开国皇帝，称得上文武双全。他以武平国，又以文兴邦。登基以后，大力发展文化事业。他重儒宠佛，爱好文学，是历史上著名的文皇帝。徐勉受到萧衍的器重，一方面因为徐勉的优秀品格和人格魅力，另一方面也源于徐勉渊博的学识和良好的文化素养。徐勉出身儒学世家，从小受到很好的教育。自幼好学能文。十八岁，徐勉

① 姚思廉：《梁书·徐勉传》卷二十五，中华书局1973年版，第378页。
② 湛若水：《格物通》卷七十五，台湾商务印书馆1986年版。
③ 李延寿：《南史·徐勉传》卷六十，中华书局1975年版，第1486页。

进入国子学，“射策举高第”，成为“专心六典，精赜必深，汎游群籍，菁华无弃”的鸿儒，这使他在重视儒学的萧梁朝廷游刃有余。梁武帝重视儒学，开国之初，就制定了一系列尊儒、宗经的国策。但是，由于自魏晋以来，“尚玄虚之学，为儒者盖寡”，朝廷的礼仪建设面临着许多问题，如祭祀、丧葬、释典仪礼等，徐勉“博通经史，多识前载。朝仪国典，婚冠吉凶，勉皆预图议”①，成为朝廷礼仪建设的中心人物。徐勉带领众学士完成了包括《嘉礼仪注》《宾礼仪注》《军礼仪注》《吉礼仪注》《凶礼仪注》，合计一百二十秩一千一百七十六卷八千一十九条的规模浩大的五礼工程，为梁朝儒学的回归与兴盛作出了重要贡献。

第四，勤政忠诚。徐勉之所以能成为梁武帝的心腹重臣，还因为徐勉的勤政有为和忠诚。萧梁时代，以贤相入青史者，或云范、徐（范云、徐勉），或云徐、周（徐勉、周舍）。范云虽耿直，但天监二年初去世，几乎没有施展抱负的时间；周舍虽在天监二年与徐勉同进机枢，且为人清简，但并没有做出什么卓异的政绩。徐勉则不同，他自梁初入梁，至大同元年去世，仕梁三十多年，不仅恪尽职守、忧国忘家，而且能力非凡，政绩卓著，当之无愧为萧梁第一贤相。本传载：

> 时王师北伐，候驿填委。勉参掌军书，劬劳夙夜，动经数旬，乃一还宅。每还，群犬惊吠。勉叹曰：“吾忧国忘家，乃至于此。若吾亡后，亦是传中一事。”②

徐勉这种忧国忘家的精神，为世人称道。如《御定渊鉴类函》称赞徐勉勤劳，《册府元龟》称其勤干，《通鉴总类》将其列为贤相等。对于徐勉的勤政和忠诚，史家评价颇多：

---

① 姚思廉：《梁书·徐勉传》卷二十五，中华书局1973年版，第379页。
② 姚思廉：《梁书·徐勉传》卷二十五，中华书局1973年版，第337—338页。

及居重任，竭诚事主。①

既闲尺牍，兼善辞令，虽文案填积，坐客充满，应对如流，手不停笔。②

博通经史，多识前载。朝仪国典，婚冠吉凶，勉皆预图议。③

善属文，勤著述，虽当机务，下笔不朽。④

徐勉一直都在忙碌。他耗时近二十载，带领众学士，整理完成了规模浩大的《五礼》，又用数年时间，负责编纂大型类书《华林遍略》，他还有许多文学作品及各类著作，称得上著作等身。徐勉勤勉、忠诚、能干，这是他得到萧衍重用的重要原因。

宋齐梁陈四朝中，梁武帝在位时间最长，共48年。而徐勉自萧衍起义至大同元年去世，跟随梁武帝35年。在这漫长的岁月里，二人建立了密切的君臣关系。王僧孺这样形容这种关系："主圣臣贤，应同廛玺，以石投水，如鳞纵壑。"⑤《南史·徐勉传》曰："禄奉之外，月别给钱十万，信遇之深，故无与匹。"⑥ 可见萧衍对徐勉的礼遇与尊宠。徐勉去世后，"帝闻而流涕。即日车驾临殡，赠右光禄大夫、开府仪同三司。赠右光禄大夫、开府仪同三司。皇太子亦举哀朝堂。有司奏谥'居敬行简曰简'，帝益'执心决断曰肃'，因谥简肃公"⑦，可见，是徐勉的人格魅力、学识素养、能力才干赢得了萧衍的心。后人这样评徐勉："徐勉少而厉志忘食，

① 姚思廉：《梁书·徐勉传》卷二十五，中华书局1973年版，第388页。

② 姚思廉：《梁书·徐勉传》卷二十五，中华书局1973年版，第378页。

③ 姚思廉：《梁书·徐勉传》卷二十五，中华书局1973年版，第379页。

④ 姚思廉：《梁书·徐勉传》卷二十五，中华书局1973年版，第387页。

⑤ 王僧孺：《詹事徐府君集序》，见严可均：《全梁文》卷五十一，商务印书馆1999年版，第549页。

⑥ 李延寿：《南史·徐勉传》卷六十，中华书局1975年版，第1485页。

⑦ 李延寿：《南史·徐勉传》卷六十，中华书局1975年版，第1486页。

发愤修身，慎言行，择交游；加运属兴王，依光日月，故能明经术以绾青紫，出闾阎而取卿相。及居重任，竭诚事主，动师古始，依则先王，提衡端轨，物无异议，为梁宗臣，盛矣。”① 这样的评价是中肯的。

以上所及徐宁、徐羡之、徐孝嗣、徐勉等只是东海徐氏家族中部分优秀代表，此外徐逵之、徐湛之、徐悱、徐怦、徐君蒨等也都是当时重要的政治家、文学家、诗人，是家族中的杰出代表。《文选》卷二八收录了陆机的《吴趋行》，其中有“八族”“四姓”之说，李善注引张勃《吴录》曰：“八族：陈、桓、吕、窦、公孙、司马、徐、傅也。”可见至少在魏晋时期，徐姓已为著姓。八王之乱后，徐氏无奈过江，但不久抓住机遇，乘势崛起，这成为徐陵发展重要的家族背景。

第二节　徐陵的父系

从《梁书·徐摛传》《陈书·徐陵传》可知，徐陵曾祖徐凭道，“宋海陵太守”②；祖父徐超之，“齐郁林太守”③，“天监初仕至员外散骑常侍”④；父亲徐摛，“梁戎昭将军、太子左卫率，赠侍中、太子詹事，谥贞子”⑤。从徐陵曾祖、祖父为“太守”的记载判断，徐氏家族徐陵一支自宋时已经具有了比较重要的社会地位。徐陵的祖父为员外散骑常侍，而散骑常侍多由士人承担，由此可知徐陵的祖父是一位有文化素养的士人。但遗憾的是史籍对徐凭道、徐超之的事迹没有详细记载。在家族历史上，徐

① 姚思廉：《梁书·徐勉传》卷二十五，中华书局 1973 年版，第 388 页。
② 姚思廉：《梁书·徐摛传》卷三十，中华书局 1973 年版，第 446 页。
③ 姚思廉：《陈书·徐陵传》卷二十六，中华书局 1972 年版，第 325 页。
④ 姚思廉：《梁书·徐摛传》卷三十，中华书局 1973 年版，第 446 页。
⑤ 姚思廉：《陈书·徐陵传》卷二十六，中华书局 1972 年版，第 325 页。

陵的父亲徐摛是家族中的重要成员。从《梁书·徐摛传》《陈书·徐陵传》看，徐陵深受父亲徐摛的影响，徐陵能够成长为一代贤相、一代文宗与徐摛的教育、培养、影响分不开。

徐摛（474—551）①，一字士秀，一字士缋，东海郯人，南朝著名诗人，“宫体诗”代表人物之一，与庾肩吾并称“大徐庾”。

> 徐摛，字士秀，东海郯人也。……起家太学博士，迁左卫司马。会晋安王纲出戍石头，高祖谓周舍曰：“为我求一人，文学俱长兼有行者，欲令与晋安游处。”舍曰：“臣外弟徐摛，形质陋小，若不胜衣，而堪此选。”高祖曰：“必有仲宣之才，亦不简其容貌。”以摛为侍读。②

徐摛何时“起家”，《徐摛传》没有详细记载。但天监八年后，徐摛的事迹清晰起来，这一年，徐摛被推荐为萧纲的“侍读”，之后四十多年，徐摛一直辅佐着萧纲，成为著名的太子之师。

从以上记载可知徐摛被推荐是因为其“文学俱长兼有行者”，事实证明这样的评价是准确的。

第一，徐摛之“文”。“文”指“文采”“文学”。《梁书·徐摛传》是这样记载的：“摛幼而好学……属文好为新变，不拘旧体……摛文体既别，

---

① 曹道衡先生结合萧绎《法宝联壁序》所记徐摛年岁与徐陵所作《在北齐与杨遵彦书》内容，考证得出，徐摛应生于宋明帝泰始七年（471），故卒年八十一，《梁书·徐摛传》所记徐摛卒时“年七十八”有误。见曹道衡、沈玉成：《曹道衡文集·中古文学史料丛考》卷九，《徐摛生年及年岁》，中州古籍出版社2018年版，第559—560页；又见曹道衡、沈玉成：《中古文学史料丛考·徐陵在北齐与杨遵彦书及徐摛卒考》，中华书局2003年版，第652页。（此备考）

② 姚思廉：《梁书·徐摛传》卷三十，中华书局1973年版，第446—447页。

春坊尽学之，‘宫体’之号，自斯而起。”① 可见徐摛是一位“好为新变，不拘旧体”的诗人。那么，什么是“新变”？所谓“新变”是与“旧体”相对而言的。从形式上看，“新诗”不再使用传统的自然韵律表达方式，而注重四声在诗歌中的运用；从内容上看，“新体”诗不再关注“诗可以兴，可以观，可以群，可以怨”的重大主题表现，而崇尚靡丽轻艳。“新诗”是对永明的继承与发展，徐摛“好为新变，不拘旧体”是说徐摛是永明体的继承者、弘扬者。徐摛现存诗不多，从这些诗看，徐摛的诗具有鲜明的“新变”特点②，不仅文采斐然，轻艳靡丽，而且四声运用流转自如。如《咏笔诗》《咏橘诗》等，虽然还不完全符合现代格律诗的要求，但基本上实现了沈约对永明体的写作要求，不仅句间的声调搭配天衣无缝，而且非常注重句间搭配，在声律运用上独树一帜，相当熟练。

特别重要的是徐摛不仅是一位文采斐然的“新体”诗人，而且还是一位有影响力的诗人、作家。首先他培养了宫体诗领袖——萧纲。《梁书·简文帝本纪》载：“‘余七岁有诗癖，长而不倦。’然伤于轻艳，当时号曰‘宫体’。”③ 巧合的是徐摛恰恰是在萧纲七岁的时候成了萧纲的“侍读”，即老师。就是说，正是在徐摛的指引下，萧纲走上了宫体诗创作的道路。关于徐摛对萧纲宫体诗创作的培养和教育，学者世贤多有论述。如曹道衡说：“这时徐摛年已三十多岁，名义上是‘侍读’，实际上显然成了萧纲的老师。从此徐摛就长期和萧纲在一起……从七岁到二十岁，正是一个人从童年走向成年并且完全成熟的时期，在这个时期中朝夕相处，对一个人的影响自然是不言而喻的。萧纲在文学上成为梁陈‘宫体诗’的代表人物之一，可以说是受了徐摛的影响。”④ 又“萧纲所谓七岁有诗癖，正徐摛为侍

---

① 姚思廉：《梁书·徐摛传》卷三十，中华书局 1973 年版，第 446—447 页。

② 刘宝春：《徐摛与梁代宫体诗的兴盛》，《齐鲁学刊》，2011 年，第 6 期。

③ 姚思廉：《梁书·简文帝本纪》卷四，中华书局 1973 年版，第 109 页。

④ 曹道衡：《曹道衡文集》卷五，中州古籍出版社 2018 年版，第 205—206 页。

读之年，受徐摛影响而有诗癖，不言可明”①。吴光兴说：“萧纲七岁有诗癖，徐摛亦自是年即为侍读，徐摛之诗歌趣味影响萧纲，不为捕风捉影矣。”② 又“萧纲从七岁开始，文学上接受的就是徐摛的培养；到萧纲二十九岁宫体诗出名时，徐摛仍被认为是宫体诗的老师。由此可见徐摛对萧纲及萧纲文学集团的影响。”③ 另外，徐摛的影响力、号召力，还表现在他推动了梁代宫体诗的兴盛，“摛文体既别，春坊尽学之，‘宫体’之号，自斯而起”。因此徐摛是宫体诗的倡导者、宣传者、推动者，正是在徐摛的推动下，梁代“宫体诗”盛行起来。④

第二，徐摛之“学”。“学”指学问、学识。《梁书·徐摛传》曰：“摛幼而好学，及长，遍览经史。”可见其学问渊博。徐摛的学问是多方面的。如因为宣传宫体诗，徐摛遭到了萧衍的怒斥，他以其学识，顺利化解了危机：“高祖闻之怒，召摛加让，及见，应对明敏，辞义可观，高祖意释。因问《五经》大义，次问历代史及百家杂说，末论释教。摛商较纵横，应答如响，高祖甚加叹异，更被亲狎，宠遇日隆。”⑤ 对于《五经》大义、历代史、百家杂说、释教等，徐摛“商较纵横，应答如响”，可见徐摛深厚的知识储量。“梁简文在东宫，召衮讲论。又尝置宴集玄儒之士，先命道学互相质难，次令中庶子徐摛驰骋大义，间以剧谈。摛辞辩纵横，难以答抗，诸人慑气，皆失次序。”⑥ 从这些记载看，徐摛为名副其实的大学问家。徐摛不仅知识渊博，而且善于运用，是萧纲的智囊。如：“是时临城公纳夫人王氏，即太宗妃之侄女也。晋宋已来，初婚三日，妇见舅

---

① 曹道衡、沈玉成：《中古文学史料丛考》，中华书局2003年版，第588页。

② 吴兴光：《萧纲萧绎年谱》，社会科学文献出版社2006年版，第43页。

③ 吴光兴：《论萧纲的文学活动及其宫体文学理想》，《文学遗产》，2006年，第4期。

④ 刘宝春：《徐摛与梁代宫体诗的兴盛》，《齐鲁学刊》，2011年，第6期。

⑤ 姚思廉：《梁书·徐摛传》卷三十，中华书局1973年版，第447页。

⑥ 姚思廉：《陈书·儒林·戚衮传》卷三十三，中华书局1972年版，第440页。

姑，众宾皆列观，引《春秋》义云‘丁丑，夫人姜氏至。戊寅，公使大夫宗妇觌用币’。戊寅，丁丑之明日，故礼官据此，皆云宜依旧贯。太宗以问摛，摛曰：‘《仪礼》云“质明赞见妇于舅姑”。《杂记》又云“妇见舅姑，兄弟姊妹皆立于堂下”。政言妇是外宗，未审娴令，所以停坐三朝，观其七德。舅延外客，姑率内宾，堂下之仪，以备盛礼。近代妇于舅姑，本有戚属，不相瞻看。夫人乃妃侄女，有异他姻，觌见之仪，谓应可略。’太宗从其议。”① 萧纲的儿子纳妃，因为所纳王氏是王妃侄女，萧纲希望取消“列观”旧礼，然而礼官“皆云宜依旧贯”，这使萧纲非常尴尬，于是“太宗以问摛”，结果徐摛旁征博引，很快“依礼”帮助萧纲解决了难题。

第三，徐摛之“行”。“行”指品行，道德。《陈书·徐陵传》载“徐陵，……父摛，梁戎昭将军、太子左卫率，赠侍中、太子詹事，谥贞子。”② 又《南史·徐摛传》：“徐摛贞正，仁者信乎有勇。”③ 徐摛得谥“贞子”，史家评其“贞正”“仁”“勇”，都是对徐摛之“行”的有力概括。徐摛的“贞正”“仁”“勇”主要表现为对萧纲的赤胆忠诚。徐摛在萧纲 7 岁时来到萧纲身边，从此，一直陪伴在萧纲左右。徐摛辅佐萧纲 40 多年，不仅是辅佐萧纲时间最长的臣子，更是萧纲身边最忠诚的老臣。以《梁书·徐摛传》为例，传记近 1000 字，写徐摛的身世，写被推荐为萧纲之师，写其“参赞戎政”，写其“文体既别，春坊尽学之”，写梁武帝先加责，再“亲狎，宠遇日隆”，写与梁武帝论辩，写遭朱异嫉妒、暗算，写帮助萧纲解决“妇见舅姑”之难，写侯景之乱中奉身护主、使侯景“凶威遂折”，最后写因见不到萧纲“感气疾而卒”等，整篇传记回肠荡气、跌宕起伏，都是围绕萧纲进行的，不仅生动形象刻画了徐摛的风神特征，更突出表现了徐摛对萧纲的“忠”。如：

---

① 姚思廉：《梁书·徐摛传》卷三十，中华书局 1973 年版，第 447—448 页。
② 姚思廉：《陈书·徐陵传》卷二十六，中华书局 1972 年版，第 325 页。
③ 李延寿：《南史·徐摛传》卷六十二，中华书局 1975 年版，第 1531 页。

普通四年，王出镇襄阳，摛固求随府西上，迁晋安王谘议参军。①

普通四年（523），徐摛已经53岁，加之身体瘦弱，确实不适合长途跋涉远赴襄阳就任了，但徐摛却“固求”前往，可见徐摛对萧纲的深厚感情。

摛文体既别，春坊尽学之，“宫体”之号，自斯而起。②

徐摛宣传宫体诗，看似平淡，实则冒着政治风险。中大通三年，梁太子萧统病逝，因为蜡鹅事件的影响③，萧衍不愿意立萧统的儿子为太子，于是将萧统的弟弟萧纲立为太子。萧衍废嫡立庶，遭到了朝野的反对，这使萧纲面临着严重的政治危机。在文学上，萧纲喜欢写作轻艳的宫体诗，与故太子萧统文质彬彬的文学思想截然不同，所以萧纲也不敢贸然宣传自己的诗歌主张。因此，萧纲虽入主东宫，贵为太子，却面临着政治与文学的双重危机。在这种情况下，徐摛勇敢站了出来替萧纲宣传宫体诗。徐摛宣传宫体诗，反对者不高兴了，他们向梁武帝报告，激怒了萧衍。

---

① 姚思廉：《梁书·徐摛传》卷三十，中华书局1973年版，第447页。

② 姚思廉：《梁书·徐摛传》卷三十，中华书局1973年版，第447页。

③ “初，丁贵嫔薨，太子遣人求得善墓地，将斩草，有卖地者因阉人俞三副求市，若得三百万，许以百万与之。三副密启武帝，言太子所得地不如今所得地于帝吉，帝末年多忌，便命市之。葬毕，有道士善图墓，云‘地不利长子，若厌伏或可申延’。乃为蜡鹅及诸物埋墓侧长子位。有宫监鲍邈之、魏雅者，二人初并为太子所爱，邈之晚见疏于雅，密启武帝云：‘雅为太子厌祷。’帝密遣检掘，果得鹅等物。大惊，将穷其事。徐勉固谏得止，于是唯诛道士，由是太子迄终以此惭慨，故其嗣不立。后邵陵王临丹阳郡，因邈之与乡人争婢，议以为诱略之罪牒宫，简文追感太子冤，挥泪诛之。邈之兄子僧隆为宫直，前未知邈之侄，即日驱出。”（李延寿：《南史·昭明太子萧统传》卷五十三，中华书局1975年版，第1312页。）

高祖闻之怒，召摛加让，及见，应对明敏，辞义可观，高祖意释。因问《五经》大义，次问历代史及百家杂说，末论释教。摛商较纵横，应答如响，高祖甚加叹异，更被亲狎，宠遇日隆。①

虽然徐摛依靠机智和学问化解了危机，使萧衍"甚加叹异，更被亲狎，宠遇日隆"，但反对者不肯善罢甘休，于是又想出一招打击萧纲和徐摛。

领军朱异不说，谓所亲曰："徐叟出入两宫，渐来逼我，须早为之所。"遂承间白高祖曰："摛年老，又爱泉石，意在一郡，以自怡养。"高祖谓摛欲之，乃召摛曰："新安大好山水，任昉等并经为之，卿为我卧治此郡。"②

虽然梁武帝萧衍清楚朱异的心思，但在激烈的政治斗争面前，萧衍选择了妥协，他满足了朱异的要求，将徐摛派到外地做太守去了。所以徐摛宣传宫体诗，是对萧纲文学与政治的双重支持，在险恶的政治环境下，徐摛挺身而出，宣传萧纲，保护萧纲，体现了老臣对萧纲的一片忠心。

徐摛对萧纲的忠诚在侯景之乱中更加淋漓尽致地展现出来。

时太宗居永福省，贼众奔入，举兵上殿，侍卫奔散，莫有存者。摛独嶷然侍立不动，徐谓景曰："侯公当以礼见，何得如此。"凶威遂折。侯景乃拜，由是常惮摛。太宗嗣位，进授左卫将军，固辞不拜。太宗后被幽闭，摛不获朝谒，因感气疾而卒，

① 姚思廉：《梁书·徐摛传》卷三十，中华书局1973年版，第447页。
② 姚思廉：《梁书·徐摛传》卷三十，中华书局1973年版，第447页。

年七十八。①

以上记载出自《梁书·徐摛传》。这一事件在《陈书·殷不害传》和《资治通鉴》中也有记载。

侯景之乱，不害从简文入台。及台城陷，简文在中书省，景带甲将兵入朝陛见，过谒简文。景兵士皆羌、胡杂种，冲突左右，甚不逊，侍卫者莫不惊恐辟易，唯不害与中庶子徐摛侍侧不动。②

景复至永福省见太子，太子亦无惧容。侍卫皆惊散，唯中庶子徐摛、通事舍人陈郡殷不害侧侍。摛谓景曰："侯王当以礼见，何得如此！"景乃拜。③

梁太清三年（549），侯景之乱爆发，攻陷台城后，侯景杀人放火，几乎把建康城变成了一座死城。"城破之时，城中只剩下二三千人，尸骸堆积，血汁漂流，惨不忍睹"，百姓惊恐万状，四处奔逃，朝廷大臣侍卫也只顾自保，四散惊逃，从"贼众奔入，举兵上殿，侍卫奔散，莫有存者"，"景兵士皆羌、胡杂种，冲突左右，甚不逊，侍卫者莫不惊恐辟易"，"侍卫皆惊散"的描述，看得出叛乱的凶险。然而面对嗜血成性的侯景，年近耄耋的徐摛却凛然无畏，"摛独嶷然侍立不动"，"唯不害与中庶子徐摛侍侧不动"，"唯中庶子徐摛、通事舍人陈郡殷不害侧侍"，"独""唯"见证了老臣誓死护主的忠心。更令人敬佩的是，徐摛不仅"独嶷然侍立不动"，

① 姚思廉：《梁书·徐摛传》卷三十，中华书局1973年版，第448页。

② 姚思廉：《陈书·殷不害传》卷三十二，中华书局1972年版，第424页。

③ 司马光：《资治通鉴·梁纪》卷一百六十二，中华书局1956年版，第5010页。

他还当面斥责侯景："侯公当以礼见，何得如此！"徐摛的呵斥，竟灭了侯景的威风，"凶威遂折。侯景乃拜，由是常惮摛"。凶残的侯景为什么会害怕一个风烛残年的老人？侯景说过一段话，很耐人寻味。"景退，谓其厢公王僧贵曰：'吾常跨鞍对阵，矢刃交下，而意气安缓，了无怖心；今见萧公，使人自慑，岂非天威难犯！吾不可以再见之。'于是悉撤两宫侍卫，纵兵掠乘舆、服御、宫人皆尽。"① 这里侯景说出了害怕梁武帝萧衍的原因，虽然当时萧衍已经成了侯景的囊中物，但是萧衍身上自有"天威"，这是侯景见萧衍"自慑"的唯一原因。侯景为什么"常惮摛"？原因恐怕是相似的。虽然徐摛"形质陋小，若不胜衣"，且已风烛残年，但徐摛身上自有一种气冲斗牛的忠良之气，这正是叛臣侯景"常惮摛"的真正原因。

《梁书·徐摛传》还写到了徐摛的死：

> 太宗后被幽闭，摛不获朝谒，因感气疾而卒，年七十八。②

徐摛竟因忧虑萧纲而卒，这是何等忠心！值得一提的是，魏晋六朝，"忠"并不被十分宣传、强调。《三国志》记载："太子（曹丕）燕会，众宾有百数十人，太子建议曰：'君父各有笃疾，有药一丸，可救一人，当救君邪？父邪？'众人纷纭，或父或君。时原在坐，不与此论。太子咨之于原，原勃然对曰：'父也！'太子亦不复难之。"③ 对于邴原的"勃然"之对，曹丕竟能"不复难之"，可见，在当时"孝先于忠"已基本上成为士大夫的共识，在这样的历史背景下，徐摛的"忠贞无畏"显得更加弥足

① 司马光：《资治通鉴·梁纪》卷一百六十二，中华书局 1956 年版，第 5010—5011 页。

② 姚思廉：《梁书·徐摛传》卷三十，中华书局 1973 年版，第 448 页。

③ 陈寿：《三国志·魏书·邴原传》卷十一，中华书局 1959 年版，第 353 页。

珍贵。

实际上，徐摛不仅“文学俱长兼有行者”，是个文人，而且还是一位政治家，他对萧纲的政治生涯影响很大。如《梁书·简文帝本纪》载：“自年十一，便能亲庶务，历试蕃政，所在有称。”① 如前所述，萧纲是文学上的“神童”，但他“诗癖”的养成是由徐摛培养出来的。萧纲是不是政治上的“神童”不好评价，但一个十一岁的孩子，就能自如处理复杂的藩府事务、政务，同样也需要严格的教育与培训。萧纲七岁就离开了朝廷，他的教育主要依靠身边的“佐吏”。《梁书·文帝本纪》载：“（天监）八年，为云麾将军，领石头戍军事，量置佐吏。”② 从史籍记载可知，从七岁到十一岁，萧纲身边的“佐吏”主要有：徐摛、张率、韦放、贺革、庾于陵、庾肩吾、刘霁、周弘正，而最早来到萧纲身边，陪伴萧纲时间最长的只有徐摛、张率、韦放、庾肩吾等，其中韦放是一位战功赫赫的将军，“亲庶务”“试蕃政”这些文政并不是韦放的职能。而韦放之外，张率只是个风流才子，“率虽历居职务，未尝留心簿领，及为别驾奏事，高祖览牒问之，并无对，但奉答云‘事在牒中’。高祖不悦。……率嗜酒，事事宽恕，于家务尤忘怀”③，这样一个“未尝留心簿领”，又嗜酒成性，放荡不羁的文人，他对萧纲处理政务的能力恐怕不会有多少正面影响。而庾肩吾也跟张率差不多，根本没有政治头脑。政治家萧衍对庾肩吾看得很透彻：“是时朝廷政事多委东宫，（殷）不害与舍人庾肩吾直日奏事，梁武帝尝谓肩吾曰：‘卿是文学之士，吏事非卿所长，何不使殷不害来邪？’”④ “吏事非卿所长”的庾肩吾是不能指望他对萧纲的政治能力有多大帮助的。与张率、庾肩吾不同，徐摛不仅是文人，也是政治家。徐摛不仅关注萧纲的文

---

① 姚思廉：《梁书·简文帝本纪》卷四，中华书局1973年版，第109页。
② 姚思廉：《梁书·简文帝本纪》卷四，中华书局1973年版，第103页。
③ 姚思廉：《梁书·张率传》卷三十三，中华书局1973年版，第478—479页。
④ 姚思廉：《陈书·孝行·殷不害传》卷三十二，中华书局1972年版，第424页。

化教育，也注重萧纲政治能力的培养，萧纲自小处理政治事务的能力应该主要得益于徐摛的培养。另外，萧纲一生最辉煌的政治功绩是雍州北伐。对此，史籍多有记载。如《梁书·简文帝本纪》载："在襄阳拜表北伐，遣长史柳津、司马董当门，壮武将军杜怀宝、振远将军曹义宗等众军进讨，克平南阳、新野等郡，魏南荆州刺史李志据安昌城降，拓地千余里。"① 又，《梁书·武帝本纪》载："（普通）六年春正月丙午，安北将军晋安王纲遣长史柳津破魏南乡郡，司马董当门破魏晋城。庚戌，又破马圈、彫阳二城……庚申，魏镇东将军、徐州刺史元法僧以彭城内附。己巳，雍州前军克魏新蔡郡。"② "夏四月辛丑，魏郢州刺史元愿达以义阳内附，置北司州。时魏大乱，其北海王元颢、临淮王元彧、汝南王元悦并来奔；其北青州刺史元世隽、南荆州刺史李志亦以地降。"③ 可见萧纲北伐大捷是垂名史册的。而萧纲的北伐，徐摛不仅全程参与其中，而且承担着军师的角色。"大通初，王总戎北伐，以摛兼宁蛮府长史，参赞戎政，教命军书，多自摛出。"④ 所以萧纲北伐取得"拓地千余里"的大捷与徐摛的辅佐是分不开的。萧纲北伐不久，就被委以"扬州刺史"重任，拱卫京师，不久继位太子。在公布萧纲为太子的诏书中，萧衍褒扬萧纲"允武允文"，由此推测，萧纲所以能在太子争位中取胜，应该受益于徐摛全方位的教诲。萧纲在进入东宫后不久即扭转了被动的政治、文学局面，恐怕也与徐摛的帮助有重要关系。美国学者田晓菲在评价徐摛与庾肩吾时说："《梁书》对两位主要宫体作家也就是庾肩吾和徐摛的传记处理也很不同，徐摛的传记没有像庾肩吾那样收入《文学传》，而且比庾肩吾传更为详细，

---

① 姚思廉：《梁书·简文帝本纪》卷四，中华书局 1973 年版，第 109 页。
② 姚思廉：《梁书·武帝本纪》卷三，中华书局 1973 年版，第 69 页。
③ 姚思廉：《梁书·武帝本纪》卷三，中华书局 1973 年版，第 72 页。
④ 姚思廉：《梁书·徐摛传》卷三十，中华书局 1973 年版，第 447 页。

这表明在《梁书》作者眼里，徐摛远远不止是一个文学人物。”①

第三节　徐陵的母系

《陈书·徐陵传》曰：“母臧氏，尝梦五色云化为凤，集左肩上，已而诞陵焉。”② 由此可知，徐陵母亲为臧氏，但是，臧氏的郡望何在？又有怎样的文化背景？笔者认为徐陵的母亲臧氏为东莞臧氏，是与徐氏家族门当户对的著名文化家族。

第一，从魏晋南朝时期婚姻特点看。唐长孺先生说：“当时门第高卑，婚姻是一项重要标准。”③ 在那样的历史背景下，士族对家族婚姻十分重视，讲究门当户对，以致形成了“身份内婚制”或“等级内婚制”。从历史记载看，南朝时唯东莞臧氏可与东海徐氏门当户对。《陈书·徐孝克传》曰：“（孝克）妻东莞臧氏，即领军将军臧盾之女。”④ 由于六朝时期严格的婚姻习惯，使得士族婚姻范围狭窄，为了保证相同门第之间的婚约，六朝时两个士族之间常常多次缔结婚姻。从徐孝克与东莞臧氏的婚姻来推测，徐陵母臧氏也应该是东莞臧氏。

第二，从地域看。六朝婚姻除讲究门第之外，地理环境往往也是一个重要的因素。东莞郡与东海郡为临郡，符合士族择婚的习惯。从这一风俗考虑，徐陵母亲应为东莞臧氏。

东莞臧氏是南朝时期著名的文化世家。东莞臧氏起家于刘宋时臧焘、臧熹兄弟。臧焘为宋武敬皇后之兄。史载，臧焘“少好学，善《三礼》。

---

① 田晓菲：《烽火与流星——梁代的文学与文化》，中华书局2010年版，第125页。

② 姚思廉：《陈书·徐陵传》卷二十六，中华书局1972年版，第325页。

③ 唐长孺：《魏晋南北朝史论拾遗》，中华书局1983年版，第63页。

④ 姚思廉：《陈书·徐孝克传》卷二十六，中华书局1972年版，第337页。

贫约自立，操行为乡里所称。晋孝武帝太元中，卫将军谢安始立国学，徐、兖二州刺史谢玄举焘为助教”①，后又为太学博士。在朝廷，臧焘多次议礼，“时学者多从焘议”，为世人叹服。刘裕进驻京口后，心向儒学，即与臧焘商议弘学事宜。史评曰：“臧焘、徐广、傅隆、裴松之、何承天、雷次宗，并服膺圣哲，不为雅俗推移，立名于世，宜矣。”② 臧熹，臧焘之弟，“与焘并好经学”③，有功业于宋世。臧焘、臧熹之后，东莞臧氏自宋至陈历经六代，“文义之美，传于累代”④，形成了良好的文化传统。如第二代臧质，“始出三十，屡居名郡，涉猎史籍，尺牍便敏，既有气干，好言兵权”⑤，元嘉年间转战南北，驰骋纵横，立下赫赫战功，为“一代英杰”。第三代臧凝之，“学涉有当世才具”⑥，被称为“通家子”。凝之弟潭之“亦有美誉”。第四代臧未甄“博涉文史，有才干，少为外兄汝南周颙所知”⑦。第五代臧严、臧盾、臧厥更有名于当世。

外祖父家族优良的文化传统自然会对徐陵产生影响。当然这种影响更直接源于徐陵成长过程中尚还在世的外祖家族的长辈。“孝克妻为领军将军臧盾之女”，孝克为徐陵之弟。由此推断，徐陵母亲很可能是臧盾的姊妹或者从姊妹。如果这一推断不假，那么，徐陵的外祖父辈有臧棱、臧未甄二人。舅父辈有臧严、臧盾和臧厥兄弟。臧未甄大约卒于天监中期，臧棱更早卒于臧未甄。而天监年间，徐陵尚小，外祖父辈不大可能对徐陵产生直接影响。再看徐陵舅父辈。臧严大约卒于大同六年⑧以后，此时徐陵

---

① 沈约：《宋书·臧焘传》卷五十五，中华书局 1974 年版，第 1543 页。
② 沈约：《宋书·臧焘传》卷五十五，中华书局 1974 年版，第 1553 页。
③ 李延寿：《南史·臧焘传》卷十八，中华书局 1975 年版，第 513 页。
④ 李延寿：《南史·臧焘传》卷十八，中华书局 1975 年版，第 517 页。
⑤ 沈约：《宋书·臧质传》卷七十四，中华书局 1974 年版，第 1910 页。
⑥ 沈约：《宋书·臧焘传》卷五十五，中华书局 1974 年版，第 1546 页。
⑦ 姚思廉：《梁书·臧盾传》卷四十二，中华书局 1973 年版，第 599 页。
⑧ 据《梁书·臧严传》，湘东王萧绎任江州刺史，臧严为“镇南咨议参军，卒官”，而萧绎任江州刺史在大同六年。

已经三十一岁；臧盾生于宋顺帝昇明二年（478），卒于梁武帝大同九年（543），长徐陵三十一岁，卒时徐陵三十四岁；臧厥生于齐明帝建武二年（495），卒于梁武帝大同八年（542），长徐陵十四岁，卒时徐陵三十三岁。因此无论徐陵的舅父是臧严还是臧盾兄弟，都会对徐陵产生直接的影响。臧严："孤贫勤学，行止书卷不离于手……作《屯游赋》，任昉见而称之，又作《七算》，辞亦富丽。"① "学多所谙记，尤精《汉书》，讽诵略皆上口。王尝自执四部书目以试之，严自甲至丁卷中，各对一事，并作者姓名，遂无遗失，其博洽如此。"② 臧严有文集十卷，入《梁书·文学传》。臧盾："幼从征士琅邪诸葛璩受《五经》，通章句。璩学徒常有数十百人，盾处其间，无所狎比。璩异之，叹曰：'此生重器，王佐才也。'初为抚军行参军，迁尚书中兵郎。盾美风姿，善举止，每趋奏，高祖甚悦焉。"③ 臧厥则"以干局称"④。外祖父家族不仅"文义之美，传于累代"⑤，而且数代以来形成了优秀家风。

其一，孝忠。孝在家族成员身上表现得十分突出："（臧焘）顷之，去官。以父母老家贫，与弟熹俱弃人事，躬耕自业，约己养亲者十余载。父母丧亡，居丧六年，以毁瘠著称。"⑥ 为父母守丧是封建社会的传统，但因"父母老家贫"而"去官"，且十几年如一日躬耕亲养，却不多见。臧严"幼有孝性，居父忧以毁闻"。臧未甄"丁所生母忧，三年庐于墓侧"⑦。臧盾"有孝性，随父宿直于廷尉，母刘氏在宅，夜暴亡，左手中指忽痛，不得寝，及晓，宅信果报凶问，其感通如此。服制未终，父又卒，盾居丧

① 沈约：《宋书·臧严传》卷五十，中华书局 1974 年版，第 719 页。
② 沈约：《宋书·臧严传》卷五十，中华书局 1974 年版，第 719 页。
③ 姚思廉：《梁书·臧盾传》卷四十二，中华书局 1973 年版，第 599—600 页。
④ 姚思廉：《梁书·臧盾附臧厥传》卷四十二，中华书局 1973 年版，第 600 页。
⑤ 李延寿：《南史·臧焘传》卷十八，中华书局 1975 年版，第 517 页。
⑥ 沈约：《宋书·臧焘传》卷五十五，中华书局 1974 年版，第 1544 页。
⑦ 姚思廉：《梁书·臧盾传》卷四十二，中华书局 1973 年版，第 599 页。

五年，不出庐户，形骸枯悴，家人不复识”①。魏晋南北朝时期，士族多重孝道，对“忠”却不以为然，但臧氏家族却非常注重“忠”。如臧盾：“性公强，居宪台甚称职。”② 又“中大通五年二月，高祖幸同泰寺开讲，设四部大会，众数万人，南越所献驯象，忽于众中狂逸，乘轝羽卫及会皆骇散，唯盾与散骑郎裴之礼嶷然自若，高祖甚嘉焉。”③ 臧盾卒后，高祖评其“忠怀忠密，识用详慎，当官平允，处务勤恪”④，谥曰“忠”。“忠”在臧氏其他家族成员身上表现得也十分突出，此不一一举例。

其二，清简肃贞。史籍多有记载，如：

臧焘：

虽外戚贵显，而弥自冲约，茅屋蔬餐，不改其旧，所得俸禄，与亲戚共之。⑤

臧熹：

高祖入京城，熹族子穆斩桓修。进至京邑，桓玄奔走，高祖使熹入宫收图书器物，封闭府库。有金饰乐器，高祖问熹：“卿得无欲此乎?”熹正色曰：“皇上幽逼，播越非所。将军首建大义，劬劳王家。虽复不肖，无情于乐。”⑥

又：

武帝将征广固，议者多不同，熹赞成其行。⑦

以为建威将军、临海太守。郡经兵寇，百不存一，熹绥缉纲

---

① 姚思廉：《梁书·臧盾传》卷四十二，中华书局1973年版，第600页。
② 姚思廉：《梁书·臧盾传》卷四十二，中华书局1973年版，第600页。
③ 姚思廉：《梁书·臧盾传》卷四十二，中华书局1973年版，第600页。
④ 姚思廉：《梁书·臧盾传》卷四十二，中华书局1973年版，第600页。
⑤ 沈约：《宋书·臧焘传》卷五十五，中华书局1974年版，第1546页。
⑥ 沈约：《宋书·臧质传》卷七十四，中华书局1974年版，第1909页。
⑦ 李延寿：《南史·臧焘传》卷十八，中华书局1975年版，第513页。

纪，招聚流散，归之者千余家。①

臧盾：

盾为人敏赡有风力，长于拨繁，职事甚理。②

臧厥：

厥，字献卿，亦以干局称。③

厥前后居职，所掌之局大事及兰台廷尉所不能决者，敕并付厥。厥辨断精详，咸得其理。④

母亲是孩子的第一任老师，孩子的品质与发展直接源于母亲的影响。像封建社会大多数女性一样，徐陵的母亲没有在史籍中留下太多印记，但是她出自东莞藏氏文化世家，家族文化自然会对她产生影响。另外，我们还可以根据家族中另外两位女性的事迹推演徐母的形象。

第一位是刘裕的皇后，即武敬臧皇后。史载：

武敬臧皇后讳爱亲，东莞人也。祖汪字山甫，尚书郎。父俊，字宣乂，郡功曹。后适高祖，生会稽宣长公主兴弟。高祖以俭正率下，后恭谨不违。及高祖兴复晋室，居上相之重，而后器服粗素，不为亲属请谒。义熙四年正月甲午，殂于东城，时年四十八，追赠豫章公夫人，还葬丹徒。高祖临崩，遗诏留葬京师，于是备法驾，迎梓宫祔葬初宁陵。⑤

① 沈约：《宋书·臧质传》卷七十四，中华书局1974年版，第1910页。
② 姚思廉：《梁书·臧盾传》卷四十二，中华书局1973年版，第600页。
③ 姚思廉：《梁书·臧厥传》卷四十二，中华书局1973年版，第601页。
④ 姚思廉：《梁书·臧厥传》卷四十二，中华书局1973年版，第601页。
⑤ 沈约：《宋书·后妃》卷四十一，中华书局1974年版，第1282页。

第二位是徐陵之弟，徐孝克之妻臧氏：

> 陵弟孝克，有口辩，能谈玄理。性至孝，遭父忧殆不胜丧。事所生母陈氏，尽就养之道。梁末，侯景寇乱，孝克养母，饘粥不能给。妻东莞臧氏，领军将军盾女也，甚有容色。孝克乃谓曰："今饥荒如此，供养交阙，欲嫁卿与富人，望彼此俱济，于卿如何？"臧氏弗许之。时有孔景行者，为侯景将，多从左右，逼而迎之，臧氏涕泣而去，所得谷帛，悉以遗母。孝克又剃发为沙门，改名法整，兼乞食以充给焉。臧氏亦深念旧恩，数私致馈饷，故不乏绝。后景行战死，臧氏伺孝克于途中，累日乃见，谓孝克曰："往日之事，非为相负，今既得脱，当归供养。"孝克默然无答。于是归俗，更为夫妻。①

从以上记载可以看出，这两位出于臧氏家族的女性，有一些共同特点，她们都孝敬顺从、贤惠恭谨、俭朴持家、善良平和，而且都识大体，事事以家为重。这些优秀品质，可能是东莞臧氏文化大家族女性的一些共同品质。以此推之，徐陵的母亲臧氏大概也是一位这样的女性。

第四节　徐陵的姻亲

从前边的讨论，我们知道，徐摛为周舍妻弟，徐、周两族有姻亲联系，正如徐氏家族与臧氏家族不止联姻一次一样，徐氏与周氏家族也缔结过至少两次婚姻。

---

① 李延寿：《南史·徐陵附徐孝克传》卷六十二，中华书局1975年版，第1527页。

俭一名众。幼而修立，勤学有志操，汝南周弘正重其为人，妻以女。[1]

徐俭是徐摛之孙，徐陵之子；周弘正是周舍之弟子，因弘正早孤，为周舍所养。由此可知，徐陵之子与周弘正之女结婚，徐氏家族与周氏家族再次联烟。徐、周两家数代莫逆，其家风及文化的互相渗透与影响是可以想象的。

从个性品质看，徐陵具有不畏权贵、刚正亮直的优秀品质。这种刚亮的品质不仅源于父亲的教育，外祖家的熏陶，与亲家周氏家族的影响可能也很有关系。汝南安城周氏发迹于两汉，历经魏晋南朝，在长达七百年的家族发展史上，一以贯之忠义刚直的品质。如先人周燕、周嘉均临危护主、舍生取义，留名青史；周虓之母为苻坚俘获，周虓不得已降于苻秦，但始终不肯受官，“自是每入见坚，辄箕踞而坐，呼之为氐贼。坚不悦。属元会，威仪甚整，坚因谓虓曰：‘晋家元会何如此？’虓攘袂厉声曰：‘戎狄集聚，譬犹犬羊相群，何敢比天子’”[2]，最终被流放，病卒于太原。东晋周顗“清正嶷然，以德望称之”[3]，面对曾是好友的朝廷叛臣王敦的诱惑与威胁，他义正词严、舍生取义，毅然为朝廷死难。南朝时期，安城周氏的忠义品质依然表现突出。刘宋时周朗面对时弊忧心忡忡，于是直言弹奏，惹得朝廷不满；周舍身处盛世，但他竭尽职守，“国史诏诰，仪体法律，军旅谋谟，皆兼掌之。日夜侍上，预机密，二十余年未尝离左右。舍素辩给，与人泛论谈谑，终日不绝口，而竟无一言漏泄机事，众尤叹服之”[4]。徐陵的亲家周弘正同样具有忠义刚正的品质，如大通三年，昭明太

① 姚思廉：《陈书·徐陵附徐俭传》卷二十六，中华书局 1972 年版，第 335 页。

② 房玄龄：《晋书·周虓传》卷五十八，中华书局 1974 年版，第 1584 页。

③ 余嘉锡：《世说新语笺疏》，中华书局 1983 年版，第 512 页。

④ 姚思廉：《梁书·周舍传》卷二十五，中华书局 1973 年版，第 376 页。

子蘷，其嗣华容公不得立，而以晋安王纲为皇太子。周弘正以为不合古制，于是上书极谏，言辞犀利。弘正在陈述事实后，还回忆了家族的忠义传统，并表示："弘正陋学书生，义惭稽古，家自汝、颍，世传忠烈，先人决曹掾燕抗辞九谏，高节万乘，正色三府，虽盛德之业将绝，而狂直之风未坠。是以敢布腹心，肆其愚瞽。如使刍言野说，少陈于听览，纵复委身烹鼎之下，绝命肺石之上，虽死之日，犹生之年。"① 安城周氏这种忠义刚正的品质，比肩于怒斥侯景、誓死保卫简文帝的徐摛；媲美于弹劾文帝之弟安成王陈顼、宣示答诸求官人书、力排众议举吴明彻的徐陵。徐、周两家之所以多番联姻，数代友好，不仅源于两个家族地位相似、身份相近，可能品格、气质的相互吸引与欣赏也是两个家族能够走在一起的重要原因。

安城周氏家族还具有淡泊名利、清约谦退的品质。如东汉周燮"有先人草庐结于冈畔，下有陂田，常肆勤以自给。非身所耕渔，则不食也"②。东晋周顗地位显赫，遇害后，被抄家，却仅搜得"素簏数枚，盛故絮而已，酒五甕，米数石，在位者服其清约"③。周颙"清贫寡欲，终日长蔬，虽有妻子，独处山舍"，以"赤米白盐，绿葵紫蓼"为食，视"春初早韭，秋末晚菘"④ 为美味。梁时周舍"性俭素，衣服器用，居处床席，如布衣之贫者"⑤ 等。周氏家族这种品质可能也对徐陵产生了影响。徐陵"性又清简，无所营树，俸禄与亲族共之。太建中，食建昌邑，邑户送米至于水次，陵亲戚有贫匮者，皆令取之，数日便尽，陵家寻致乏绝"⑥，这种淡泊名利、简约素朴的生活原则与其姻亲何等相似。

安城周氏是魏晋南朝著名的文化世家，汉代即以儒术名世，虽然数代

① 姚思廉：《陈书·周弘正传》卷二十四，中华书局1972年版，第306—307页。
② 范晔：《后汉书·周燮传》卷五十三，中华书局第1965年版，1742页。
③ 房玄龄：《晋书·周顗传》卷六十九，中华书局1974年版，第1853页。
④ 萧子显：《南齐书·周颙传》卷四十一，中华书局1972年版，第732页。
⑤ 姚思廉：《梁书·周舍传》卷二十五，中华书局1973年版，第376页。
⑥ 姚思廉：《陈书·徐陵传》卷二十六，中华书局1972年版，第334页。

为官，但文化一直是安城周氏经营的重点。特别南朝以来，周氏更无愧于文化大族的称号。

周氏家族崇拜佛教。南北朝时期，随着佛学的盛行，安城周氏家族出现了一位崇尚佛学的名人——周颙。“颙音辞辩丽……长于佛理，著《三宗论》。”①《三宗论》在当时影响颇大。“西凉州智林道人遗颙书深相赞美，言‘捉麈尾来四十余载，颇见宗录，唯此涂白黑无一人得者，为之发病，非意此音猥来入耳’。其论见重如此。”② 周颙精信佛法，以致生活“清贫寡欲，终日长蔬舍”，只以“赤米白盐，绿葵紫蓼”为食。受佛教的影响，周颙著《四声切韵》，对我国近体诗的产生作出了重要贡献。周氏家族中另一位精通佛教的名士即徐陵的亲家周弘正。《南史》本传记载了周弘正少年时一个插曲：“藏法师于开善寺讲说，门徒数百。弘正年少，未知名，著红裈，锦绞髻，踞门而听，众人蔑之，弗谴也。既而乘间进难，举坐尽倾，法师疑非世人，觇知，大相赏狎。”③ 由此可知，年少的弘正就已精通佛理了。“虽硕德名僧，莫不请质疑滞”④。再看徐陵，同样也崇尚佛学，“少而崇信释教，经论多所精解。后主在东宫，令陵讲大品经，义学名僧，自远云集，每讲筵商较，四座莫能与抗”⑤。徐陵向佛，来源于社会和家庭的影响，但是亲家的佛学文化底蕴对徐陵佛学思想的形成恐怕也起了推波助澜的作用。

周氏家族崇好玄学，周颙“兼善《老》《易》，与张融相遇，辄以玄言相滞，弥日不解”。周弘正“善清谈，梁末为玄宗之冠”⑥。周氏家族尚

---

① 萧子显：《南齐书·周颙传》卷四十一，中华书局1972年版，第731页。
② 李延寿：《南史·周颙传》卷三十四，中华书局1975年版，第899页。
③ 李延寿：《南史·周弘正传》卷三十四，中华书局1975年版，第897页。
④ 李延寿：《南史·周弘正传》卷三十四，中华书局1975年版，第900页。
⑤ 姚思廉：《陈书·徐陵传》卷二十六，中华书局1972年版，第334页。
⑥ 李延寿：《南史·周弘正传》卷三十四，中华书局1975年版，第899页。

好玄学的一个典型特征是机敏善口辩。如周颙“音辞辩丽，出言不穷，宫商朱紫，发口成句”①，“每宾友会同，颙虚席晤语，辞韵如流”②，“甚机辩”③，以致“太学诸生慕其风，争事华辩”④。周舍亦“名为口辩”⑤，“占对辩捷”⑥。周弘正“丑而不陋，吃而能谈”⑦。机辩也是徐陵的典型特点，“及长，博涉史籍，从横有口辩”⑧。徐、周两家关系密切，交往频繁，交往过程中，家族成员互相学习、互相影响，表达能力得到了锻炼，提升了辩智。

值得一提的是徐陵与周弘正之间的姻亲关系。“俭一名众。幼而修立，勤学有志操，汝南周弘正重其为人，妻以女。梁太清初，起家豫章王府行参军。侯景乱，陵使魏未反，俭时年二十一，携老幼避于江陵。”⑨ 因此可知，太清初，弘正已将女儿嫁与了徐俭。而太清之初，无论是徐摛还是徐陵，还都官位不显，却因掀起宫体诗风声名远扬。因此周弘正将女儿嫁与徐俭，看重的不仅是徐俭的“志操”，可能也还看重徐氏家族深厚的文化学养。再看徐陵对周弘正的评价。太建三年，徐陵由尚书右仆射迁尚书左仆射，陵抗表推周弘正、王劢等。让表中徐陵写道：“臣弘正国老儒宗，情尚虚简，玄风胜业，独王当年。”⑩ 可见，徐陵抗表推周弘正，主要推崇的是弘正的学问。徐陵对周弘正

---

① 萧子显：《南齐书・周颙传》卷四十三，中华书局 1972 年版，第 731 页。
② 萧子显：《南齐书・周颙传》卷四十三，中华书局 1972 年版，第 732 页。
③ 李延寿：《南史・周颙传》卷三十四，中华书局 1975 年版，第 895 页。
④ 萧子显：《南齐书・周颙传》卷四十二，中华书局 1972 年版，第 732 页。
⑤ 姚思廉：《梁书・周舍传》卷二十五，中华书局 1973 年版，第 375 页。
⑥ 李延寿：《南史・周舍传》卷三十四，中华书局 1975 年版，第 896 页。
⑦ 李延寿：《南史・周舍传》卷三十四，中华书局 1975 年版，第 897 页。
⑧ 姚思廉：《陈书・徐陵传》卷二十六，中华书局 1972 年版，第 325 页。
⑨ 姚思廉：《陈书・徐陵传》卷二十六，中华书局 1972 年版，第 335 页。
⑩ 许逸民：《徐陵集校笺・让左仆射初表》卷四，中华书局 2008 年版，第 355 页。

的评价并非虚夸，周弘正不仅品德忠贞，而且学问高博。《陈书》本传曰，弘正“年十岁，通《老子》《周易》”①，十五岁便能给诸生讲授《周易》，“诸生传习其义”②，“累迁国子博士。时于城西立士林馆，弘正居以讲授，听者倾朝野焉”③。弘正“善清谈，梁末为玄宗之冠”④，在当时影响很大，“洎于梁世，兹风复阐，庄、老、周易，总谓三玄。武皇、简文，躬自讲论。周弘正奉赞大猷，化行都邑，学徒千余，实为盛美。”⑤ 据说，梁元帝萧绎对周弘正推崇备至。侯景之乱之时，周弘正自建康逃离而出。梁元帝得知欣喜若狂，立即遣使迎接，并对朝臣说：“晋氏平吴，喜获二陆，今我破贼，亦得两周，今古一时，足为连类。”⑥ 萧绎在《金楼子》中写道：“余于诸僧重招提琰法师，隐士重华阳陶贞白，士大夫重汝南周弘正，其于义理，清转无穷，亦一时之名士也。”⑦ 萧梁覆亡后，周弘正为官于陈朝，同样因其渊博的学问获得了统治者的礼遇，“寻敕侍东宫讲《论语》《孝经》。太子以弘正朝廷旧臣，德望素重，于是降情屈礼，横经请益，有师资之敬焉”⑧，从这些记载可以看出，徐陵评周弘正为“国老儒宗”“独王当年”确实是恰如其分的。因此，徐、周联姻，不仅因为“志操”“门等”相匹，也与徐、周二人文化学识的相悦相赏密不可分。太建六年，七十九岁的周弘正去世。皇帝在诏书中评其“识宇凝深，艺业通备，辞林义府，国老民宗，道映庠门，望高礼

---

① 李延寿：《南史·周弘正传》卷三十四，中华书局 1975 年版，第 897 页。

② 姚思廉：《陈书·周弘正传》卷二十四，中华书局 1972 年版，第 305 页。

③ 姚思廉：《陈书·周弘正传》卷二十四，中华书局 1972 年版，第 307 页。

④ 李延寿：《南史·周弘正传》卷三十四，中华书局 1975 年版，第 899 页。

⑤ 颜之推撰，王利器集解：《颜氏家训集解》卷三，上海古籍出版社 1980 年版，第 187 页。

⑥ 姚思廉：《陈书·周弘正传》卷二十四，中华书局 1972 年版，第 308 页。

⑦ 姚思廉：《陈书·周弘正传》卷二十四，中华书局 1972 年版，第 308 页。

⑧ 姚思廉：《陈书·周弘正传》卷二十四，中华书局 1972 年版，第 309 页。

阁”①。九年之后，七十七岁的徐陵也长辞于世。诏评曰：“弱龄学尚，登朝秀颖，业高名辈，文曰词宗。”② 从诏评中可以看出，徐、周二人是陈代文化、文学史上两座高峰，徐周联姻是典型的门当户对。门当户对的两大家族，通过联姻，不仅密切了关系，扩大了社会影响，更在交流互动、学习借鉴、影响熏陶中得到进步与提高。

永嘉南渡以后，东海徐氏再次崛起。他们忠国爱家、功业彪彰；肃正亮直、德望高厚；注重家教，文学俱长；济济于事功，勤勉于学问，形成了优秀的家风。徐氏家族注重姻亲选择，其姻亲之家忠孝耿直，文化深厚。姻亲的加入，巩固了家族的根基，增加了家族文化储量，扩大了家族的影响，成为徐陵前进道路上重要的支撑力量。

---

① 姚思廉：《陈书·周弘正传》卷二十四，中华书局1972年版，第309—310页。

② 姚思廉：《陈书·徐陵传》卷二十六，中华书局1972年版，第334页。

第二章 徐陵的生平与功业

徐陵不仅是陈代名扬四海的文学家，也是当时德高望重的政治家。《梁书·徐陵传》曰："开国侯陵，弱龄学尚，登朝秀颖，业高名辈，文曰词宗。"① 又"徐孝穆挺五行之秀，禀天地之灵，聪明特达，笼罩今古。及缔构兴王，遭逢泰运，位隆朝宰，献替谋猷，盖亮直存矣。"② 由此可见，史家评徐陵，不仅挺其文学，也壮其政绩，"非如今人所说，仅止于文学家"③。徐陵历仕梁、陈两朝，一生经过了家庭教育时期、随父任职晋安王蕃府时期、为东宫文德省学士及仕梁时期、出使北朝被羁留七年以及晚年仕进陈代等人生阶段。

第一节 徐陵的童年及少年

徐陵的童年及少年（507—523）。这是徐陵学习成长阶段。这一时期，徐陵接受了很好的家庭教育。"时宝志上人者，世称其有道，陵年数岁，家人携以候之，宝志手摩其顶，曰'天上石麒麟也'光宅惠云法师每嗟陵

① 姚思廉：《陈书·徐陵传》卷二十六，中华书局1972年版，第334页。

② 姚思廉：《陈书·徐陵传》卷二十六，中华书局1972年版，第339页。

③ 许逸民：《徐陵集校笺·前言》，中华书局2008年版，第5页。

早成就，谓之颜回。”① 家人反复带领徐陵拜访高人的行动，表明家人对徐陵教育的重视，也表明了对徐陵未来的期望。徐陵“八岁能属文，十二通《庄》《老》义。既长，博涉史籍，纵横有口辩”②，不仅说明徐陵的早慧、聪明，也体现了徐陵家族教育的成就。

第二节 徐陵仕梁

徐陵在梁代（523—556）。这一时期徐陵的活动又可以分作两个阶段。其一，从梁普通四年（523）到太清二年（548），这一时期徐陵在梁为官。其二，出使北朝七年，这一阶段徐陵虽为梁臣，但出使后被扣，在北方逗留七年，经历了特殊的人生阶段。

一、从梁普通四年（523）到太清二年（548）

《陈书·徐陵传》载：“梁普通二年，晋安王为平西将军、宁蛮校尉，父摛为王咨议，王又引陵参宁蛮府军事。中大通三年，王立为皇太子，东宫置学士，陵充其选。”③ 根据这一记载，徐陵 15 岁（普通二年是 521 年）时跟随父亲徐摛来到萧纲幕府。但是，《梁书·简文帝本纪》载：“（普通）四年，徙为使持节、都督雍、梁、南北秦四州郢州之竟陵司州之随郡诸军事，平西将军、宁蛮校尉、雍州刺史。”④ 根据这一记载，萧纲普通四年（523）方为“平西将军、宁蛮校尉”。又《梁书·徐摛传》载：“普通四年，王出镇襄阳，摛固求随府西上，迁晋安王谘议参军。”⑤ 由此可见，

① 姚思廉：《陈书·徐陵传》卷二十六，中华书局 1972 年版，第 325 页。
② 姚思廉：《陈书·徐陵传》卷二十六，中华书局 1972 年版，第 325 页。
③ 姚思廉：《陈书·徐陵传》卷二十六，中华书局 1972 年版，第 325 页。
④ 姚思廉：《梁书·简文帝本纪》卷四，中华书局 1973 年版，第 103—104 页。
⑤ 姚思廉：《梁书·徐摛传》卷三十，中华书局 1973 年版，第 447 页。

徐陵随父至雍州应该是在普通四年，这时徐陵17岁，从此正式踏上仕途。从普通四年（523）“引陵参宁蛮府军事”到中大通三年（531），徐陵随父任职于萧纲的幕府，这八九年的时光，对于徐陵非常重要。第一，徐陵见证了萧纲与他父亲参与的北伐，受到了实在的政治教育；第二，徐陵接受了徐摛的新诗教育，感受到了藩府火热的文学气息，“初，太宗在藩，雅好文章士，时肩吾与东海徐摛、吴郡陆杲、彭城刘遵、刘孝仪、仪弟孝威，同被赏接”①。虽然这时候年轻的徐陵还不是文学创作的骨干，但实实在在受到了这种浓郁的文学氛围的熏陶。

结束了轰轰烈烈的藩府生活，徐陵随父来到萧纲的东宫。“中大通三年，王立为皇太子，东宫置学士，陵充其选。稍迁尚书度支郎。出为上虞令，御史中丞刘孝仪与陵先有隙，风闻劾陵在县赃污，因坐免。久之，起为南平王府行参军，迁通直散骑侍郎。梁简文在东宫撰《长春殿义记》，使陵为序。又令於少傅府述所制《庄子义》。寻迁镇西湘东王中记室参军。太清二年，兼通直散骑常侍。使魏，魏人授馆宴宾。”② 从以上记载看，从中大通三年（531）到太清二年（548），在长达17年的时间里，徐陵在梁的政治事业似乎没有很大起色，究其原因大概有三点：第一，受到了刘孝仪弹劾的影响。第二，从前边的叙述可知，徐陵虽然出自东海徐氏，但徐陵一支当时的社会地位并不高。六朝是一个讲究门第的社会，虽然南朝时门第观念已有所淡化，但传统观念依然顽固地存在，门第依然是朝廷任官的重要依据。如徐陵在陈代为吏部尚书时，曾经整顿铨选制度，其为书宣示曰“自古吏部尚书者，品藻人伦，简其才能，寻其门胄，逐其大小，量其官爵”，可见即使到了陈代，“寻其门胄，逐其大小”依旧是“量其官爵”的依据。因此，受到门第的影响，徐陵的才华没有得到足够重视。第三，徐陵跟随父亲追随萧纲，是萧纲的心腹，但是自古太子养德东宫，并

① 姚思廉：《梁书·文学传·庾肩吾传》卷四十九，中华书局1973年版，第690页。
② 姚思廉：《陈书·徐陵传》卷二十六，中华书局1972年版，第325—326页。

没有太多实质性的政治权利，所以在萧纲没有登基为皇帝之前，作为萧纲亲信的徐陵自然难以受到重用。但尽管如此，徐陵突出的政治魄力与才能还是展现出来了，这主要体现在徐陵《玉台新咏》的编纂上。

《大唐新语》曰："先是，梁简文帝为太子，好作艳诗，境内化之，浸以成俗，谓之'宫体'。晚年改作，追之不及，乃令徐陵撰《玉台集》，以大其体。"① 《玉台新咏》成书于中大通六年②左右，从表面看，《玉台新咏》是文学的事情，但实际上，《玉台新咏》的编纂不仅是文学发展的需要，也是萧纲政治发展的需要。我们在讨论徐摛时曾经谈及，萧纲继位太子后，面临着政治、文学双重危机。为了帮助萧纲，徐摛发动宫体诗运动，使"春坊尽学之"，虽然得到了梁武帝的承认，但最终梁武帝为了平衡朱异与萧纲双方的政治力量，将徐摛贬到了新安，这使萧纲的宫体诗运动再次遭到打击。为了重振宫体诗运动，萧纲最终计划编纂《玉台新咏》。这就使《玉台新咏》的编纂有了鲜明的政治性。当代学者认为，"萧纲的艳体诗风形成时间较长，随着他被立为太子，他以这一诗风与故太子萧统提倡的诗风相抗衡，从而提高自己的政治地位，是有着很深沉的考虑的。昭明太子在天监、普通年间提倡并形成了一种文风，还编成了一部文学总集《文选》，在这种情况下，萧纲要编一部代表自己文学主张的作品选集，也是在其计划中的了，这大概就是萧纲编辑《玉台新咏》最初的目的"③。因此《玉台新咏》的编纂"带有很明显的政治目的，即一是要取代萧统倡导的文风，二是为艳体诗张本"④。那么，这样一部要为宫体诗"张本"的艳体诗集该由谁做主编？当时徐摛、庾肩吾等宫体诗主将都不在萧纲身

---

① 刘肃：《大唐新语》，中华书局 1984 年版，第 41—42 页。

② 兴膳宏：《玉台新咏成书考》，见《中国古典文学丛考》，复旦大学出版社 1985 年版，第 341—360 页。

③ 傅刚：《〈玉台新咏〉编纂时间再讨论》，《北京大学学报》（哲学社会科学版），2002 年，第 3 期。

④ 傅刚：《〈玉台新咏〉与〈文选〉》，《中国典籍与文化》，2003 年，第 1 期。

边；萧纲虽然是宫体诗大宗，但是《玉台新咏》编纂的目的是要与萧统的《文选》抗衡，在这种情况下，如果萧纲亲自上阵，就是直接与萧统唱对台戏，这样的做法，自然会遭到萧统亲信更加猛烈的打击。当然当时也还有一些亲信尚在萧纲身边，如王规、刘孝仪、刘孝威等，他们都有能力完成《玉台新咏》的编纂，但萧纲最终还是选择了徐陵。徐陵当时年仅二十五六岁，这样的文学与政治双层重任，萧纲为什么选择比自己还年轻5岁的徐陵来承担？对此后人曾做过讨论。如兴膳宏说："他（徐摛）的儿子徐陵尽管任东宫学士的时间很短，在同人中又属晚辈，却被选为编者，或许可以说是作为父亲的替身的吧。皇太子启用比自己还年轻五岁①的徐陵，难道不是对徐摛长年忠勤的勉励、对这位给自己以极大文学感化的老臣表示敬爱吗？"② 傅刚先生也认为："对于徐（摛），他（萧纲）是非常感恩的，但对他父亲的旨意，却也无可奈何，因此让徐陵编辑此书，也许含有安慰徐的意思。"③ 两位先生都指出了《玉台新咏》与徐摛的关系，都认为是萧纲感激徐摛，才让徐陵替父亲编纂《玉台新咏》。但问题恐怕并不这样简单。萧纲感激徐摛是毫无疑问的，但萧纲越是感激徐摛，越不能让徐摛的儿子作《玉台新咏》的主编。因为在当时的历史背景下，收录一部艳歌集，未必是一件光荣的任务，相反可能还要承担政治风险。如前所述，因为宣传宫体诗，徐摛刚刚遭到了暗算；如果徐陵编纂《玉台新咏》，很可能像他的父亲一样遭到政治伤害。所以从保护徐摛、保护徐陵的角度

---

① 笔者按：《梁书·简文帝本纪》载，萧纲"天监二年十月丁未，生于显阳殿"，即萧纲生于503年；又《陈书·徐陵传》载，徐陵"至德元年卒，时年七十七"，至德元年为583年，据此推算徐陵生于507年，则徐陵比萧纲年轻4岁，兴膳宏言徐陵比萧纲年轻5岁，不知何据，存疑。

② 兴膳宏：《〈玉台新咏〉成书考》，见《中国古典文学丛考》第一辑，复旦大学出版社1985年版，第357页。

③ 傅刚：《〈玉台新咏〉编纂时间再讨论》，《北京大学学报》（哲学社会科学版），2002年，第3期。

出发，萧纲不会选择徐陵做主编，而应该自己亲自上阵。那么到底怎样理解萧纲“令徐陵撰《玉台集》”？这其中应该包含两个因素：其一，是徐摛的推荐。徐摛是萧纲宫体诗老师，是新诗的爱好者，所以宣传宫体诗是萧纲的理想，也是徐摛的愿望，徐摛曾经帮助萧纲宣传宫体诗，虽然使“春坊尽学之”，但被贬到新安；徐摛对萧纲忠心耿耿，他一心要帮助萧纲，在自己无法在萧纲身边为萧纲出力的情况下，他推荐了自己的儿子，希望儿子帮助自己完成未完成的事业。其二，是萧纲对徐陵的信任。徐陵 17 岁来到萧纲身边，《玉台新咏》编纂时，萧纲与徐陵已经有了近 10 年的交往，萧纲对徐陵是了解的，对徐陵的文学才华与政治能力是信任的，这应该是萧纲选择徐陵为《玉台新咏》主编的又一重要原因。

事实证明，徐陵很好地完成了这一任务。《玉台新咏》的编纂打破了以往文集、诗集只收已不在世诗人作品的先例，《玉台新咏》既收录过世诗人的诗作，也收录尚在世诗人的作品，包括萧衍、萧纲、萧绎、庾肩吾、庾信以及徐陵自己的作品等。不过尽管《玉台新咏》收录了众多在世诗人的作品，但《玉台新咏》收录萧纲的作品远远超过了众人，如《玉台新咏》第七卷虽然将梁武帝排在最前边，却只收录了他 12 首诗，但收录萧纲的诗竟高达 44 首。徐陵采取这种创新的编排体例，目的就是要构建一个以萧纲为中心的世界，突出萧纲新文学领袖的地位，因此《玉台新咏》的编纂，其政治目的是十分明显的。《玉台新咏》问世后，宫体诗果然大行其道，《隋书·文学传序》曰：“梁自大同之后，雅道沦缺，渐乖典则，争驰新巧。简文、湘东启其淫放，徐陵、庾信分路扬镳。”① 而随着宫体诗的盛行，萧纲的政治地位也巩固下来，“大同五年，……（殷不害）以本官兼东宫通事舍人。是时

① 魏征：《隋书·文学传序》卷七十六，中华书局 1973 年版，第 1730 页。

朝廷政事多委东宫"[1]。由此可见《玉台新咏》的编纂达到了文学与政治的双层目的。《玉台新咏》的编纂不仅显示了徐陵的文学才华，也彰显了徐陵的政治魄力与政治能力。

二、从太清二年（548）到梁末（555）

这一时期徐陵出使北朝，被扣七年，有了一段特殊的生活、政治经历。

南北朝时期，尽管战争不断，但使者往来却十分频繁。使者是国家形象的象征，无论南朝、北朝对于使者的选拔都十分严格。如：

> 天平末，魏欲与梁和好，朝议将以崔㥄为使主。㥄曰："文采与识，㥄不推李谐；口颊翩翩，谐乃大胜。"于是以谐兼常侍，卢元明兼吏部郎，李业兴兼通直常侍聘焉。[2]

> 于时与梁和，妙简聘使，邵与魏收及从子子明被征入朝。当时文人，皆邵之下，但以不持威仪，名高难副，朝廷不令出境。南人曾问宾司："邢子才故应是北间第一才士，何为不作聘使?"答云："子才文辞实无所愧，但官位已高，恐非复行限。"[3]
>
> 尝借使命增国之光，必妙选行人，择其容止可观，文学优赡者，以充聘使……其邻国之接待聘使亦必选有才行者充之。[4]

因此，只有具备文采、见识、口才、威仪，即"容止可观，文学优赡

① 姚思廉：《陈书·殷不害传》卷三十二，中华书局 1972 年版，第 424 页。
② 李延寿：《北史·李谐传》卷四十三，中华书局 1974 年版，第 1604 页。
③ 李延寿：《北史·邢邵传》卷四十三，中华书局 1974 年版，第 1591 页。
④ 赵翼著，王树民校证：《廿二史札记校证》（订补本）卷十四，中华书局 1984 年版，第 294—295 页。

者”，才能“以充聘使”，目的是“借使命增国之光”。徐陵凭借这些素质，被选拔为使者，受命出使。《陈书·徐陵传》曰：“太清二年，兼通直散骑常侍。使魏，魏人授馆宴宾。”① 关于这次出使的原因，《梁书·朱异传》这样记载：“高祖深纳异言，又感前梦，遂纳之。及贞阳败没，自魏遣使还，述魏相高澄欲更申和睦。敕有司定议，异又以和为允，高祖果从之。其年六月，遣建康令谢挺、通直郎徐陵使北通好。”② 可见，徐陵这次出使，是为了通两国之好。但遗憾的是这次出使完全违背了初衷。对徐陵来说，这次出使，更是一次痛苦的人生经历。

徐陵一到北国，就遇到了挑战。

> 太清二年，兼通直散骑常侍。使魏，魏人授馆宴宾。是日甚热，其主客魏收嘲陵曰：“今日之热，当由徐常侍来。”陵即答曰：“昔王肃至此，为魏始制礼仪；今我来聘，使卿复知寒暑。”收大惭。③

徐陵使魏，魏主仰其大名，热情招待，却招致魏收的嫉妒，魏收于是无端挑衅。魏收口中之“热”，表面是指天气热，实则为讥讽。魏收的无礼，针对的是徐陵，但在当时的情境下，魏收、徐陵各自代表自己的国家，这样魏收的讽刺就涉及国家的尊严。所以，针对魏收的无礼，徐陵很快做出了回击：“昔王肃至此，为魏始制礼仪；今我来聘，使卿复知寒暑。”徐陵的回答沉着、巧妙，他顺势将“热”借来，转化为北国学习南国文化之“热”的事实，确认了北国与南国自古以来学习者与被学习者之间的关系，横扫魏收乃至魏国的威风，弘扬了国威，达到了“借使命增国

---

① 姚思廉：《陈书·徐陵传》卷二十六，中华书局1972年版，第326页。
② 姚思廉：《梁书·朱异传》卷三十八，中华书局1973年版，第539页。
③ 姚思廉：《陈书·徐陵传》卷二十六，中华书局1972年版，第326页。

之光”的目的。据说当时魏主相当气恼、羞愧，宴会结束后，将魏收关了好几天，以解心中的怒气。

徐陵这次出使面临的更大挑战还在后边。徐陵出使不久，侯景之乱爆发，北齐代魏，北齐以此为借口扣留了徐陵。面对此状，徐陵作出的第一反应就是“累求复命”，但是结果却是“终拘留不遣”。徐陵义愤填膺，他直接上书北齐当权者，这就是著名的《与齐尚书仆射杨遵彦书》。在书中，徐陵理直气壮、气冲斗牛，对北齐提出的诸种理由一一加以驳斥，使杨遵彦无言以对。在被扣七年的时间里，徐陵从来没有妥协、放弃，他一直奔走呼告，或驳斥、或论理、或诉苦、或求助，执着坚定，努力争取回国复命的机会。《与齐尚书仆射杨遵彦书》之外，《在北齐与宗室书》《与王吴郡僧智书》《劝进梁元帝表》，还有写给王僧辩的六封信，写给陈霸先的信，给荀昂兄弟的信，给裴之横的信等，都是在这种情况下写成的。功夫不负有心人，徐陵的努力有了回报。被扣七年以后，徐陵终于踏上了故乡的土地，而这些书、表等也成了徐陵的永恒经典之作。透过这些作品，可以领略徐陵的个性，触摸徐陵的灵魂，感受徐陵出使不辱使命的政治魄力与忠节。

第三节　徐陵仕陈

徐陵出使北朝，被扣七年，公元555年，终于得到了回国的机会。“及江陵陷，齐送贞阳侯萧渊明为梁嗣，乃遣陵随还。”① 徐陵回归之后，梁代大厦已倾，不久即为陈所代。虽然徐陵以梁臣入仕，但在陈代，徐陵受到了陈朝统治者的重用。徐陵在陈代的履历大体如下：

---

① 姚思廉：《陈书·徐陵传》卷二十六，中华书局1972年版，第332页。

高祖受禅，加散骑常侍、左丞如故。天嘉初，除太府卿。四年，迁五兵尚书，领大著作。六年，除散骑常侍、御史中丞。高宗纂历，封建昌县侯，邑五百户。太建元年，除尚书右仆射。三年，迁尚书左仆射。七年，领国子祭酒、南徐州大中正。寻加侍中，给扶，又除领军将军。八年，加翊右将军、太子詹事，置佐史。俄迁右光禄大夫，余并如故。十年，重为领军将军。寻迁安右将军、丹阳尹。十三年，为中书监，领太子詹事，给鼓吹一部，侍中、将军、右光禄、中正如故。后主即位，迁左光禄大夫、太子少傅，余如故。至德元年卒。

徐陵以梁臣入陈，何以得到统治者的器重？大概有以下方面的原因：

第一，“聪明特达，笼罩今古”。

陈霸先是陈代的开国之君，徐陵与陈霸先的初交并不愉快。事情还要从侯景之乱说起。侯景之乱爆发，江表危机，梁元帝萧绎被西魏杀死，梁朝的大权被操控于王僧辩、陈霸先两位权臣手中。而北齐趁此机会想送萧渊明①做梁的傀儡皇帝，徐陵因此得到了随同返梁的机会。“及江陵陷，齐送贞阳侯萧渊明为梁嗣，乃遣陵随还。”② 返梁途中，徐陵结识了王僧辩。“太尉王僧辩初拒境不纳，渊明往复致书，皆陵词也。及渊明之入，僧辩得陵大喜，接待馈遗，其礼甚优。以陵为尚书吏部郎，掌诏诰。”③ 王僧辩对徐陵十分欣赏，还予以重任。前边谈及，梁末大权掌握在陈霸先、王僧辩两位权臣手中，他们表面上同为梁朝出力，实际上钩心斗角，各怀心思。当王僧辩拥立萧渊明为帝以后，陈霸先以此为借口诛杀了王僧辩。为

---

① 萧渊明（？—556），南朝梁第五位皇帝。梁文帝萧顺之之孙，长沙宣武王萧懿之子，梁武帝萧衍之侄。太清元年（547），他在接应侯景的过程中被东魏大将军高澄所俘。承圣四年（555），梁元帝萧绎被杀后，在北齐文宣帝高洋的支持下南下建康，被王僧辩拥立为帝，年号天成。在位四个月就被司空陈霸先废黜，降为建安王，任太傅。绍泰二年（556）毒疮发作而死。后被萧庄追谥为闵皇帝。

② 姚思廉：《陈书 · 徐陵传》卷二十六，中华书局 1972 年版，第 332 页。

③ 姚思廉：《陈书 · 徐陵传》卷二十六，中华书局 1972 年版，第 332 页。

了给王僧辩报仇，王僧辩的部下任约等率军反攻陈霸先，“时任约、徐嗣徽乘虚袭石头”，这样就形成了双方对立的局面，而徐陵感念王僧辩旧恩，毫不犹豫站在了任约一边，“感僧辩旧恩，乃往赴约”（《陈书·徐陵传》），参与了任约的军队。但最终任约失败了。这就是徐陵与陈霸先的初次交接。但是徐陵站队王僧辩，陈霸先并没有杀徐陵，“及约等平，高祖释陵不问”（《陈书·徐陵传》），“其与任约……同谋，一无所问”（《梁书·敬帝记》）。陈霸先不仅没有杀徐陵，还不计“旧仇”，重用徐陵，“寻以为贞威将军、尚书左丞”①。在古代，尚书左丞“佐尚书令，总领纲纪”，与王僧辩委任徐陵的“尚书吏部郎”差不多。为什么陈霸先不杀徐陵，还重用徐陵？原因很简单，陈霸先看中了徐陵的才华，他不杀徐陵，等于从王僧辩那里挖了一个人才。陈霸先诛王僧辩，除掉了心腹之患，其代梁的企图已不言自明，这时候他迫切希望徐陵这样的人才能为其出力。而对徐陵来说，陈霸先的大度、爱才和不杀之恩，也使他感动，徐陵最终不负陈霸先的厚爱，开始为陈霸先效力，成为陈霸先代梁与治国道路上的鼓吹者。《为陈武帝作相时与北齐广陵城主书》《为陈武帝作相时与岭南酋豪书》《为陈武帝与周宰相书》《进封陈司空为长城公诏》《封陈公九锡诏》《禅位陈王诏》《陈武帝即位诏》《禅位陈王玺书》《陈武帝下州郡玺书》《册陈武帝九锡文》《禅位陈王策》《为陈武帝即位告天书》等都是徐陵所作。《陈书·徐陵传》载：“自有陈创业，文檄军书及禅授诏策，皆陵所制，而《九锡》尤美。”② 因此正是徐陵的才华，吸引了陈霸先，这才是陈霸先放弃宿怨，重用徐陵的根本原因。

徐陵与陈代第二位君王陈蒨的关系。徐陵在陈武帝时期的成绩，为其后来的发展积累了政治资本，陈蒨、陈顼时代，徐陵依旧承担着国家重要文件的起草、制订工作，如《为陈宣帝与周冢宰宇文护论边境事书》《为

① 姚思廉：《陈书·徐陵传》卷二十六，中华书局1972年版，第332页。
② 姚思廉：《陈书·徐陵传》卷二十六，中华书局1972年版，第335页。

陈宣帝答周武帝论和亲书》《陈文帝登祚尊皇太后诏》《封皇子叔陵为始兴王诏》《陈文皇帝哀策文》等都是徐陵草创的。“世祖、高宗之世，国家有大手笔，皆陵草之。”① 徐陵依靠其文采成了陈代统治者的重要喉舌。

第二，“献替谋猷，盖亮直存矣”。

受儒家“学而优则仕”思想的影响，中国古代的文人，都把出仕为政作为人生终极目标，徐陵自然也不例外，他不仅是享誉四方的文学家，也是功业彪彰的政治家。徐陵从政，在其职谋其政、秉公办事、积极作为、献替谋猷，亮直存矣，这是徐陵受到重用的又一重要原因。

如前文谈到陈霸先重用徐陵，是欣赏徐陵的才华，但是徐陵对朋友王僧辩肝胆相照、以死相拼的品质也是打动陈霸先的重要原因。另外，陈霸先在位三年，徐陵承担了所有“文檄军书及禅授诏策”的草创工作，这种拼命精神，也是陈武帝重用徐陵的原因。

在陈文帝时期，徐陵曾做过两件大事。

第一件事，发生在徐陵为御史中丞时。

> 时安成王顼为司空，以帝弟之尊，势倾朝野。直兵鲍僧叡假王威权，抑塞辞讼，大臣莫敢言者。陵闻之，乃为奏弹，导从南台官属，引奏案而入。世祖见陵服章严肃，若不可犯，为敛容正坐。陵进读奏版时，安成王殿上侍立，仰视世祖，流汗失色。陵遣殿中御史引王下殿，遂劾免侍中、中书监。自此朝廷肃然。②

御史中丞“受公卿章奏，纠察百僚”、“爰立执法，其晖有涣。执宪之纲，秉国之宪”，是为执法之官，徐陵在其位谋其职，尽管“时安成王顼为司空，以帝弟之尊，势倾朝野”，但徐陵不畏权贵，严正无私，“遣殿中

① 姚思廉：《陈书·徐陵传》卷二十六，中华书局1972年版，第332页。

② 姚思廉：《陈书·徐陵传》卷二十六，中华书局1972年版，第332页。

御史引王下殿，遂劾免侍中、中书监。自此朝廷肃然”。

第二件事是徐陵为吏部尚书时。吏部尚书负责官员的选拔，徐陵看到“梁末以来，选授多失其所”，于是“提举纲维，综核名实”，决心整顿改革混乱的选官制度，这引起了“冒进求官”者的强烈不满，他们“喧竞不已”，予以指责，但徐陵丝毫也不让步，他发布了《答诸求官人书》，对“喧竞不已者”予以驳斥，“自是众咸服焉，时论比之毛玠”①。在陈代，陈蒨是一位明君，他在位期间，励精图治，注重农桑，百姓富裕，社会安定，使江南经济得到了一定的恢复与发展。这样的皇帝，对于积极有为、为政亮直的徐陵自然是要重用的。

徐陵与陈宣帝。陈宣帝即陈顼，是陈代在位时间最长的皇帝。而陈顼即陈文帝时期被徐陵弹劾的当年的司空“安成王”。按常理，陈顼当上皇帝，应该报复徐陵，治徐陵之罪。但恰恰相反，陈顼登基后，对徐陵非常尊重器重。陈顼是在发动政变废黜陈伯宗后登基的，而废立这样的机密，陈顼竟然与徐陵商议，“废帝即位，高宗入辅，谋黜异志者，引陵预其议”②。陈顼登基后，徐陵更是登上了人生顶峰，“高宗纂历，封建昌县侯，邑五百户。太建元年，除尚书右仆射。三年，迁尚书左仆射”③。陈顼对徐陵的重视还可以从推荐北伐元帅一事上体现出来。“及朝议北伐，高宗曰：‘朕意已决，卿可举元帅。’众议咸以中权将军淳于量位重，共署推之。陵独曰：‘不然。吴明彻家在淮左，悉彼风俗，将略人才，当今亦无过者。’于是争论累日不能决。都官尚书裴忌曰：‘臣同徐仆射。’陵应声曰：‘非但明彻良将，裴忌即良副也。’是日，诏明彻为大都督，令忌监军事，遂克淮南数十州之地。”④ 在众臣当中，陈顼最后听从了徐陵的建议，可见他

① 姚思廉：《陈书·徐陵传》卷二十六，中华书局 1972 年版，第 332 页。
② 姚思廉：《陈书·徐陵传》卷二十六，中华书局 1972 年版，第 333 页。
③ 姚思廉：《陈书·徐陵传》卷二十六，中华书局 1972 年版，第 333 页。
④ 姚思廉：《陈书·徐陵传》卷二十六，中华书局 1972 年版，第 333—334 页。

对徐陵的信任。徐陵晚年，依然受到重用与礼遇。“七年，领国子祭酒、南徐州大中正。以公事免侍中、仆射。寻加侍中，给扶，又除领军将军。八年，加翊右将军、太子詹事，置佐史。俄迁右光禄大夫，馀并如故。十年，重为领军将军。寻迁安右将军、丹阳尹。十三年，为中书监，领太子詹事，给鼓吹一部，侍中、将军、右光禄、中正如故。陵以年老累表求致仕，高宗亦优礼之，乃诏将作为造大斋，令陵就第摄事。”① 陈顼为什么这样敬重、重用徐陵？正是“不打不相识”，徐陵当年对陈顼的弹劾，使陈顼更了解了徐陵刚正有为的品质，而陈顼登基后，号称中兴之君，是一位有为的君主，这样的皇帝对于能“献替谋猷”，又“亮直存矣”的徐陵肯定是要重用的。

陈宣帝陈顼驾崩于太建十四年，之后陈后主叔宝继位，第二年改元至德（583），就在这一年徐陵病逝，享年 77 岁。徐陵去世时，已为五朝元老，后主布诏祭奠，赐谥为“章”。

自陈霸先登基到至德元年去世，徐陵在陈为官近 27 年，他公正亮直，经常得罪冲撞皇帝，但是，徐陵却因为他的耿直更加受到皇帝们的敬重，其人生也在陈代达到了巅峰。

附：陈叔宝赐谥徐陵“章伪侯”真伪考

陈叔宝是陈朝第五位皇帝，也是最后一位皇帝。太建元年陈叔宝被立为太子，太建十四年宣帝驾崩，陈叔宝继位，第二年改元至德（583），就在这一年徐陵病逝。徐陵去世后，陈叔宝布诏赐谥，但关于徐陵的谥号，却有两个不同的版本。

> 《南史·徐陵传》曰：“至德元年卒，年七十七，诏赠特进。初，后主为文示陵，云他人所作。陵嗤之曰：‘都不成辞句。’后

① 姚思廉：《陈书·徐陵传》卷二十六，中华书局 1972 年版，第 334 页。

主衔之，至是谥曰章伪侯。”①

《陈书·徐陵传》曰：“至德元年卒，时年七十七。诏曰：‘慎终有典，抑乃旧章，令德可甄，谅宜追远。侍中、安右将军、左光禄大夫、太子少傅、南徐州大中正建昌县开国侯陵，弱龄学尚，登朝秀颖，业高名辈，文曰词宗。朕近岁承华，特相引狎，虽多卧疾，方期克壮，奄然殒逝，震悼于怀。可赠镇右将军、特进，其侍中、左光禄、鼓吹、侯如故，并出举哀，丧事所须，量加资给。谥曰章。’”②

可见《南史·徐陵传》与《陈书·徐陵传》在徐陵的谥号问题上记载完全不同，那么到底是《南史·徐陵传》还是《陈书·徐陵传》反映了历史的真实？如果《南史》记载属实，那么后主与徐陵之间一定存在很大矛盾。果真这样吗？

考察这一问题，首先要从两部史书的修撰特点上去考察。

南朝正史中的《梁书》《陈书》，均成书于唐贞观十年（636），虽然完成于姚思廉之手，但这两部史书的编撰工作却始于其父姚察。姚察历仕梁、陈、隋三朝，曾作为史官参与修史工作。姚察从陈朝开始撰写《梁书》《陈书》二史，但尚未完成编写工作，即于隋炀帝大业二年（606）去世。临终之前，姚察告诫儿子思廉一定要“续成其志”。父亲去世三年后，姚思廉上表陈述父亲的遗志，隋炀帝下诏准许他继续修撰梁、陈二史，后因为受命参与其他撰述工作，隋世没有完成撰写任务。唐高祖武德五年（622），姚思廉奉诏继续修撰《陈书》，唐太宗贞观三年，李世民再次下达撰史任务，并由姚思廉一人独力承担梁、陈二史的编撰工作。七年以后，

① 李延寿：《南史·徐陵传》卷六十二，中华书局1975年版，第1525页。
② 姚思廉：《陈书·徐陵传》卷二十六，中华书局1972年版，第334页。

《梁书》《陈书》终于完成。

《梁书》和《陈书》经过姚氏父子两代相传，跨越三个皇朝，先后五次奉诏撰写，用了五六十年时间才最终撰成，其用心之精，可见一斑，时人称赞姚思廉："志苦精勤，纪言实录。"① 因为重视史料与实录，《梁书》《陈书》历来被看作是梁朝、陈朝的正史。

《南史》成书较晚，为唐人李延寿著。李延寿在给唐高宗的上书中提到，他撰写《南史》《北史》的意图是"鸠集遗逸，以广异闻"②，其取材"从此八代正史外，更勘杂史于正史所无者一千余卷，皆以编入"③，而且特别注意对"易为湮落"④ 的"小说短书"⑤ 的收录。然而，史书与小说毕竟不同，它讲究的是历史的真实性，而不是奇异的趣味性。《南史》中许多所谓的"杂史""小说短书"，经不起历史事实的考察，后人对此提出了严正批评。如《四库全书·南史提要》指摘曰："当日专致力于《北史》，《南史》不过因其旧文排纂删润，故其减字节句，每失本意，间有所增益，又缘饰为多。如宋《路太后传》，较《宋书》为详。然沈约修史，工于诋毁前朝，而不载路太后饮酒置毒之事，当亦揆以前后恩慈，不应存此异说也。延寿采杂史为实录，又岂可尽信哉！"⑥ 清学者钱大昕说："延寿好采它书，而不察事理之有无，其失往往如此。"⑦ 延寿"采自它书，殊未可信"⑧。王鸣盛批评《南史》说："其书疵病百出，不可胜言。"⑨ 又

① 刘昫：《旧唐书·姚思廉传》卷七十三，中华书局 1975 年版，第 2593 页。
② 李延寿：《北史·序传》卷一百，中华书局 1974 年版，第 3345 页。
③ 李延寿：《北史·序传》卷一百，中华书局 1974 年版，第 3344 页。
④ 李延寿：《北史·序传》卷一百，中华书局 1974 年版，第 3345 页。
⑤ 李延寿：《北史·序传》卷一百，中华书局 1974 年版，第 3345 页。
⑥ 永瑢等：《四库全书总目》卷四十六，中华书局 1960 年版（影印本），第 409 页。
⑦ 钱大昕著，方诗铭、周殿杰校点：《廿二史考异》卷三十七，上海古籍出版社 2014 年版，第 596 页。
⑧ 钱大昕著，方诗铭、周殿杰校点：《廿二史考异》卷三十七，上海古籍出版社 2014 年版，第 592 页。
⑨ 王鸣盛撰，陈文和等校点：《十七史商榷》卷五十三，凤凰出版社 2008 年版，第 300 页。

曰，李延寿之作史“或去或存，任意出入，毫无定见，李延寿之妄甚矣”①。可见后世对李延寿“信手挦扯”的撰史方式是予以严厉批评的。

在了解了《陈书》与《南史》的修撰特点后，再来讨论《陈书》与《南史》关于徐陵谥号的矛盾记载问题，便可以推知，《南史·徐陵传》所记“初，后主为文示陵，云他人所作。陵嗤之曰：‘都不成辞句。’后主衔之，至是谥曰章伪侯”之事，与四库馆臣所举李延寿载“路太后饮酒置毒”之类“采杂史为实录”的例子一样，恐怕是不足信的。钱大昕曰：“按：《陈书》，谥曰章，无‘伪’字。《周书·谥法篇》亦无以‘伪’为谥者，恐未足信。”② 另外，不仅如钱氏所说，“章伪侯”谥号不符合传统的谥法规则，而且从两部史书的行文上看，这条记载的真实性也令人置疑。先看《陈书》。在陈述徐陵卒后，《陈书》详细记载了后主的诏书。诏书第一层赞扬徐陵“令德可甄，谅宜追远”的品德，第二层称赞徐陵“弱龄学尚，登朝秀颖。业高名辈，文曰词宗”的才华，第三层表达后主与徐陵“近岁承华，特相引狎”的亲密关系，第四层记述闻知徐陵“奄然殒逝”后，后主“震悼于怀”的哀痛，最后赠官，厚葬，加谥。有这样的诏书作为前提，后主赐谥徐陵“章侯”便顺理成章。再看《南史》。在记述徐陵卒后，紧接着就是关于赐谥“章伪侯”的“故事”，没有前后过渡，没有上下文交代，很难理解后主何以给予这位德高望重的五朝元老这样的恶谥。或许基于此，人们对于《南史》关于“章伪侯”的记载并不相信，有人评曰：“《南史》将这类显然属于道听途说的虚妄之言径直录进徐陵传记中，与《陈书》相比，史料的可信度显然存在问题。”③ 直接否定了关

---

① 王鸣盛撰，陈文和等校点：《十七史商榷》卷五十三，凤凰出版社 2008 年版，第 316 页。

② 钱大昕著，方诗铭、周殿杰校点：《廿二史考异》卷三十七，上海古籍出版社 2014 年版，第 601 页。

③ 吴冠文、章培恒：《〈玉台新咏〉撰人讨论的几个遗留问题》，《复旦大学学报》（社会科学版），2011 年，第 3 期。

于“章伪侯”记载的真实性。

再来考察徐陵与陈后主的真实关系。从《南史》记载看，因为徐陵评“他人”的诗“都不成辞句”，使“后主衔之”，二人因此交恶，实际上这样的记载并不符合历史事实。据《陈书·宣帝本纪》《后主本纪》《陈书·徐陵传》等史籍记载，徐陵自宣宗太建八年（576）至太建十四年（582）前后6年为后主东宫的太子詹事。“（太子）詹事，总东宫内外众务，事无大小，皆统之。”① 也就是说，一直到后主登基为止，徐陵一直担任太子叔宝的东宫总管，如果二人交恶，叔宝怎么可能让徐陵一直负责东宫事务？对于二人的关系，后人这样分析：“太建十四年宣宗去世，后主登基，这时的徐陵身体已经十分衰弱了，所以后主以他特别器重的袁宪为其自己的太子胤作太子詹事，而依然不忘尊崇年老体弱的徐陵为太子少傅。由此可以想见，后主为太子时，受宣宗之命总领太子宫六年左右的徐陵与他相处得应该不错，否则他即位后为自己的太子任命新的太子詹事时没必要尊崇徐陵为太子少傅，要知道，终后主之父宣宗陈顼及后主之世，除了后主为太子时的太子妃之父、太子詹事沈君理在去世后被迫赠为太子少傅外，便只有徐陵得到过太子少傅这一尊荣之职。”② 由此可见后主与徐陵交恶之说恐怕是不能成立的。事实上，叔宝对徐陵十分敬重，二人的关系也十分亲密，这一点首先可以从徐陵去世后，后主颁布的诏书中看得出来，他敬重徐陵的品德，赞赏徐陵的才华，感激徐陵的教导，与徐陵“特相引狎”。另外，陈叔宝爱好诗文，对于宫体诗情有独钟，而徐陵是宫体诗大家和前辈，又是陈叔宝的老师，虽然《南史》关于后主赐谥徐陵“章伪侯”的记载并不真实，但叔宝经常请徐陵评诗，并向徐陵请教创作经验，应该是肯定的。虽然徐陵晚年多病，加之政事烦扰，晚年创作的宫体

---

① 魏征：《隋书·百官中》卷二十七，中华书局1973年版，第759页。

② 吴冠文、章培恒：《〈玉台新咏〉撰人讨论的几个遗留问题》，复旦大学学报（社会科学版），2011年，第3期。

诗不多，但从陈叔宝现存作品看，其中不少与徐陵早期创作的宫体诗是同题的，很有可能，其中某些作品是对徐陵创作的摹写。另外虽然徐陵晚年创作的宫体诗作不多，但他也时常参与后主文人集团的活动。如徐陵的《杂曲》写陈叔宝为张丽华所起临春、结绮、望仙三阁之事，“调谐而声圆，音靡而节平；儿女情多，风云气少”，是典型的艳歌。《乐府诗集》卷七十七记载《杂曲》七首，其中，梁王筠两首，为五言，篇章短小而无叙事；陈朝三首，傅縡、徐陵各一首、江总三首，均咏叔宝为丽华起三阁事。由此推测，三诗应为唱和之作。江总、傅縡是陈叔宝文人集团的重要成员，徐陵自然也是其中之一。从这些事实来看，徐陵与陈后主陈叔宝关系十分融洽，后主对徐陵十分亲近、敬重；同时徐陵对后主的事情也十分关注，对叔宝的创作不时予以帮助、指导，而且徐陵还时常参加叔宝文人集团的歌咏活动，在这种情况下，后主怎么可能让名高望重的老臣背上“章伪侯”这样的恶谥？

第三章　徐陵的交游

徐陵的交游与其文学创作、政治生活密切相关。徐陵的交游范围十分广泛，有与皇室的交游，有与仕宦的交往，也有与释僧的交游；有以文会友的诗文酬唱，也有对后进的荐拔与鼓励；徐陵被扣北朝七年，为北朝士人所重，留下了声望与交情，建立了广泛联系与友谊。徐陵交游是其人生的重要内容，体现了徐陵的道德修养、精神风貌、气质特征，也体现了徐陵的文学素养、学识底蕴、政治气概。

第一节　徐陵在南方的交游

除了出使北朝被扣的七年，徐陵的生活、创作、仕任主要在南方，包括梁代、陈代两个时期。徐陵在南方的交游对象有皇室成员，有仕宦，有文人，有后生，也有释僧等，反映了徐陵的思想、文化、文学与政治生涯。

萧纲

萧纲（503—551），字世赞（一说世缵），南北朝时期梁第二位皇帝、梁武帝萧衍第三子，昭明太子萧统同母弟，南朝著名文学家，宫体诗运动领袖。前文谈到，徐陵 17 岁时，随父亲徐摛来到雍州，投奔时为“都督雍、梁、南北秦四州郢州之竟陵司州之随郡诸军事，平西将军、宁蛮校尉、雍州刺史”的萧纲，一直跟随萧纲八九年。中大通三年萧纲继位太子，东宫开文德省，置学士，“陵充其选”。徐陵才华横溢，受到萧纲宠爱。“时肩吾为梁太子中庶子，掌管记。东海徐摛为左卫率。摛子陵及信，并为抄撰学士。父子在东宫，出入禁闼，恩礼莫与比隆。既有盛才，文并绮艳，故世号为徐、庾体焉。当时后进，竞相模范。每有一文，京都莫不传诵。”① 萧纲对徐陵充满信任。《陈书·徐陵传》载：“梁简文在东宫撰《长春殿义记》，使陵为序。又令于少傅府述所制《庄子义》。”② 又《梁书·简文帝本纪》：“所著《昭明太子传》五卷，《诸王传》三十卷，《礼大义》二十卷，《老子义》二十卷，《庄子义》二十卷，《长春义记》一百卷，《法宝连璧》三百卷，并行于世焉。”③ 可见在萧纲一生的著述中“《长春义记》一百卷”、“《庄子义》二十卷”是其很重要的部分。《梁书·许懋传》载，“中大通三年，皇太子召诸儒参录《长春义记》”④，可知《长春义记》著于中大通三年（531），而徐陵当时年仅25岁，萧纲一百卷的《长春义记》让徐陵作“序”，可见萧纲与徐陵的亲密关系。徐陵与萧纲密切的关系还表现在，当萧纲继位太子，遇到政治、文学危机时，徐陵与其父亲一道，积极为萧纲宣传宫体诗，并保护了萧纲；同时萧纲对徐陵十分信任，放心让其承担《玉台新咏》主编这样重大的任务。萧纲长徐陵五岁，他们都是宫体诗的爱好者，二人志同道合，经常诗酒唱和。如徐陵的《走笔应令》《山池应令》《登古城南望应令》《新亭送别应令》《奉和山池》《奉和咏舞》《奉和山斋》《和赛汉高帝庙》《征虏亭送西南王应令》以及大量的乐府诗、咏物诗都是二人唱和的作品。徐陵在与萧纲的

① 令狐德棻：《周书·庾信传》卷四十一，中华书局1971年版，第733页。

② 姚思廉：《陈书·徐陵传》卷二十六，中华书局1972年版，第326页。

③ 姚思廉：《梁书·简文帝本纪》卷四，中华书局1973年版，第109页。

④ 姚思廉：《梁书·许懋传》卷四十，中华书局1973年版，第579页。

文学交流中，锻炼了自己，提高了水平；同时徐陵的创作也支持了萧纲的宫体诗运动，推动了萧纲领导的宫体诗运动的发展。

萧绎

萧绎（508—555），字世诚，号金楼子，南朝梁第四位皇帝，是梁武帝萧衍第七子。徐陵与萧绎交往应该是在中大通三年萧纲入主东宫以后。二十四五岁年龄的徐陵、萧绎，风华正茂，朝气蓬勃，他们共同围绕在萧纲周围，挥洒才华，创作了许多华丽清新的诗篇，“梁自大同之后，雅道沦缺，渐乖典则，争驰新巧。简文、湘东启其淫放，徐陵、庾信分路扬镳”①。他们还饮宴交游，酬答唱和，写下了不少同题诗文，如《鸳鸯赋》《折杨柳》《关山月》《山斋》等。徐陵还曾在萧绎府上任职。《陈书·徐陵传》曰：“起为南平王府行参军，迁通直散骑侍郎，梁简文在东宫撰《长春殿义记》，使陵为序。又令於少傅府述所制《庄子义》。寻迁镇西湘东王中记室参军。”② 徐陵何时在萧绎幕府任职，传记没有详细记载。《梁书·元帝本纪》载：“大同元年，进号安西将军。三年，进号镇西将军。五年，入为安右将军、护军将军，领石头戍军事。六年，出为使持节、都督江州诸军事、镇南将军、江州刺史。太清元年，徙为使持节、都督荆、雍、湘、司、郢、宁、梁、南、北秦九州诸军事、镇西将军、荆州刺史。”③ 由此可知，萧绎第一次为镇西湘东王在大同三年到五年，第二次是在太清元年。又《陈书·徐陵传》曰：“起为南平王府行参军，迁通直散骑侍郎……寻迁镇西湘东王中记室参军。”④ “寻”字表明徐陵在南平王萧伟处任职不长。萧伟薨于中大通五年，由此判断，徐陵在萧伟处任职不久，萧伟薨后，徐陵离开，并于大同三年，做了萧绎的中记室参军，如果

① 魏征：《隋书·文学》卷七十六，中华书局 1973 年版，第 1730 页。
② 姚思廉：《陈书·徐陵传》卷二十六，中华书局 1972 年版，第 325—326 页。
③ 姚思廉：《梁书·元帝本纪》卷五，中华书局 1973 年版，第 113 页。
④ 姚思廉：《陈书·徐陵传》卷二十六，中华书局 1972 年版，第 325—326 页。

推断不错，则徐陵从大同三年到大同五年在萧绎幕府任职。大宝三年（552），王僧辩平侯景之乱，当时徐陵尚被扣在北朝，徐陵上《劝进梁元帝表》，恳请萧绎登基，表中他言辞恳切，对萧绎极尽赞美之词，可见，二人的关系是非常亲密的。

庾信

庾信（513—581），字子山，南北朝文学家，梁代诗人庾肩吾之子，与徐陵齐名，号称“徐庾体”。侯景叛乱后，庾信投奔梁元帝萧绎。元帝承圣三年（554）庾信奉命出使西魏，抵达长安不久，西魏攻克江陵，庾信从此被扣长安，后历仕西魏、北周，官至骠骑大将军，开府仪同三司。《周书·庾信传》曰：“起家湘东国常侍，转安南府参军。时肩吾为梁太子中庶子，掌管记。东海徐摛为左卫率。摛子陵及信，并为抄撰学士。父子在东宫，出入禁闼，恩礼莫与比隆。既有盛才，文并绮艳，故世号为徐、庾体焉。当时后进，竞相模范。每有一文，京都莫不传诵。”① 由此可知，徐陵与庾信的交游始于共为萧纲东宫文德省抄撰学士时。作为萧纲的宠臣和文学骨干，二人有不少唱和之作，如《山斋》《鸳鸯赋》《春日》《奉和山池》《咏舞》等。庾信滞留北方后，二人从此失去了见面机会。庾信今存庾信《徐报史来只得一见》，徐报是徐陵的长子徐俭，大概徐俭出使北方时，代父拜访老友，庾信感念旧情，亦作诗以表达对故友的思念。庾信后来又作《寄徐陵》一诗，其词曰：“故人倘思我，及此平生时。莫待山阳路，空闻吹笛悲。”② 再次表达了诗人思念对方的深沉情感，流露出诗人盼望重聚而又不得见的惆怅心情。由此可见，徐陵、庾信虽然南北阻隔，但两位诗人惺惺相惜，情深意长，虽千山万水不能阻隔二人的友谊。

羊侃

羊侃（496—549），字祖忻，是南朝梁末著名大将，年轻时在北魏，

---

① 令狐德棻：《周书·庾信传》卷四十一，中华书局1971年版，第733页。
② 许逸民：《庾子山集注·寄徐陵》卷四，中华书局1980年版，第367页。

曾作为偏将射杀关陇羌族酋长莫折天生。后按其父遗志，率领部众南归梁朝，大通三年（531）到达建康，被授予徐州刺史，封高昌县侯。羊侃为将善谋略，试图沙场效力，却一直不得梁朝重用。侯景之乱发生后，羊侃受命御敌，用各种方法打退侯景进攻，显示了卓越的军事才能。后城破，在战斗中病死。羊侃尽忠于梁王朝，在侯景攻打历阳之时，羊侃负责城内的军事事务，侯景曾派人挟持羊侃的儿子来威胁他，羊侃不为所动，大义灭亲。羊侃为著名将领，却不仅仅是一个武夫。史载羊侃“雅爱文史，博涉书记，尤好《左氏春秋》及《孙吴兵法》”①，是文武双全的卓越人才。徐陵与羊侃的关系，只在徐陵《为羊兖州家人答饷镜》中略有提及。“中大通四年，诏（侃）为使持节、都督瑕丘诸军事、安北将军、兖州刺史。”② 因此，此作应写于中大通四年（532）。诗曰：“信来赠宝镜，亭亭似圆月。镜久自逾明，人久情逾歇。取镜挂空台，于今莫复开。不见孤鸾鸟，亡魂何处来”③，羊侃以宝镜赠徐陵，而徐陵借物咏怀，表达珍惜之情。

江总

江总（519—594），字总持，祖籍济阳考城（今河南兰考）。南朝陈大臣、文学家。江总出身高门，幼聪敏，有文才。“及长，笃学有辞采，家传赐书数千卷，总昼夜寻读，未尝辍手。”④ 为当时高才硕学张缵、王筠、刘之遴等所推重。年十八，为宣惠武陵王府法曹参军，迁尚书殿中郎。所作诗篇深受梁武帝赏识，官至太常卿。侯景之乱后，避难会稽，流寓岭南，至陈文帝天嘉四年（563）才被征召回建康，任中书侍郎。陈后主时，官至尚书令，故世称“江令”。《陈书·江总传》曰：“总笃行义，宽和温

① 姚思廉：《梁书·羊侃传》卷三十九，中华书局 1973 年版，第 557 页。
② 姚思廉：《梁书·羊侃传》卷三十九，中华书局 1973 年版，第 558 页。
③ 许逸民：《徐陵集校笺·为羊兖州家人答饷镜》卷二，中华书局 2008 年版，第 140 页。
④ 姚思廉：《陈书·江总传》卷二十七，中华书局 1972 年版，第 343 页。

裕。好学，能属文，于五言七言尤善；然伤于浮艳，故为后主所爱幸。多有侧篇，好事者相传讽玩，于今不绝。后主之世，总当权宰，不持政务，但日与后主游宴后庭，共陈暄、孔范、王瑳等十余人，当时谓之狎客。由是国政日颓，纲纪不立。"① 隋文帝开皇九年（589）陈灭，江总入隋为上开府，后放回江南，于江都（今江苏扬州）去世。徐陵与江总同朝为官，关系比较密切。同为文人，赋诗酬唱也是经常的事。许逸民《徐陵集校笺》收有《同江詹事登宫城南楼》，就是与江总的酬唱之作。《姚察传》记载了徐陵与江总、姚察作同韵"登宫城五百字诗"的过程。"尚书令江总与察尤笃厚善，每有制作，必先以简察，然后施用。总为詹事时，尝制登宫城五百字诗，当时副君及徐陵以下诸名贤并同此作。徐公后谓江曰：'我所和弟五十韵，寄弟集内。'及江编次文章，元复察所和本，述徐此意，谓察曰：'高才硕学，庶光拙文，今需公所和五百字，用偶徐侯章也。'察谦逊未付，江曰：'若不得公此制，仆诗亦须弃本，复乖徐公所寄，岂得见令两失。'察不获已，乃写本付之。"② 从以上记载看，他们不仅同登宫城，而且同韵和诗，其中徐陵要求将自己的诗附在江总所编集中，江总则希望姚察不必谦让，也作和诗，以免辜负"徐公所寄"，从中可以看出徐陵与江总在文学上的相互推重。二人虽在文学上相推重，但政治品格很不相同。徐陵为政忠贞亮直，而江总则"不持政务"，特别在陈后主登基后，"日与后主游宴后庭"，以致"国政日颓，纲纪不立"，所以，多为后世诟病。江总掌权时，徐陵已为垂暮之年。徐陵对江总为政的态度，文献没有明确记载，但是《南史·徐陵附徐俭传》记载了徐俭弹劾江总一事。"俭公平无所阿附，尚书令江总望重一时，为俭所劾，后主深委任焉。"徐俭是徐陵的儿子，与徐陵一样刚正不阿，从徐俭对江总的弹劾，大概可以折射出徐陵对江总为政的态度。

---

① 姚思廉：《陈书·江总传》卷二十七，中华书局1972年版，第347页。
② 姚思廉：《陈书：姚察传》卷二十七，中华书局1972年版，第354页。

毛喜

毛喜（516—587），字伯武，荥阳阳武（今河南原阳）人。南北朝时期陈朝官员。起家梁中卫西昌侯行参军，寻迁记室参军。与陈顼（即陈宣帝）同谒梁元帝于江陵，顼为领直，喜为尚书功论侍郎。及江陵陷，喜、顼俱迁关右。入陈，文帝即位，喜自周还，天嘉三年（562）到京师。陈顼时为骠骑将军，乃以喜为府咨议参军，领中记室，“府朝文翰，皆喜词也”。陈顼即位，除给事黄门侍郎，兼中书舍人，典军国机密。寻迁太子右卫率、右卫将军。以定策功，封东昌县侯，邑五百户。十三年，授散骑常侍、丹阳尹。迁吏部尚书，常侍如故。又加侍中，增封并前九百户。毛喜“勤心纳忠”，深得高祖、文帝、世祖欣赏，却为喜欢酒德的陈后主所忌，所以，后主即位后，即遣毛喜出京。“至德元年，授信威将军、永嘉内史。”对于毛喜迁为元嘉太守的原因，《陈书·毛喜传》记载得很详细。“初，高宗委政于喜，喜亦勤心纳忠，多所匡益，数有谏诤，事并见从，由是十余年间，江东狭小，遂称全盛。……喜既益亲，乃言无回避，而皇太子好酒德，每共幸人为长夜之宴，喜尝为言，高宗以诫太子，太子阴患之，至是稍见疏远。”① 又“初，后主为始兴王所伤，及疮愈而自庆，置酒于后殿，引江总以下，展乐赋诗，醉而命喜。于时山陵初毕，未及逾年，喜见之不怿，欲谏而后主已醉，喜升阶，佯为心疾，仆于阶下，移出省中。后主醒，乃疑之，谓江总曰：‘我悔召毛喜，知其无疾，但欲阻我欢宴，非我所为，故奸诈耳。’乃与司马申谋曰：‘此人负气，吾欲将乞鄱阳兄弟听其报仇，可乎？’对曰：‘终不为官用，愿如圣旨。’傅縡争之曰：‘不然。若许报仇，欲置先皇何地？’后主曰：‘当乞一小郡，勿令见人事也。’乃以喜为永嘉内史。”② 毛喜不仅文韬武略，而且是个强直勤心的忠臣，因喜酒德的后主所忌，于至德元年被迁为元嘉内史。徐陵有诗《别毛

① 姚思廉：《陈书·毛喜传》卷二十九，中华书局1972年版，第390页。
② 姚思廉：《陈书·毛喜传》卷二十九，中华书局1972年版，第391页。

永嘉》，其诗曰：“愿子厉清规，归来震羽仪。嗟余今老病，此别恐长离。白马君来哭，黄泉我讵知。徒劳脱宝剑，空挂陇头枝。”①“毛永嘉”即毛喜。徐陵卒于至德元年十月，因此，这首诗应写于至德元年二月至十月间。“愿子厉风规，归来震羽仪”，不仅表达了老臣对毛喜的称赞，更表达了老臣对毛喜以后重建功业，重振朝纲的愿望。“嗟余今老病，此别空长离。白马君来哭，黄泉我讵知”，既表达了生离死别的悲伤，更表达了徐陵与毛喜异常亲密的关系。徐陵长毛喜九岁，二人密切的感情应该是自古以来英雄相惜的典型。

王僧辩

王僧辩（？—555）字君才，太原祁（今山西祁县）人。南北朝时期梁代将领。初为湘东王萧绎中兵参军，后任平南将军、左卫将军、骠骑大将军、尚书令等职。他智勇兼备，所经战阵，多获胜利。梁大宝二年（551），萧绎以他为大都督，领军讨伐兴兵作乱的原东魏大将侯景，获胜。王僧辩因功任征东将军、江州刺史。承圣元年（552），他与东扬州刺史陈霸先会师，水陆并进，攻破石头城（今南京城西），大败侯景。四年，在北齐的威逼利诱下，迎立北齐扶植的梁贞阳侯萧渊明为帝，遭陈霸先反对，被其缢杀。王僧辩与徐陵的交往，是从承圣四年（555）北齐送还萧渊明南归为帝开始的。北齐送还萧渊明，当时被留北齐的徐陵得以一同回国，在此过程中萧渊明给王僧辩的信均由徐陵代笔。《陈书·徐陵传》载：“及江陵陷，齐送贞阳侯萧渊明为梁嗣，乃遣陵随还。太尉王僧辩初拒境不纳，渊明往复致书，皆陵词也。”②《徐孝穆集》收录6篇写给王僧辩的书信，即《为贞阳侯与太尉王僧辩书》《为贞阳侯答王太尉书》《为贞阳侯重与王太尉书》《为贞阳侯答王太尉书》《为贞阳侯重答王太尉书》《又为贞阳侯答王太尉书》。萧渊明入关以后，二人结好。“及渊明之入，僧辩

---

① 许逸民：《徐陵集校笺·别毛永嘉》卷二，中华书局2008年版，第159—160页。

② 姚思廉：《陈书·徐陵传》卷二十六，中华书局1972年版，第332页。

得陵大喜，接待馈遗，其礼甚优。以陵为尚书吏部郎，掌诏诰。其年高祖帅兵诛僧辩，仍进讨韦载。时任约、徐嗣微乘虚袭石头，陵感僧辩旧恩，乃往赴约。"① 《南史·许亨传》还记载了徐陵等人以家财埋僧辩父子之事："初僧辩之诛也，所司收僧辩及其子頠尸，于方山同坎埋瘗，至是无敢言者，（许）亨以故吏抗表请葬之。与故义徐陵、张种、孔奂等相率以家财营葬，凡七柩，皆改窆焉。"② 王僧辩礼遇徐陵，而徐陵感激其恩情，冒着被杀头的风险为王僧辩安排后事，可见徐陵惜情重意，是一个知恩图报，十分念旧的人。

裴之横

裴之横（515—555），字如岳，闻喜（今山西）人，南朝梁代名将。少好宾游，重气节，不事产业。后励志发奋，"太宗在东宫，闻而要之"③。为河东王常侍、直殿主帅，迁直阁将军。曾随王僧辩拒侯景于巴陵，景退，迁持节、平北将军、东徐州刺史，中护军，封豫宁侯，邑三千户。又随僧辩追景，平郢、鲁、江、晋等州。仍至石头，破景。景东奔，僧辩令之横与杜掞入守台城。及陆纳据湘州叛，又隶王僧辩南讨。又破武陵王于硖口。还除吴兴太守。后江陵陷，为齐军害。赠侍中、司空公，谥曰忠壮。从《梁书·裴之横传》看，他曾得萧纲赏识，"太宗在东宫，闻而要之"，而徐陵亦在萧纲东宫，或许二人在当时就有交往。后来，徐陵与萧渊明同时返梁，徐陵为萧渊明写信给裴之横，这是文献关于二人交往的最早记载。之后，裴之横与绍泰元年为齐军所杀，徐陵为其写了墓志铭，赞其一生功绩英名，表达了徐陵对英雄的赞赏之情。

章昭达

章昭达（517—571），字伯通，吴兴（今浙江湖州）武康人，陈朝名

---

① 姚思廉：《陈书·徐陵传》卷二十六，中华书局 1972 年版，第 332 页。
② 李延寿：《南史·许亨传》卷六十，中华书局 1975 年版，第 1488 页。
③ 姚思廉：《梁书·裴之横传》卷二十八，中华书局 1973 年版，第 417 页。

将。昭达生性倜傥，轻财重气。京城失陷后，昭达返还乡里，认识了世祖陈蒨，结为好友。陈霸先代梁建陈，章昭达投奔陈蒨，陈蒨见之大喜，“因委以将帅，恩宠超于侪等”。与陈蒨一起守长城，伐杜龛，讨张彪，因累积战功而官拜明威将军、定州刺史。陈蒨即位，追论长城功，封欣乐县侯，寻随侯安都平王琳。周迪据临川反，诏昭达便道征之。迪败走，征为护军将军，改封邵武县侯。四年，陈宝应纳周迪，共寇临川，又以昭达为都督讨迪。迪走，昭达乃逾岭讨陈宝应。擒之。以功授镇军将军、开府仪同三司。废帝即位，改封邵陵郡公。宣帝即位，进号车骑大将军。欧阳纥据岭南反，诏昭达都督众军征之。大败纥，擒之送都。广州平，进位司空。太建二年，征江陵，败周军。三年“于军中病薨，赠大将军”。据史载，章昭达曾于大同中，为“东宫直后”，即在萧纲府中任职，此时徐陵为萧纲东宫学士，二人或许当时已经相识，后二人同为陈臣。章昭达为武将，徐陵为文臣，他们共同之处在于都对朝廷有赤诚忠心。徐陵有《与章司空昭达书》《司空章昭达墓志》，可以看出二人的交往和感情。《与章司空昭达书》应作于陈宣帝太建元年（569）。“宣帝即位……欧阳纥据岭南反，诏昭达都督众军征之。纥闻昭达奄至，乃出顿洭口，聚沙石，盛以竹笼，置于水栅之外，用遏舟舰。昭达居其上流，装舰造拍以临贼栅。又令人衔刀潜行水中，以斫竹笼。笼篾皆解，因纵大舰突之，大败纥，禽之送都。广州平，进位司空。”① 徐陵作《与章司空昭达书》有两个原因。一个原因，如书中所说，“圣朝受命，天下廓清，所余残凶，唯有欧纥”，因此，扫清欧阳纥，国泰民安。“公私庆快，岂可而言？”也就是说，徐陵写信的目的之一是祝贺章昭达平叛大捷。徐陵写信还有第二个原因，即感谢章昭达对儿子徐俭的保护。从《陈书・徐陵附徐俭传》看，徐俭也参加了平叛欧阳纥的战役。“太建初，广州刺史欧阳纥举兵反，高宗令俭持节喻

① 李延寿：《南史・章昭达传》卷六十六，中华书局1975年版，第1620页。

旨。纥初见俭，盛列仗卫，言辞不恭，俭曰：‘吕嘉之事，诚当已远，将军独不见周迪、陈宝应乎？转祸为福，未为晚也。’纥默然不答，惧俭沮其众，不许入城，置俭于孤园寺，遣人守卫，累旬不得还。纥尝出见俭，俭谓之曰：‘将军业已举事，俭须还报天子，俭之性命虽在将军，将军成败不在于俭，幸不见留。’纥于是乃遣俭从间道驰还。高宗乃命章昭达率众讨纥，仍以俭悉其形势，敕俭监昭达军。纥平，高宗嘉之，赐奴婢十人，米五百斛，除镇北鄱阳王咨议参军，兼中书舍人。”① 从以上记载看，徐俭曾两次与叛将欧阳纥交锋，第一次徐俭劝降欧阳纥，被扣押，凭机智得脱。第二次，因熟悉地形，再以昭达监军身份入叛军阵营。徐陵在给章昭达的信中说：“仆一子屯穷，妖徒所制，五岭遐复，存亡不测，玄怀饮泪，破胆复全，蒙荷英恩，保其身命，余年仰戴，何力能胜。”② 从这一记载看，徐俭第二次入敌营时又遭遇危险，得章昭达帮助才脱离危险。所以徐陵写这封信一个重要原因是表达对章昭达救子之恩的感激。徐陵所作章昭达墓志铭近五百字，对章昭达一生丰功伟绩极尽赞美之情，字里行间流露出对一代名将的赞赏，也能从中体会到徐陵感念旧恩的人格之美。

第二节　徐陵在北方的交游

徐陵有两次出使北朝的经历，共八九年时间。在北朝，徐陵结交了一些文友，创作了许多文学作品。由于文名卓著，徐陵受到北人的推崇，如唐人刘禹锡所言“中国书流尚皇象，北朝文士重徐陵”③。徐陵第一次出使

① 姚思廉：《陈书·徐陵附徐俭传》卷二十六，中华书局1972年版，第335页。

② 许逸民：《徐陵集校笺·与章司空昭达书》卷八，中华书局2008年版，第950页。

③ 刘禹锡：《洛中寺北楼见贺监草书题诗》，见蒋维崧等：《刘禹锡诗集编年笺注》，山东大学出版社1997年版，第729页。

北朝，被扣七年，受到了北方文化的熏陶，其文风发生了变化，从此基本上停止了宫体诗创作活动；而徐陵旖旎的诗风，则深为北人喜爱追捧，乃至使“纸贵于邺中，尚传声于许下”“久以京师纸贵，天下家藏”“调移齐右之音，韵改西河之俗”。总之徐陵出使，促进了南北朝文化交流，徐陵因而成为南北朝文化交流的使者。

徐陵第一次出使北朝在太清二年（548）。《梁书·朱异传》记载了徐陵出使的缘由。太清二年，侯景欲归梁，群臣议论，梁武帝听从领军朱异的建议，接纳了侯景。后来魏相高澄想与萧梁议和，梁武帝于是也派徐陵出使以通好。“高祖深纳异言，又感前梦，遂纳之。及贞阳败没，自魏遣使还，述魏相高澄欲更申和睦，敕有司定议，异又以和为允，高祖果从之。其年六月，遣建康令谢挺、通直郎徐陵使北通好。”① 对于这次出使，《陈书·徐陵传》也有记载。“太清二年，兼通直散骑常侍。使魏，魏人授馆宴宾。”东魏政府对徐陵的到来十分重视，派中书侍郎陆印及著名文士魏收担任接待工作。“高澄嗣渤海王，闻谢挺、徐陵来聘，遣中书侍郎陆昂于滑台迎劳。”② “又敕（魏收）兼主客郎接梁使谢珽、徐陵。”③ 但是，徐陵这次出使遭到了很大挫折。徐陵出使不久，东魏政府为北齐所代，而萧梁爆发了侯景叛乱，南朝一片混乱。徐陵被羁留北方，不得南归。承圣四年（555），西魏攻陷江陵，杀害梁元帝萧绎。这时齐文宣帝高洋决定送回贞阳后萧渊明，让萧渊明做北齐支持的傀儡皇帝，这时徐陵得到了与萧渊明同归南朝的机会。“及江陵陷，齐送贞阳侯萧渊明为梁嗣，乃遣陵随还。”④ 所以，徐陵第一次出使，在北朝羁留了七年。

徐陵第二次出使在梁敬帝绍泰二年（556）。“绍泰二年，又使于齐，

---

① 姚思廉：《梁书·朱异传》卷三十八，中华书局1973年版，第539页。
② 李昉：《太平御览》卷六百（文部十六），中华书局1960年版，第2701页。
③ 李百药：《北齐书·魏收传》卷三十七，中华书局1972年版，第487页。
④ 姚思廉：《陈书·徐陵传》卷二十六，中华书局1972年版，第332页。

还除给事黄门侍郎、秘书监。"① 这次出使时间不长，任务完成后顺利南归。

徐陵出使北朝两次，前后羁留八九年，寻其交流足迹，大致如下：

魏收

魏收（507—572），字伯起，小名佛助，钜鹿郡下曲阳县（今河北省晋州市）人。南北朝时期著名文学家，史学家。史载"年十五，颇已属文"②，"夏月，坐板床，随树阴讽诵，积年，板床为之锐减，而精力不辍。以文华显"③。魏收在北魏时，曾写过《南狩赋》《庭竹赋》等，"辞藻富逸""辞甚美盛""虽富言淫丽，而终归雅正"④，显示了他的文学才能，与温子升、邢劭并称北朝"三才"。魏收生于北魏宣武帝正始四年（507），与徐陵同岁。徐陵出使东魏时，二人均四十二岁，正值如日中天之时。然而，南北两位大文学家相遇时，气氛并不友好。"太清二年，兼通直散骑常侍使魏，魏人授馆宴宾。是日甚热，其主客魏收嘲陵曰：'今日之热，当由徐常侍来。'陵即答曰：'昔王肃至此，为魏始制礼仪；今我来聘，使卿复知寒暑。'收大惭。齐文襄为相，以收失言，囚之累日。"⑤ 两位大文人乍一见面，就是一场唇枪舌剑，在这样的情况下，两位要融洽地交往，恐怕不太容易。但从后来魏收对徐陵的评价看，魏收对徐陵的作品还是非常熟悉的。齐主尝问于魏收曰："卿才何如徐陵？"收时曰："臣大国之才，典以雅；徐陵亡国之才，丽以艳。"⑥ 虽然魏收对徐陵的评价依然充满了火药味，但毫无疑问，魏收对徐陵的作品是了解的，对他的评价也是公正的。

---

① 姚思廉：《陈书·徐陵传》卷二十六，中华书局1972年版，第332页。
② 李百药：《北齐书·魏收传》卷三十七，中华书局1972年版，第483页。
③ 李百药：《北齐书·魏收传》卷三十七，中华书局1972年版，第483页。
④ 李百药：《北齐书·魏收传》卷三十七，中华书局1972年版，第484页。
⑤ 李延寿：《南史·徐陵传》卷六十二，中华书局1975年版，第1523页。
⑥ 李昉：《太平御览》卷五百八十五（文部一），中华书局1960年版，第2699页。

那么，徐陵又怎样看待魏收呢？唐人刘悚《隋唐嘉话》载："梁常侍徐陵聘于齐，时魏收文学北朝之秀。收录其文集以遗陵，令传之江左。陵还，济江而沉之，从者以问，陵曰：'吾为魏公藏拙。'"① 徐陵"为魏公藏拙"一事，我们大概可以从两方面理解。第一，轻视。如魏收所说，徐陵之文"丽以艳"。在南朝，徐陵声名显赫，"当时后进，竞相模范。每有一文，京都莫不传诵"。所以，徐陵对完全不同于自己风格的魏收的作品，可能真看不上眼，于是将其文沉江，以"为魏公藏拙"。第二，还以颜色。在北齐，魏收屡次为难徐陵，徐陵于是也还以颜色。

可以看出，两位在南北梁朝各执牛耳的大文人，他们之间虽有交游，但并不和谐。尽管如此，在交往过程中，他们还是增进了了解，并互相影响。从魏收托付徐陵将文稿传之江南一事看，魏收已经被徐陵折服了，已经承认甚至开始羡慕"丽以艳"的南方文风；而徐陵虽然没有将魏收的文稿带到南方，但综观徐陵的作品，可以看到，徐陵南归后，"丽以艳"的宫体诗明显少多了，这与北方文风，包括魏收作品的影响是有关系的。

陆卬

陆卬（503—555），字云驹，代郡（今山西代县）人，北齐大臣。《太平御览》卷六百引《三国略》曰："高澄嗣渤海王，闻谢挺、徐陵来聘，遣中书侍郎陆卬于滑台迎劳。于席赋诗，卬必先成，虽未能尽工，亦以敏速见美。"又《南齐书》本传曰："少机悟，美风神，好学不倦，博览群书，五经多通大义。善属文，甚为河间邢邵所赏。邵又与卬父子彰交游，尝谓子彰曰：'吾以卿老蚌遂出明珠，意欲为群拜纪可乎？'由是名誉日高，儒雅搢绅，尤所推许……自梁、魏通和，岁有交聘，卬每兼官燕接。在帝席赋诗，卬必先成，虽未能尽工，以敏速见美……所著文章十四卷，行于世。"② 因此可知，陆卬是北齐优秀的文人，并多次与徐陵在朝廷上赋

① 刘悚：《隋唐嘉话》，中华书局1979年版，第55页。

② 李百药：《北齐书·陆卬传》卷三十五，中华书局1972年版，第469页。

诗作文。

李庶

李庶，顿丘人，魏大司农谐之子，北齐名士，“以华辩见称”。徐陵使齐，李庶负责接待工作，并深为徐陵所赏。“方雅好学，甚有家风。历位尚书郎、司徒掾，以清辩知名。常摄宾司，接对梁客，梁客徐陵深叹美焉。”① “李庶，黎阳人。魏大司农谐之子也，以清卞每接梁客。徐陵谓其徒曰：‘江北唯有李庶可语耳。’”从徐陵对李庶的评价可知，在北朝，二人交往比较密切。徐陵对李庶的赞赏不仅因为其“以华辩见称”，可能也与徐陵对李庶之父的仰仗有关。从上文所引《朱异传》可知，徐陵出使前，东魏曾先派使者来梁“申和睦”之意。而来梁的使者正是李庶的父亲李谐。李谐字虔和，“幼有风采”，时人称为“神人”，“文辩为时所称”②。《北史·李崇附李谐传》记载了李谐使梁的盛况。“天平末，魏欲与梁和好，朝议将以崔㥄为使主。㥄曰：‘文采与识，㥄不推李谐……谐乃大胜。’于是以谐兼常侍、卢元明兼吏部郎、李业兴兼通直常侍聘焉。梁武使朱异觇客，异言谐、元明之美。谐等见，及出，梁武目送之，谓左右曰：‘朕今日遇勍敌，卿辈常言北间都无人物，此等何处来？’谓异曰：‘过卿所谈。’”③ 李谐来使，在梁引起轰动，甚至连梁武帝也啧啧称赞，“甚相爱重”④。徐陵是梁武帝的近臣，对李谐的风采必然也有见识，所以到魏以后，徐陵对李庶恐怕自然会有感情上的亲近。

裴让之

裴让之（？—555），字士礼，河东闻喜（今山西闻喜县）人。历仕东魏、北齐两朝，官至中书舍人，颇有政绩，且以诗文知名于世。与魏收、

---

① 李延寿：《北史·李庶传》卷四十三，中华书局1974年版，第1605页。

② 李延寿：《北史·李庶传》卷四十三，中华书局1974年版，第1604页。

③ 李延寿：《北史·李庶传》卷四十三，中华书局1974年版，第1604页。

④ 李延寿：《北史·李庶传》卷四十三，中华书局1974年版，第1604页。

陆印、李庶等一样，裴让之与徐陵的交往是从徐陵来使开始的。“梁使至，帝令让之摄主客郎。”① 在北齐，裴让之颇有文名。“让之少好学，有文俊辩，早得声誉。魏天平中举秀才，对策高第。”② 省中流传“能赋诗，裴让之”之语。让之善清谈“与杨愔友善，相遇则清谈竟日”，深得名士杨愔赏赞，“此人风流警拔，裴文季为不亡矣”③。徐陵来使，北朝十分重视。政事之余，经常酬宴赋诗。裴让之有诗《公馆燕酬南使徐陵诗》，就是在这种情况下写成的。其诗曰：“嵩山表京邑，钟岭对江津。方域殊风壤，分野各星辰。出境君图事，寻盟我恤邻。有才称竹箭④，无用忝丝纶。列乐歌钟响，张旃玉帛陈。皇华荣受命，延誉本无因。韩宣将聘楚，申胥欲去秦。方期饮河朔，翻属卧漳滨。礼酒盈三献，宾筵盛八珍。岁稔鸣铜雀，兵戢坐金人。云来朝起盖，日落晚摧轮。异国犹兄弟，相知无旧新。”⑤ 全诗描写了南北朝不同的地域风情，赞美了徐陵的非凡才华，抒写了筵宴的盛况以及南北交好的美好盛景。诗歌最后两句“异国犹兄弟，相知无旧新”，表达了作者与徐陵虽相处异国，但一见相赏，和谐亲密的感情。酬宴赋诗是徐陵之能事，在南朝，徐陵写了不少这类的作品。北朝政府酬宴赋诗，无论从徐陵所好，还是从为国增光的目的出发，徐陵都应有所创作，但遗憾的是，徐陵这类作品没有流传下来。

徐陵在北齐羁留多年，从裴诗可知二人相交和谐，所以在文风上应该有互相的吸收和影响。裴让之现存三首诗，即《公馆燕酬南使徐陵诗》《从北征诗》和《有所思》。前两首气势雄壮，确属北风；《有所思》则明

---

① 李百药：《北齐书·裴让之传》卷三十五，中华书局1972年版，第465页。

② 李百药：《北齐书·裴让之传》卷三十五，中华书局1972年版，第465页。

③ 李百药：《北齐书·裴让之传》卷三十五，中华书局1972年版，第465页。

④ 《管子·小匡》：“是以羽旄不求而至，竹箭有余于国，奇怪时来，珍异物聚。”《尔雅·释地》：“东南之美者，有会稽之竹箭焉。”唐·高适《宋中送族侄式颜》诗：“乡山西北愁，竹箭东南美。”这里用来以“竹箭”比附徐陵的才华。

⑤ 逯钦立：《先秦汉魏晋南北朝诗》，中华书局1983年版，第2263页。

艳繁密，颇似南朝之音，大概受到徐陵文风的影响也未可知。

杨愔

杨愔（511—560），字遵彦，小字秦王，弘农华阴（今陕西省华阴市）人，南北朝时期北齐宰相，即徐陵《与齐尚书仆射杨遵彦书》中之杨仆射。《北齐书》《北史》都有关于杨愔的记载。杨愔出自高门弘农华阴氏，从小显示出不凡的才华。“愔儿童时，口若不能言，而风度深敏，出入门闾，未尝戏弄。六岁学史书，十一受《诗》《易》，好《左氏春秋》。”① 因而被家人称为“我家龙文。”② 《北齐书》本传曰：“昱尝与十余人赋诗，愔一览便诵，无所遗失。及长，能清言，美音制，风神俊悟，容止可观。人士见之，莫不敬异，有识者多以远大许之。”③ 杨愔身居高位后，依然不失文人本色：“愔辞气温辩，神仪秀发，百僚观听，莫不悚动。自居大位，门绝私交。轻货财，重仁义，前后赏赐，积累巨万，散之九族，架箧之中，唯有书数千卷。”④ “愔所著诗赋表奏书论甚多，诛后散失，门生鸠集所得者万余言。”⑤ 可见杨愔不仅文化素养很高，而且创作的文学作品也不少。

史籍没有记载徐陵与杨愔的交往，但从徐陵《与齐尚书仆射杨遵彦书》可知，徐陵不仅对杨愔十分信任，而且也十分了解。他称赞杨愔“清襟胜托，书囿文林”“素挺词锋，兼长理窟”，又赞“足下高才重誉，参赞经纶，非豹非貔，闻《诗》闻《礼》，而中朝大议，曾未矜论，清禁嘉谋，安能相及”⑥。虽然徐陵不满杨愔作为北朝重臣，不能力谏北朝政府护送自己回国的行为，并婉转讽刺杨愔“谔谔非周舍，容容类胡广”，但从徐陵的凿凿陈词中，还是可以体会到徐陵对杨愔的信任。由此推知，二人在北

---

① 李百药：《北齐书·杨愔传》卷三十四，中华书局 1972 年版，第 453 页。
② 李百药：《北齐书·杨愔传》卷三十四，中华书局 1972 年版，第 454 页。
③ 李百药：《北齐书·杨愔传》卷三十四，中华书局 1972 年版，第 454 页。
④ 李延寿：《北史·杨愔传》卷四十一，中华书局 1974 年版，第 1504 页。
⑤ 李百药：《北齐书·杨愔传》卷三十四，中华书局 1972 年版，第 460 页。
⑥ 姚思廉：《陈书·徐陵传》卷二十六，中华书局 1972 年版，第 331 页。

朝不仅有交往，而且感情是比较融洽的。

李那（李昶）

李昶，生卒年不详，顿丘临黄人，小名李那。北周保定元年也即陈天嘉二年（561），周使殷不害南聘，带来了北朝文人李那的四首诗文。徐陵读后，赏叹不已，于是，修书一封并由殷不害带给李那。这就是徐陵的名作《与李那书》。《书》中徐陵对李昶的作品大加美赞：

> 获殷公所借《陪驾终南入重阳阁》诗及《荆州大乘寺》、《宜阳石像碑》四首。铿锵并奏，能惊赵鞅之魂，辉焕相华，时瞬安丰之眼。山泽晻霭，松竹参差，若见三峻之峰，依然四皓之庙。甘泉卤簿，尽在清文；扶风辇路，悉陈华简。昔魏武虚帐，韩王故台，自古文人，皆为词赋。未有登兹旧阁，叹兹幽宫，标句清新，发言哀断。岂止悲闻帝瑟，泣望羊碑，一咏歌梁之言，便掩盈怀之泪。至如披文相质，意致纵横，才壮风云，义深渊海。①

那么，李那何人？《周书·李昶传》曰：“李昶，顿丘临黄人也，小名那……幼年已解属文，有声洛下。”②“初谒太祖，太祖深奇之，厚加资给，令入太学。太祖每见学生，必问才行于昶。昶神情清悟，应对明辨，太祖每称叹之。”③ 李昶在给徐陵的回信中也说：“仆世传经术，才谢刘歆；家有赐书，学非班嗣。弱龄有意，颇爱雕虫，岁月三余，无忘肄业，户牖之间，时安笔砚。”④ 因此可知，李那即李昶，是一个颇有创作才能的人。

---

① 许逸民：《徐陵集校笺·与李那书》卷八，中华书局 2008 年版，第 831 页。

② 令狐德棻：《周书·李昶传》卷三十八，中华书局 1971 年版，第 686 页。

③ 令狐德棻：《周书·李昶传》卷三十八，中华书局 1971 年版，第 686 页。

④ 许逸民：《徐陵集校笺·与李那书附李那答书》卷八，中华书局 2008 年版，第 854 页。

《周书·李昶传》说“昶性峻急，不杂交游”，却与庾信交游密切。庾信集中有《陪驾幸终南山和宇文内史》①《和宇文内史春日游山》《和宇文内史入重阳阁》等诗，可见不善交际的李昶得到了北周成就最高文人庾信的承认，足见李昶在北周的影响。也许正因为此，李昶的作品才得到了徐陵的称赞。

李昶收到徐陵的信后，作《答徐陵书》以回复。李昶称赞徐陵的文学才华，盛赞徐陵的文学成就与影响：

> 足下泰山竹箭，浙水明珠，海内风流，江南独步。扶风计吏，议折祥禽；平陵李廉，辩酬文约。况复丽藻星铺，雕文锦缛。风云景物，义尽缘情；经纶宪章，辞殚表奏。久以京师纸贵，天下家藏，调移齐右之音，韵改河西之俗。岂直杨云藻翰，独留千金；嗣宗文雅，唯传好事。②

从二人的书信往来可知，正是二人“平生壮意，窃爱文章”与“弱年有意，频爱雕虫”的共同爱好与追求，才使他们互相产生了仰慕之情。因此，二人虽然素未谋面，却有了真诚的文学交游。

另外从二人对彼此的评价，可以看出二人写作风格的不同。徐陵评李那的作品“铿锵并奏，能惊赵鞅之魂”“披文相质，意致纵横，才壮风云，义深渊海”；李那评徐陵为“丽藻星铺，雕文锦缛。风云景物，义尽缘情”。可以看出，二人的风格恰恰代表了南北文化风尚的不同。尽管风格不同，但他们互相钦慕，互相欣赏，在钦慕与欣赏中互相影响。

---

① 据《周书·李昶传》李那后被赐姓宇文氏，曾拜内史下大夫，因此，人们尊称其为宇文内史。

② 许逸民：《徐陵集校笺·与李那书附李那答书》卷八，中华书局2008年版，第854页。

李颙之

李颙之，生卒不详。徐陵有《答李颙之书》一文。由此可知，先有李颙之写给徐陵的书信，然后才有徐陵的答书。但遗憾的是李颙之的书信已不存，我们不能完全了解李颙之书信的内容了。

关于李颙之其人，南北朝诸史没有记载，究竟何人，不得而知。从徐陵《答李颙之书》可以查得端倪：

> 近谬枉清音，无申穷眷，忽辱来告，文制兼美。君山西盛族，素挺风流；河北辞人，本所嗟贵。子桓虚座，宁不敬期；伯喈倒屣，固以相属……公辅之量，不负高名；王佐之才，信表天骨。孺子之榻，虽其可悬；仲举之车，弥轸恒眷。①

又曰：

> 但忘年之款，昔有张、裴，邻国之交，非无婴、札。②

由此可以推断：第一，李颙之为北齐邺人；第二，李颙之是一个不俗的文人；第三，颙之年岁尚轻，与徐陵属忘年交。

另外，虽然颙之书信已不存，但从徐陵“来喻泰高，如为善谑，文艳质寡，何似上林，华而不实，将同桂树”之句可知，李颙之将徐陵的文品比作“泰山”“嵩山”，将徐陵的文章比作司马相如的《上林》，希望得到徐陵“树扬名士”的提携。颙之对徐陵崇拜至极，从其评价，可以体会到徐陵在北朝的巨大影响。

---

① 许逸民：《徐陵集校笺·答李颙之书》卷八，中华书局2008年版，第901页。
② 许逸民：《徐陵集校笺·答李颙之书》卷八，中华书局2008年版，第901页。

第三节　徐陵对后进的荐拔

徐陵出使归来不久，陈代梁而立。在陈代，徐陵受到了历朝统治者的重视，官位日高。同时徐陵的文学创作更加成熟，文名响彻南北。他既是朝廷重臣，又是文学界的泰斗和前辈；他一方面积极创作，与文友交游，一方面积极提拔、奖掖年轻文士。“自有陈创业，文檄军书及禅授诏策，皆陵所制，而《九锡》尤美。为一代文宗，亦不以此矜物，未尝诋诃作者。其于后进之徒，接引无倦。”① 由于徐陵的奖掖和推荐，许多年轻文人因而闻名。

阴铿

阴铿（约 511—约 563），字子坚，武威姑藏（今甘肃武威）人。梁、陈时期著名诗人，文学家。史载：“幼聪慧，五岁能诵诗赋，日千言。及长，博涉史传，尤善五言诗，为当时所重。”② 诗圣杜甫对阴铿推崇备至，“颇学阴何苦用心”。杜甫还有“李侯有佳句，往往似阴铿”之句，认为李白的风格与阴铿颇似，由此可见阴铿创作所达到的成就。

阴铿的成功主要靠的是自己的才华和努力，但与徐陵的奖掖、推荐也很有关系。要了解阴铿成名与徐陵的关系，我们不妨先了解阴铿其人。

阴铿的事迹附在《陈书·文学·阮卓传》下，只有二百字左右，非常简略。结合其他史料，大体可以勾勒出阴铿的家世与仕历情况：

家世：祖父，阴智伯，曾官至梁、秦二州刺史。永明十一年（493），阴智伯因贪赃遭劾入狱被杀。阴氏家族被降为庶族寒人。父亲，阴子春，梁左卫将军。公元 551 年阴子春败于侯景军，被萧绎处死于江陵。因此，

---

① 姚思廉：《陈书·徐陵传》卷二十六，中华书局 1972 年版，第 335 页。

② 姚思廉：《陈书·文学·阴铿传》卷三十四，中华书局 1972 年版，第 472 页。

阴铿不仅出身庶族，而且家世背景也不清白。

仕历：起家“梁湘东王法曹行参军”；后于故章做了三年县令；太清年间，深陷乱军之中，后为友人所救；再依附广东新贵侯安都。天嘉四年（563），侯安都被陈文帝赐死，阴铿落为始兴王府中录事参军，之后，为徐陵所识。

从家世看，阴铿出身寒门；从仕历看，阴铿屡遭挫折。在那个极其重视门第背景的时代，阴铿想要谋取发展实属不易。他在认识徐陵之前的仕历已经说明了这一点。但是，徐陵对阴铿的推荐，改变了阴铿的窘迫状况。

> 天嘉中，为始兴王府中录事参军。世祖尝宴群臣赋诗，徐陵言之于世祖，即日召铿预宴，使赋新成安乐宫，铿援笔便就，世祖甚叹赏之。累迁招远将军、晋陵太守、员外散骑常侍，顷之卒。有集三卷行于世。①

由于徐陵的推荐，阴铿一跃而为“招远将军、晋陵太守、员外散骑常侍”。值得一提的是，徐陵的推荐不仅有助于阴铿政治成名，同样有助于其文学成名。在那个讲究门第、讲究权位的时代，仅仅依靠才华是难以成名流芳的。较高的社会地位，不仅能为作者创造良好的环境，也能扩大作者的影响力，并保证作者的作品能够借助权力机构更好地保存下来。因此，徐陵对阴铿不拘一格地提拔、推荐，对阴铿成名的影响是不能小视的。

姚察

姚察（533—606），字伯审，吴兴郡武康县（今浙江省湖州市德清县）

① 姚思廉：《陈书·文学·阴铿传》卷三十四，中华书局1972年版，第472页。

人。南朝著名史学家。史载，姚察“幼有至性，事亲以孝闻。六岁，诵书万余言。弱不好弄，博弈杂戏，初不经心。勤苦厉精，以夜继日。年十二，便能属文。父上开府僧垣，知名梁武代，二宫礼遇优厚，每得供赐，皆回给察兄弟，为游学之资，察并用聚蓄图书，由是闻见日博。年十三，梁简文帝时在东宫，盛修文义，即引于宣猷堂听讲论难，为儒者所称”①。姚察很有才华，但是出身不高，其父姚僧垣为梁代名医，“精医术，知名梁代”，因医术高明，受到了梁武帝、简文帝的宠幸。但是，医学属于技艺行业，在重视文化、文学的南朝，这样的出身，是为高门所不齿的。如李延寿《南史·姚察传》载“僧垣精医术，知名梁代”；而姚察之子姚思廉在《陈书》中为父亲立传，则说“父上开府僧垣，知名梁武代，二宫礼遇优厚”。对此，清代学者赵翼评曰：“《姚察传》，《南史》谓察父僧坦精于医，梁时为大医正，两宫所赐，皆为察兄弟游学之资。《陈书》不载僧坦以医术得幸，但云知名梁代，二宫礼遇优厚，每得赐，为察游学之资。盖自讳其医也。”② 姚察被选为吏部尚书时，称自己“东皋贱族”，并对朝廷的破例提拔感激涕零。可以看出，在那个时代，姚察的出身，是很有可能妨碍其发展的。

但是，徐陵看重的是姚察的才华。“吏部尚书徐陵时领著作，复引为史佐，及陵让官致仕等表，并请察制焉，陵见叹曰：‘吾弗逮也。’”③ 徐陵不仅使姚察有了用武之地，而且对他的一些大胆的建议也予以重视。“高宗欲设备乐，付有司立议，以梁武帝为非。时硕学名儒、朝端在位者，咸希上旨，并即注同。察乃博引经籍，独违群议，据梁乐为是，当时惊骇，莫不惭服，仆射徐陵因改同察议。其不顺时随俗，皆此类也。”④ 徐陵

① 姚思廉：《陈书·姚察传》卷二十七，中华书局 1972 年版，第 348 页。

② 赵翼：《陔余丛考》卷八，商务印书馆 1957 年版，第 153 页。

③ 姚思廉：《陈书·姚察传》卷二十七，中华书局 1972 年版，第 348 页。

④ 姚思廉：《陈书·姚察传》卷二十七，中华书局 1972 年版，第 349 页。

不仅在朝廷上提拔姚察、重视姚察的意见，甚至还将姚察作为榜样来教育儿子。“徐陵名高一代，每见察制述，尤所推重。尝谓子俭曰：‘姚学士德学无前，汝可师之也。’”① 在陈朝，徐陵官高名重，“缙绅之士皆响慕焉”②，却对这个比自己小 26 岁的后生如此推重，足见其对人才的爱惜与推崇。

陆琼

陆琼（537—586），字伯玉，吴郡吴县（今苏州）人也。本传曰：“琼幼聪慧有思理，六岁为五言诗，颇有词采……琼风神警亮，进退详审，帝甚异之。”③ “琼素有令名，深为世祖所赏。”④ 陆琼的才华也早为徐陵所关注。“及高宗为司徒，妙简僚佐，吏部尚书徐陵荐琼于高宗曰：‘新安王文学陆琼，见识优敏，文史足用，进居郎署，岁月过淹，左西掾缺，允膺兹选，阶次小逾，其屈滞已积。’乃除司徒左西掾。”⑤ 之后，陆琼官路通畅，至吏部尚书，“详练谱谍，雅鉴人伦……号为称职”，“有集二十卷行于世”。⑥

许善心

许善心（558—618），隋朝大臣。本传载：

> 许善心，字务本，高阳北新城人也……幼聪明，有思理，所闻辄能诵记，多闻默识，为当世所称。家有旧书万馀卷，皆遍通涉。十五解属文，笺上父友徐陵，陵大奇之，谓人曰：“才调极

---

① 姚思廉：《陈书·姚察传》卷二十七，中华书局 1972 年版，第 354 页。
② 李延寿：《南史·陈暄传》卷六十一，中华书局 1975 年版，第 1503 页。
③ 姚思廉：《陈书·陆琼传》卷三十，中华书局 1972 年版，第 396 页。
④ 姚思廉：《陈书·陆琼传》卷三十，中华书局 1972 年版，第 396 页。
⑤ 姚思廉：《陈书·陆琼传》卷三十，中华书局 1972 年版，第 397 页。
⑥ 姚思廉：《陈书·陆琼传》卷三十，中华书局 1972 年版，第 398 页。

高，此神童也。”①

徐陵赞许善心为“神童”，不是因为许善心是朋友的儿子。从传记可知，许善心确为才子。“起家除新安王法曹。太子詹事江总举秀才，对策高第，授度支郎中，转侍郎，补撰史学士。”开皇十六年，有神雀降于含章阁，众人以为祥瑞。隋文帝召百官赐宴，告以此瑞。善心于座请纸笔，顷刻之间，制成千字神雀颂。隋文帝见之大惊。赞曰：“我见神雀，共皇后观之。今旦召公等入，适述此事，善心于座始知，即能成颂。文不加点，笔不停毫，常闻此言，今见其事。”② 许善心尝与崔祖睿奉敕撰《灵异记》十卷；继承父志，撰著《梁史》共成七十卷；又曾仿阮孝绪《七录》，更制《七林》，及撰《方物志》，行于世。许善心生于陈高祖永定二年（558），比徐陵小 51 岁，从徐陵对善心的称赞可知徐陵拳拳的爱才之心。

褚亮

褚亮（560—647），字希明，杭州钱塘（今浙江杭州）人，唐初十八学士之一。《旧唐书·褚亮传》曰：“亮幼聪敏，好学善属文，博览无所不至，经目必记于心。喜游名贤，尤善谈论。年十八，诣陈仆射徐陵，陵与商榷文章，深异之。陈后主闻而召见，使赋诗，江总及诸辞人在坐，莫不推善。”③《新唐书·褚亮传》也有类似的记载。褚亮生于梁敬帝绍泰元年（555），比徐陵小 48 岁。褚亮 18 岁时，徐陵 66 岁，年过花甲，高居尚书左仆射之职，但他不仅没有因为年龄、职位等原因藐视、冷落前来拜访的小后生，而且还热情接待，又“与商榷文章”，又大加褒扬。终使“陈后主闻而召见”，可见徐陵对人才的爱惜。

---

① 魏征：《隋书·许善心传》卷五十八，中华书局 1973 年版，第 1427 页。
② 魏征：《隋书·许善心传》卷五十八，中华书局 1973 年版，第 1427 页。
③ 刘昫：《旧唐书·褚亮传》卷七十二，中华书局 1975 年版，第 2578 页。

陈叔达

陈叔达（572—635），字子聪，吴兴长城（今浙江省湖州市长兴县）人。本传曰："陈叔达，字子聪，陈宣帝第十六子也。善容止，颇有才学，在陈封义阳王。年十余岁，尝侍宴，赋诗十韵，援笔便就，仆射徐陵甚奇之。"① 这是徐陵奖掖、褒扬文学后生的又一例证。

虞世基

虞世基（？—618）。《隋书》载："虞世基，字茂世，会稽余姚人也。父荔，陈太子中庶子。世基幼沉静，喜愠不形于色，博学有高才，兼善草隶。陈中书令孔奂见而叹曰：'南金之贵，属在斯人。'少傅徐陵闻其名，召之，世基不往。后因公会，陵一见而奇之，顾谓朝士曰：'当今潘、陆也。'因以弟女妻焉。"②《北史》也有相同的记载。在徐陵面前，虞世基可谓小字辈。但是贵为太子少傅的徐陵，一听说有个优秀的后生，竟主动"召之"，足见徐陵对优秀后生的怜惜之心。

虞世南

虞世南（558—635）。虞世南是虞世基之弟。徐陵对虞世南的赏识，《旧唐书》《新唐书》都有记载。

> 虞世南字伯施，越州余姚人，隋内史侍郎世基弟也……世南性沈静寡欲，笃志勤学，少与兄世基受学于吴郡顾野王，经十余年，精思不倦，或累旬不盥栉。善属文，常祖述徐陵，陵亦言世南得己之意。③
>
> 性沈静寡欲，与兄世基同受学于吴顾野王余十年，精思不懈，

① 刘昫：《旧唐书·陈叔达传》卷六十一，中华书局1975年版，第2363页。
② 魏征：《隋书·虞世基传》卷六十七，中华书局1973年版，第569页。
③ 刘昫：《旧唐书·虞世南传》卷七十二，中华书局1975年版，第2565页。

至累旬不盥栉。文章婉缛，慕仆射徐陵，陵白以类己，由是有名。①

虞世南少年扬名，不因为学习徐陵，也因为徐陵对他的肯定与鼓励。“虞世南，字伯施，与兄世基学于顾野王。为文章慕仆射徐陵，陵亦喜之。”“陵亦喜之”可见徐陵对好学后生的怜爱情怀。

第四节　徐陵与释僧的交游

南北朝时期，佛学盛行，而梁、陈尤甚，“南朝四百八十寺”，就是这种世风的反映。这一时期文士们与僧侣过往甚密，严耀中认为：“到陈朝，大约十之七八以上的士族都与佛教已有瓜葛，可见佛教已取代道教为当时士族信仰的主流。”② 从史书来看，徐陵早年与佛结缘，晚年走上了笃信佛学的道路。“少而崇信释教，经论多所精解。后主在东宫，令陵讲大品经，义学名僧，自远云集，每讲筵商较，四座莫能与抗。”徐陵不仅崇尚佛学，深谙佛理，而且与释僧过从甚密。

释宝志

释宝志（418—514），俗姓朱，南朝梁代江苏句容县东阳镇（今南京市栖霞区）人。7 岁随法俭和尚出家，到南京道林寺虔诚禅业，苦守古佛青灯 50 多年，为释门名僧。时值齐武帝施行暴政，众生苦痛，宝志为匡正时弊，巧施智谋，运用世间因果哲理，使齐武帝尤敬典礼，“永废锥刀”酷刑。据《释教会考》载：宝志心志通达，以佛教宗旨，诱导梁武帝净心修习，皈依佛门，向善归仕，普度众生，百姓平安。被尊为“帝师”。宝志大师善书，其留在世上的痕迹——宝公塔和三绝碑，就在如今南京中山

---

① 欧阳修，宋祁：《新唐书·虞世南传》卷一百二，中华书局 1975 年版，第 3969 页。
② 严耀中：《陈朝崇佛与般若三论的复兴》，《历史研究》，1994 年，第 4 期。

陵灵谷景区。从灵谷寺西行 200 米左右，便可见到宝公塔。游人到此，可以看到塔前碑上有李白的诗、吴道子的画和颜真卿的书法。宝志一生充满神奇色彩，生于东晋末年，历宋、齐、梁朝。他整日提着的杖头上所挂的刀、尺、佛，据说是用谐音暗示未来的三个朝代：刀切削整齐，预言齐朝；尺用于丈量，预言梁朝；佛可拂尘，预言陈朝。他的预言总是很灵，故名声越传越大，连梁武帝都特别敬重他。据说上千年沿袭下来的寺庙撞钟习俗，也始于宝志。有一次，梁武帝询问宝志如何解救地狱中的痛苦，宝志回答："惟闻钟声，其苦暂息。"于是梁武帝下诏要天下寺院击钟。

据《陈书·徐陵传》记载，徐陵与宝志有一面之缘。"时宝志上人者，世称其有道，陵年数岁，家人携以候之，宝志手摩其顶，曰：'天上石麒麟也。'"本传没有记载具体年月，但据《南史·释宝志传》记载，宝志"天监十三年卒"，那么徐陵见宝志应为天监十三年以前，即徐陵八岁以前。麒麟，汉许慎《说文解字》十："麒，仁兽也，麋身牛尾，一角；麐（麟），牝麒也。"段玉裁注云："状如麇，一角而戴肉，设武备而不为害，所以为仁也。"古麒麟或简曰麟，咸以为祥瑞之物，同时也用来比喻杰出的人物。虽然徐陵年龄稍小，但此事对他产生了一定的影响，一则，徐陵的父母笃信佛教，他们肯定会不断对徐陵强化宝志对他的评价；再则，徐陵本身聪明易感，宝志的预言及其思想必定会给他留下深刻印象，徐陵"少而崇信释教"，恐怕与这种影响有关系。

智𫖮

智𫖮（538—597），中国佛教天台宗四祖，也是实际创始人，俗姓陈，隋代荆州华容（今湖州监利市）人。徐陵与僧侣交游颇多，其中最为后世称道的是他与天台智𫖮大师的交往。智𫖮，世称智者大师，是中国佛教天台宗的开宗祖师。据《隋天台智者大师别传》记载，智𫖮大师于陈文帝天嘉元年（560）至光州（今河南光山）大姑山，从学慧思法师，终成法华的著名学者。陈光大元年（567），智𫖮带领法喜等 27 人赴南京弘传禅法，遂名声大振，朝野风闻。从此之后，智𫖮便与陈皇帝、大臣建立了密切的联系，徐陵也自此开始与智𫖮法师的密切交往。智𫖮门人释灌顶撰《隋天台智者大师别传》，为徐陵崇信智𫖮一事安排了一段奇异的因缘：“仆射徐陵，德优名重，梦其先门曰：‘禅师是吾宿世宗范，汝宜一心事之。’既奉冥训，资敬尽节，参不失时序，拜不避泥水。若蒙书疏，则洗手烧香，冠带三礼，屏气开封，对文伏读，句句称诺。若非微妙至德，岂使当世文雄屈意如此耶！”① 按灌顶之说，徐陵对智𫖮的态度缘起于亡父徐摛的梦中教导，这种因缘附会虽然虚妄不可信，但从一个方面可以看出徐陵与智𫖮之间密切的佛缘。唐释道宣撰《续高僧传》卷一七《智𫖮传》云：“𫖮便诣金陵，与法喜等三十余人在瓦官寺，创弘禅法。仆射徐陵、尚书毛喜等明时贵望，学统释儒，并禀禅慧，俱传香法。欣重顶戴，时所荣仰。”② 又《佛祖统纪》卷二三言：“四祖𫖮禅师，于金陵瓦官寺为仪同沈君理、仆射徐陵等开《法华》经题，一夏开释大义，白马敬韶等咸北面受业。”③ 智𫖮金陵弘法，徐陵对其执弟子之礼。南宋释宗晓所编《四明尊者教行录》卷七录北宋李沆《净光法师赞》曰：“徐陵师𫖮，道以尊贤。”④ 可见徐陵对智𫖮的崇奉。《佛祖统纪》卷二四即将“仆射徐陵”列于“四祖天台智者大禅师”⑤世系之下，也表明了智𫖮与徐陵的师弟子关系。

陈宣帝太建七年（575）至陈后主至德元年（583），智𫖮隐居天台山。

---

① 藏经书院：《续藏经》，新文丰出版公司 1993 年版，第 191 页。

② 大正一切经编辑委员会：《大正藏新修大藏经》，新文丰出版公司 1983 年版，第 564 页。

③ 大正一切经编辑委员会：《大正藏新修大藏经》，新文丰出版公司 1983 年版，第 247 页。

④ 大正一切经编辑委员会：《大正藏新修大藏经》，新文丰出版公司 1983 年版，第 927 页。

⑤ 大正一切经编辑委员会：《大正藏新修大藏经》，新文丰出版公司 1983 年版，第 250 页。

此间，徐陵与智顗交往一要事是徐陵向陈宣帝请诏为智顗建寺，并赐法号。据《隋天台智者大师别传》载，太建七年九月，智顗欲离开金陵，入天台静修，“陈宣帝有敕留连，徐仆射泣涕请住”①。徐陵曾极力挽留智顗，智顗也应其所请，勉为淹留一夏，后终成行。智顗入天台之后，身在京城的徐陵请求陈宣帝为其立寺天台山，并赐予法号。释灌顶纂《国清百录》卷一“太建十年宣帝敕给寺名第十”条云：“具左仆射徐陵启，智顗禅师创立天台，宴坐名岳，宜号修禅寺也。”② 唐毘陵沙门湛然述《止观辅行传弘决》亦记载此事道：“尔后敕赐寺额云：‘具左仆射徐陵启，知禅师创立天台，宴坐名岳，宜号修禅。’”③ 智顗隐居天台是为寻求一空间研习义理，并为创立宗派做准备，这也是天台宗创始的重要阶段。智顗能获朝廷为之立寺、赐号，固然是由于其佛学修为之杰出，但徐陵为其在朝野奔走呼吁显然也是一要因。徐陵对天台宗之创立甚有力焉。

陈后主至德元年（583）末至陈后主至德二年（584），智顗得徐陵力荐重回建邺，于光宅寺讲经说法。智顗于太建七年入天台山，远离京城。其再至金陵，又得徐陵之力。灌顶《隋天台智者大师别传》载其事：“陈少主顾问群臣：‘释门谁为名胜？’徐陵对曰：‘瓦官禅师德迈风霜，禅鉴渊海。昔远游京邑，群贤所宗。今高步天台，法云东靄，永阳王北面亲承。愿陛下诏之还都弘法，使道俗咸荷。’”④ 徐陵以智顗为“释门名胜”，对其佛学修为与宗师风范推崇有加。而陈后主因徐陵之言，遂七下诏书，将智顗迎回金陵。智顗复得弘法京城，徐陵也得以重聆其教诲。徐陵于日

① 藏经书院：《续藏经》，新文丰出版公司 1993 年版，第 192 页。

② 大正一切经编辑委员会：《大正藏新修大藏经》，新文丰出版公司 1983 年版，第 799 页。

③ 大正一切经编辑委员会：《大正藏新修大藏经》，新文丰出版公司 1983 年版，第 148 页。

④ 许逸民：《徐陵集校笺》卷三，中华书局 2008 年版，第 193 页。

常之中，也多与智顗音信相通。灌顶纂《国清百录》卷二收录徐陵致智顗书信四通，题为“陈左仆射徐陵书第十九”，原注言“陵书最多，门人竞持去，追寻止得三纸并愿书”①，徐陵是其时俗众中致信智顗最多的人，后多散佚。正因为与智顗密切交往，对天台宗创立之贡献，及其以一代文宗、士林领袖身份崇奉智顗而造成的影响力，徐陵被敬奉为天台六祖智威禅师前身。②

释真观

释真观（538—611），字圣达，吴郡钱唐人，俗姓范氏。五岁能蔬斋，或登衣箧，或执扇帚，戏为谈讲。八岁通诗礼，十六儒道群经柱下河上无所遗隐。时又流涉棋琴，畅怀文集，日新月异，师友惊忻。后即专诵净名般若。声名盛于陈代。时人语曰：“钱塘有真观，当天下一半。”③ 徐陵与真观的交往，可由真观致书徐陵一事略加推断。陈宣帝太建十年，吴明彻北伐兵败，朝廷兵员损缺，有议从僧人中括兵者。佛门因此扰动，真观致书时为左仆射的徐陵。《续高僧传》本传记载其事曰：“于斯时也，征周失律，朝议括僧无名者休道。观乃伤迷，叹曰：‘夫刹利居士，皆植福富强。黎庶厮小，造罪贫弱。欲茂枝叶，反克根本，斯甚惑矣。人皆惜命偷生，我则亡身在法。’乃致书仆射徐陵，文见别集。陵封书合奏，帝懔然动容，括僧由寝。”④ 真观膺名时下，为解法难而毅然致书徐陵。此书具载于《广弘明集》卷二七，题为《与徐仆射领军述役僧书》。徐陵得书，即上奏朝廷，僧难终得以消解。

---

① 大正一切经编辑委员会：《大正藏新修大藏经》，新文丰出版公司 1983 年版，第 801 页。

② 参见黄颖：《徐陵的佛教活动考述》，《黑龙江社会科学》，2010 年，第 5 期。

③ 大正一切经编辑委员会：《大正藏新修大藏经》，新文丰出版公司 1983 年版，第 704 页。

④ 大正一切经编辑委员会：《大正藏新修大藏经》，新文丰出版公司 1983 年版，第 702 页。

释慧因

释慧因（539—627），吴郡海盐人，十二出家。听琼法师授成实。复从钟山之慧晓、智瓘学禅定法，继从长干寺智辩学三论。辨后归静山林，以学徒相委。受业弟子五百余人，踵武传灯，将三十载。历梁、陈、隋、唐，弘法四代。《续高僧传》卷一三《唐京师大庄严寺释慧因传》载其与徐陵往来事："陈仆射徐陵，高才通学；尚书毛喜，探幽洞微，时号知仁，咸归导首。"① 然慧因在陈朝活动的记载甚少，其与徐陵交往的时间和具体情形已难确考。

总之，徐陵的交往与他的政治生活、文化、文学密不可分。在广泛的交游中，徐陵提升了自己的政治声望、文学声誉，同时也以自己的高德品行、文学成就、政治功业影响了他人和社会，推进了文学的进步，社会、国家的发展。

① 大正一切经编辑委员会：《大正藏新修大藏经》，新文丰出版公司 1983 年版，第 523 页。

第四章　徐陵的诗歌创作

清代吴兆宜《徐孝穆集笺注》共收诗四十首，其中乐府十八首，其他二十二首。逯钦立《先秦汉魏晋南北朝诗》共收录徐陵诗四十二首。其中乐府十九首（比吴本多《陇头水 · 陇头流水急》），其他二十三首（比吴本多《征虏亭送新安王应令》）。许逸民先生《徐陵集校笺》也收徐陵诗42首，但与逯本略有不同，其中逯本《陇头水 · 陇头流水急》，在许本中为存疑，而另收徐陵佚诗一首，即《登古城南应令》，因此，许逸民先生的《徐陵集校笺》42首诗中，有乐府诗十八首，其他诗二十四首。另外，许先生还收《陇头水 · 陇头流水急》《梅花落 · 腊月正月早警春》《宛转歌 · 七夕天河白露明》三首，为徐陵存疑诗。

徐陵的诗大多创作于梁代，是与萧纲及其集团成员的唱和之作，少量创作于陈代，是与陈后主及其集团的酬唱之作，如《杂曲 · 倾城得意已无俦》《同江詹事登宫城南楼》等，还有个别独立抒怀之作，如《别毛永嘉》等，可以看出，徐陵的诗歌创作与宫廷生活密切相关，正因为这个原因，一些评论家将徐陵视为宫体诗人，认为他的诗靡丽浮华，无足称道。如《隋书 · 文学传序》说："简文、湘东，启其淫放，徐陵、庾信，分路扬镳。其意浅而繁，其文匿而采，词尚轻险，情多哀思。"① 后世学者也认

① 魏征：《隋书 · 文学传序》卷七十六，中华书局1973年版，第1730页。

为："诗赋在徐集中不占重要的位置，今本还不足一卷。计《鸳鸯赋》一首，诗与乐府共四十首。内容都是宫体，有多首即题明是奉和简文帝的，并无特殊之处。"① 这样的说法是片面的，一代有一代之文学，宫体诗是时代的产物，是魏晋南北朝文学自觉前提下，齐梁文人对新文学的积极尝试，是文学发展史上重要的一环。袁行霈先生所说，"就文学演进而言，倘无南朝之声色，以修饰汉魏之风骨，何来唐代近体诗之大观耶?"② 这样的说法是中肯的。徐陵是南北朝最后一位优秀的作家，在文学史上起着承上启下的独特作用，以其独特的创作架起了六朝通往唐代近体诗的桥梁。许梿说："骈语至徐庾，五色相宣，八音迭奏，可谓六朝之渤澥，唐代之津梁。而是篇尤为声偶兼到之作，炼格炼词，绮绾绣错，几于赤城千里霞矣。"③ 何止骈文，徐陵的诗在描摹宫廷生活的基础上，特别注重形式之美，同样"五色相宣，八音迭奏"为"六朝之渤澥，唐代之津梁"，开启了唐代近体诗的先声。

第一节　宫廷生活的摹写：徐陵诗歌的内容

徐陵的诗主要创作于宫廷，多为应制唱和之作，主要包括边塞诗、写景诗、送别诗、咏物诗、纪事诗、抒怀诗、艳情诗等。

一、边塞诗

从《徐陵集校笺》所收 42 首诗来看，边塞诗占了相当大的比例，以

---

① 王瑶：《中古文学史》，商务印书馆 2011 年版，第 337 页。

② 许逸民：《徐陵集校笺·袁行霈序》，中华书局 2008 年版，第 1 页。

③ 许梿评选，黎经诰笺注：《六朝文絜笺注》，上海古籍出版社 1982 年版，第 142 页。

乐府诗中的横吹曲辞为代表，包括《陇头水》《折杨柳》《关山月二首》《洛阳道二首》《长安道》《梅花落》《紫骝马》《骢马驱》《刘生》等。[①]边塞诗是徐陵诗的重要代表。徐陵 17 岁随父亲来到雍州，体验到了边塞生活的寒苦，对边塞与军营生活有切身的体会，所以徐陵的边塞诗不同于后来宫体诗的靡丽清新，而以苍健雄浑为主。如《关山月·其一》：

关山三五月，客子忆秦川。思妇高楼上，当窗应未眠。
星旗映疏勒，云阵上祁连。战气今如此，从军复几年。[②]

《关山月》引用汉代故事描述了因战事而离别的夫妇间的相思之苦。“关山三五月，客子忆秦川”，十五的月亮挂在空旷荒凉的关山上，皓月当空，本是家人团圆的时刻，但长年戍守边疆，阻隔了客子回家的路，此景此情客子禁不住思念起家乡，思念起自己的妻子。“思妇高楼上，当窗应未眠”，明明是客子思妻，但客子却反想妻子思念自己。客子想，此时此刻，妻子一定也和我一样深夜无眠，站在高楼上，向远处眺望，在思念着我吧。客子思妇本是一份愁，而想到妻子因为自己戍守边关不能回家，又造成妻子的相思之苦，这使客子增加了一层愧疚，这又是一种苦，所以这样的表达使相思有了更沉重的力量。“星旗映疏勒，云阵上祁连。战气今如此，从军复几年。”画面拉到眼前：疏勒川上战旗猎猎，祁连山上军阵如云，战事依旧残酷，这样的形势让我实在无法回家啊。整首诗以客子的口吻，一会儿写自己，一会儿写妻子；一会儿写边关，一会儿写家乡；一会儿写景，一会儿抒情。有对家乡亲人的愧疚思念，又有对国家百姓的萦怀于心，可谓千肠百结，苍凉动人，呈现出雄浑之美。明屠隆曾将徐陵这首诗与萧绎的同题诗比较：“梁元帝作终带香奁气，不若此之壮浑。”清王

① 许逸民：《徐陵集校笺·袁行霈序》，中华书局 2008 年版，第 1 页。
② 许逸民：《徐陵集校笺·关山月其一》卷一，中华书局 2008 年版，第 20 页。

夫之将其与唐诗比较："高、岑何得有此开爽悲健？故云：春晴始旦。唐人正在秋冬之间矣。"① 清陈祚明评曰："竟是少陵诗之佳者。情旨深，节奏老。"② 因此，徐陵的边塞诗与其宫体诗大不相同，表现的是一种苍凉雄浑的境界。不唯《关山月》，徐陵的边塞诗大都有此格调。如《陇头水》："别涂耸千仞，离川悬百丈。攒荆夏不通，积雪冬难上。枝交陇底暗。石碍波前响。回首咸阳中。唯言梦时往。"③ 极写边关之遥、之高耸，之难、之攀登不易及其环境恶劣，衬托归途无期，透出苍凉悲怆之气。明屠隆点评曰："不说呜咽，而呜咽之声毕具。" 清陈祚明曰："句句苍险生动，极似少陵。"④ 再如《出自蓟北门行》："蓟北聊长望，黄昏心独愁。燕山对古刹，代郡隐城楼。屡战桥恒断，长冰堑不流。天云如地阵，汉月带胡秋。请土泥函谷，挼绳缚凉州。平生燕颔相，会自得封侯。"⑤ 萧飒苍凉中托出英魂气概，也是边塞诗的典型。

二、思妇闺怨诗

思妇诗是诗歌的传统题材，先秦时即已滥觞。《诗经·王风·君子于役》就是典型的思妇诗。之后，秦汉魏晋南朝均不乏此题。思妇诗的产生不是偶然的，在中国古代，战乱频仍，徭役横行，这些都会导致夫妻别离。中国古代妇女地位低下，丈夫是他们最重要的依靠，因此，丈夫的离去给她们沉重的打击。思妇闺怨也因此产生。徐陵写了不少思妇闺怨诗，其中不少优秀之作，如《折杨柳》《关山月·其一》《梅花落》《中妇织流

① 王夫之评选，张国星校点：《古诗评选》，文化艺术出版社 1997 年版，第 315 页。

② 陈祚明评选，李金松点校：《采菽堂古诗选》卷二十九，上海古籍出版社 2008 年版，第 959 页。

③ 许逸民：《徐陵集校笺·陇头水》卷一，中华书局 2008 年版，第 11 页。

④ 陈祚明评选，李金松点校：《采菽堂古诗选》卷二十九，上海古籍出版社 2008 年版，第 958 页。

⑤ 许逸民：《徐陵集校笺·出自蓟北门行》卷一，中华书局 2008 年版，第 63 页。

黄》《长相思二首》《咏织妇》等都是这样的作品。徐陵的思妇闺怨诗如边塞诗一样，多数也以乐府诗形式出现，一方面写边塞行役之苦，一方面写思妇之思。如《中妇织流黄》：

落花还井上，春机当户前。带衫行障口，觅钏枕檀边。数镊经无乱，新浆纬易牵。蜘蛛夜伴织，百舌晓惊眠。封用黎阳土，书因计吏船。欲知夫婿处，今督水衡钱。①

诗以“中妇”口吻直接写其缠绵徘恻的思夫之情。前六句写其当户织及其烦乱的心情。“蜘蛛夜伴织，百舌晓惊眠”尤精警，先以“蜘蛛夜伴织”喻其长夜难眠之思，再以“百舌晓惊眠”衬其因苦思而脆弱的心理。思妇剪不断，理还乱之痛令人唏嘘。此外《长相思·其一》《折杨柳》《长相思·其二》《梅花落》《咏织妇》《关山月·其一》等也均为思妇闺怨诗。

三、写景诗

写景是文人雅士之所爱，自古以来写景诗车载斗量。徐陵的写景诗多为奉和酬唱之作，徐陵与萧纲及其文人集团或因景宴饮，或郊游登高，或江上泛舟，因此留下了不少留恋风光的写景诗。如《奉和山斋》：

架岭承金阙，飞桥对石梁。竹密山斋冷，荷开水殿香。山花临舞席，水影照歌床。②

前两句写“山斋”地理位置之高拔，三、四句写“山斋”环境之幽、之冷、之美、之香，最后两句写“山斋”中饮宴时，对“山花”、临“冰

① 许逸民：《徐陵集校笺·中妇织流黄》卷一，中华书局2008年版，第53页。

② 许逸民：《徐陵集校笺·奉和山斋》卷二，中华书局2008年版，第106页。

影”的美景。由远景及近景，由远览至细描，生动巧妙。

写景诗在徐陵作品中占了较大比例，如《山池应令》《登古城南》《奉和山池》《山斋》《日华》《咏春》《春情》《咏雪》等均可归为写景诗。不过，许多作品并非为纯粹的写景之作，而常常与写人、记事、抒情等结合起来，如《侍宴》本是记事之作，但却先写景，“园林才有热，夏浅更胜春。嫩竹犹含粉，初荷未聚尘”，描写初夏景色，一片清新之意。最后两句却落脚在“人”上，“承恩豫下席，应阮独何人”，作者以应玚、阮瑀侍宴曹氏比自己之侍宴太子，既颂扬了萧氏，又自比应、阮，显示出几分自信和张扬，写景、记事、抒情结合得天衣无缝。其他如《登古城南望应令》《新亭送别应令》《秋日别庾正员》等也都具有这样的特色。

四、咏物诗

咏物诗是南朝宫体诗人的痴爱。但从徐陵所存诗歌看，纯粹的咏物诗只有《咏甘》一首：

> 朱实挺荆南，苞品擅珍淑。上林杂嘉树，江潭间修竹。万室拟封家，千株挺荆国。绿叶蒌以布，素荣芬且郁。得陈终宴欢，良垂云雨育。①

“甘”，今作“柑”，即柑橘。《艺文类聚》卷八六引晋周处《风土记》云：“柑橘之属，滋味甜美特异者也。有黄者，有赪者，谓之胡甘（《初学记》谓之‘壶甘’）”南人以为“甘”为果中上品，多有赞美之辞。徐陵的《咏甘》同样表达了对“甘”的赞美。诗开头先写“甘”生长的故乡，接着又对“橘”进行了一番赞美。再写“甘”生长的小环境，并赞其品

① 许逸民：《徐陵集校笺·咏甘》卷二，中华书局2008年版，第137页。

质。又用汉李衡种甘之典，喻其贵重和价值。接着再写甘叶之萋萋，甘荣之芬芳，最后落脚宴饮上，“得陈终宴欢，良垂云雨育”，既有对“甘”的咏赞，也有对皇恩的歌颂。这首诗从多个角度写甘，吟咏过密，有“失之板垛”之嫌，但整首诗对仗工整，声韵和谐，有其独特的价值。

五、送别诗

徐陵送别诗主要包括《别毛永嘉》《秋日别庾正员》《征虏亭送新安王应令》《新亭送别应令》四首。前两首是为朋友送别之作，后两首为送别应制诗。前两首诗内容充实，情感真挚动人。“愿子厉风规，归来振羽仪。嗟余今老病，此别空长离。白马君来哭，黄泉我讵知。徒劳脱宝剑，空挂陇头枝。”这是徐陵为好友毛喜送别时写的诗。毛喜（前文已论及），朝廷忠臣、贤臣，但因为忠耿直谏，为陈后主所不容，被遣出朝廷。徐陵写这首诗时已经七十七岁（不久去世），面对朝纲不振，奸臣庸臣当道，而忠臣贤臣遭忌的现实，这位忠心耿耿的五朝老臣悲慨不已，于是写下这首诗，一方面，徐陵希望老朋友能及早回朝，担当起重振朝纲的重任；另一方面，他也深感自己大期将至，对朋友表达了生离死别的悲凉情感。

徐陵的送别应制诗虽然不是完全出自肺腑，但也能很好体会送别者的情感，有一种感人的力量。如《新亭送别应令》：

> 风吹临伊水，时驾出河梁。野燎村田黑，江秋岸荻黄。隔城闻上鼓，回舟隐去樯。神襟爱远别，流睇极清漳。①

这首诗可能是随萧纲送别一位友人时所作。据许逸民先生考证，被送之人可能是即将出任使节使、督衡州诸军事安远将军、衡州刺史的韦粲。

① 许逸民：《徐陵集校笺·新亭送别应令》卷二，中华书局2008年版，第98页。

前两句用《列仙传》中王子乔的典故，以王子乔比萧纲，又用“苏李诗”中“携手上河梁”之典，点出送别。两个典故用得都自然，无斧凿之痕。“野燎村田黑，江秋岸荻黄”写秋景，田野辽阔，村庄黢黑，江岸秋深，芦荻苍黄，“黯淡”的环境渲染出离别的愁思。“隔城闻上鼓”写钟鼓催发，衬托离别的无奈。“回舟隐去樯”写船慢慢消失在视野之中，送别之人凝视远望，依依惜别的深情跃然纸上。最后朋友离去后，“流睇极清漳”，送者更加伤感，表达了萧纲与韦粲之间的深情。

六、艳情诗

徐陵过去一直被认为是宫体诗人，从他现存的诗看，诗中确有一些刻画女性、描写男女之情的艳情诗，如《杂曲》：

> 倾城得意已无俦，洞房连阁未消愁。宫中本造鸳鸯殿，为谁新起凤凰楼。绿黛红颜两相发，千娇百念情无歇。舞衫回袖胜春风，歌扇当窗似秋月。碧玉宫妓自翩妍，绛树新声最可怜。张星旧在天河上，从来张姓本连天。二八年时不忧度，旁边得宠谁相妒。立春历日自当新，正月春幡底须故。流苏锦帐挂香囊，织成罗幔隐灯光。只应私将琥珀枕，暝暝来上珊瑚床。①

此诗从不同角度刻画了张贵妃倾国倾城的美貌，是一首典型的宫体诗。徐陵这类诗还有《乌栖曲二首》《走笔戏书应令》《春情》《奉和咏舞》等，多描摹妇女体态、情态，也是典型的艳情诗。

① 许逸民：《徐陵集校笺·杂曲》卷一，中华书局2008年版，第73页。

第二节　旖旎风光：徐陵诗歌的风格

徐陵诗歌的风格是多姿多彩的：或清新绮丽，或冲朗流宕，或苍健浑厚，或华美富艳。

一、清新绮丽

徐陵诗歌特别注重形式美，在《与李那书》中，他称李那诗文“扶风辇路，悉陈华简”“辉焕相华，时瞬安丰之眼”，表达了对形式美的追求。徐陵对“清绮”“清婉”的美学风格特别向往，往来书信中多次提到“甘泉卤簿，尽在清文”（《与李那书》）“近谬枉清音，无申穷眷”（《答李颙之书》）“标句清新，发言哀断”（《与李那书》）等观点，可见其对“清新”“清婉”的喜好与追求。在这种美学观点之下，徐陵的作品自然呈现出清新绮丽的风采。如《折杨柳》：

袅袅河堤树，依依魏主营。江陵有旧曲，洛下作新声。妾对长杨苑，君登高柳城。春还应共见，荡子太无情。①

这是一首思妇诗，前六句连用三个巧妙的对句，最后用散句作结。整首诗错落有致，清新绮丽，屠隆点评曰：“《折杨柳》，工者多矣，间有繁靡板垛之句，清新潇洒，独让词作。”陈祚明认为此诗“流宕”②，王夫之评价最为详细，他说：“孝穆于诗，疏宕以成其韵度，纳之古诗中则如落

① 许逸民：《徐陵集校笺·折杨柳》卷一，中华书局2008年版，第16页。
② 陈祚明评选，李金松点校：《采菽堂古诗选》卷二十九，上海古籍出版社2008年版，第958页。

日余光，置之近体中则如春晴始旦矣。”① 再如《乌栖曲·其二》：

绣帐罗帷隐灯烛，一夜千年犹不足。唯憎无赖汝南鸡，天河未落犹争啼。②

这首诗写情爱，不仅让我们想起南朝民歌中的《读曲歌》：“打杀长鸣鸡，弹去乌臼鸟。愿得连瞑不复曙，一年都一晓！”徐陵这首诗不仅表达了与这首民歌相同的主题，更摄取了南朝民歌的趣味和神韵，“慷慨吐清音，明转出天然”，用轻松通达的口语，表达了男女青年纯真缠绵、浪漫热烈的爱情，明朗巧妙，清新流丽。徐陵许多作品都具有这样的风格特征，如《关山月》《洛阳道》《奉和山斋》《奉和咏舞》《梅花落》《春情》等，都有这种神韵。

二、冲朗流宕

徐陵的诗还有高朗灵动，飘逸洒脱的特点，与一味追求靡丽繁缛的风格完全不同。如《内园逐凉》：

昔有北山北，今余东海东。纳凉高树下，直坐落花中。狭径长无迹，茅斋本自空。提琴就竹筱，酌酒劝梧桐。③

《陈书·徐陵传》：“御史中丞刘孝仪与陵先有隙，风闻劾陵在县赃污，因坐免。”笔者认为此诗大概作于这一时期。诗首句用东汉逸民法真的典

① 王夫之评选，张国星校点：《古诗评选》，文化艺术出版社 1997 年版，第 314—315 页。

② 许逸民：《徐陵集校笺·乌栖曲其二》卷一，中华书局 2008 年版，第 57 页。

③ 许逸民：《徐陵集校笺·内园逐凉》卷二，中华书局 2008 年版，第 142 页。

故。法真字高卿，扶风郿人。太守想访问他，他主动来到太守府。太守打算让他担任功曹的职位。他说："以明府见待有礼，故敢自同宾末。若欲吏之，真将在北山之北，南山之南矣。"（《后汉书·逸民传》）徐陵的诗借法真隐居"北山北"之典，以明自己退栖"东海东"之意。被迫赋闲，却说古代早有闲居自适的先例，见出诗人胸怀的旷达，意趣的恬淡。"北山北""东海东"，"北"字"东"字故意反复，形成方位上的巧妙对仗。上句"仄仄仄平仄"，下句"平平平仄平"，音韵流畅，和谐动听，如行云流水，舒朗动听。以下六句紧扣主题，写与萧纲一起"内园逐凉"的情景。"纳凉高树下"已经够舒适潇洒了，加上"直坐落花中"更为陶然享受。高树花海，绿树红花，逍遥无忧，真是赛过神仙的生活。"狭径长无迹，茅斋本自空"，纳凉树下花海，放目四望，道狭草长，茅斋自空，诗人禁不住酣情中生，他拿起一把古琴，向小竹林走去，将心头的愉快化为美妙的声音。一会儿他又拿出一壶酒，来到梧桐树下，饶有兴趣地将梧桐树看作好朋友，邀请梧桐树和自己一起喝酒。大自然化入了诗人的心胸，诗人也融入了大自然的怀抱。整首诗语言朴素自然，传神地表达了自然美与情趣美的有机统一，给人酣畅飘逸，冲朗灵动的审美享受。清代学者王夫之读后感慨道："高朗如此！耳食者必谓非陈、隋之作。"① 陈祚明则直呼："'直坐'句大健。结句佳，目无一人。"②

现存徐陵诗作中，这样的作品为数不少，如《山斋》：

桃源惊往客，鹤峤断来宾。复有风云处，萧条无俗人。山寒微有雪，石路本无尘。竹径朦胧巧，茅斋结构新。烧香披道记，

---

① 王夫之评选，张国星校注：《古诗评选》，文化艺术出版社1997年版，第315页。

② 陈祚明评选，李金松点校：《采菽堂古诗选》卷二十九，上海古籍出版社2008年版，第963页。

悬镜厌山神。砌水何年溜，檐桐几度春。云霞一已绝，宁辨汉将秦。①

这首诗写诗人游山斋之事，写山斋的幽深、萧条，环境的脱俗、幽静，流逸自如，纯朗如花，受到后人高度评价。明屠隆曰："逸宕。"陈祚明说："唐人雅构。"② 清人王夫之说："宋人排律有极意学此者，时复一似，乃比闲枝乱叶横出其中，不得如其纯朗。"③。徐陵诗集中有不少这样的诗作。《春情》《奉和山池》《关山月》《奉和山斋》《奉和山池》《奉和咏舞》等都具有这种风神意趣。

三、苍健浑厚

徐陵的诗还有苍健浑厚的特点，其乐府诗尤其如此。如《出自蓟北门行》：

蓟北聊长望，黄昏心独愁。燕山对古刹，代郡隐城楼。屡战桥恒断，长冰堑不流。天云如地阵，汉月带胡秋。渍土泥函谷，挼绳缚凉州。平生燕颔相，会自得封侯。④

此诗表现了出征将士建功立业的壮志雄心。一开始写诗人黄昏孤独怀愁。眺望蓟北，望到的是燕山古刹、代郡城楼、断桥长冰、天云汉月，一片肃杀悲凉。接着写诗人的雄心壮志。在这样悲苦寂寥的气氛里，诗人并未沉湎于无限的感伤与痛苦，而是立志要泥封函谷，绳缚凉州，论功行

① 许逸民：《徐陵集校笺·山斋》卷二，中华书局2008年版，第115页。

② 陈祚明评选，李金松点校：《采菽堂古诗选》卷二十九，上海古籍出版社2008年版，第961页。

③ 王夫之评选，张国星校注：《古诗评选》，文化艺术出版社1997年版，第160页。

④ 许逸民：《徐陵集校笺》卷一，中华书局2008年版，第63页。

赏，自得封侯。如此慷慨激昂，给人“掀雷夹电”的震撼；张玉穀说：“此借古题自吐壮怀，与鲍参军同意。”再如，前边分析的《关山月》《陇头水》等也都呈现出苍健浑厚的风格。徐陵边塞诗这种雄浑的气势，对唐代的边塞诗产生了重要影响。陈志明说：“徐诗对唐诗的影响主要并不是在格律形式方面，而在于它所创造的独特的意境上。”① 他还举沈佺期、李白之例作了具体分析，见证了徐陵苍健诗风对唐人的重要影响。

徐陵的诗歌，不仅乐府诗具有这种风格，他的应制诗也常常有此格调。如《新亭送别应令》：“凤吹临伊水，时驾出河梁。野燎村田黑，江秋岸荻黄。隔城闻上鼓，回舟隐去樯。神襟爱远别，流睇极清漳。”② 前两句紧扣主题，渲染送别气势，悲慨稳健，气象恢宏。后两句写江边送别的环境，更是一片苍凉辽阔。最后四句，先写送别者凝目远望，久久不肯离去的不舍情态，最后以“流睇极清漳”作结，呈现出悲慨苍凉，大气恢宏的画面。整首诗给读者留下的感动，确如秋日沧江，流动不止。

徐陵独立抒怀的作品不多，但更加感人肺腑，如《别毛永嘉》就是这方面杰出的代表。前文已经论及，此略。

四、华美富艳

徐陵诗歌的华美富艳表现在内容与形式两方面：

第一，从内容上看，徐陵写过一些描写女性的诗作。如《杂曲》极力刻画倾国倾城、美艳无比的贵妃张丽华，“美瞻可玩，未云大雅”③，极其“新艳”④；再如《和王舍人送客未还闺中有望》：“倡人歌吹罢，对镜览红颜。拭粉留花称，除钗作小鬟。绮灯停不灭，高扉掩未关。良人在何处，

---

① 陈志明：《古典诗歌鉴赏》，浙江大学出版社 1990 年版，第 38 页。

② 许逸民：《徐陵集校笺 · 新亭送别应令》卷二，中华书局 2008 年版，第 98 页。

③ 钱基博：《中国文学史》，中华书局 1993 年版，第 234 页。

④ 陈祚明评选，李金松点校：《采菽堂古诗选》卷二十九，上海古籍出版社 2008 年版，第 961 页。

惟见月光还。"[1] 写女子歌声、容颜、梳妆、情态，栩栩如生，甚是艳丽。此外，徐陵的《奉和咏舞》《咏织妇诗》《中妇织流黄》《走笔戏书应令诗》等也都以女性为主角，从不同角度对女性进行了刻画，呈现出华美的特点。

第二，从形式上看，徐陵本身追求形式之美。为了追求形式美，徐陵采取了许多方法，如用典。一般认为，徐陵的用典主要在骈文方面，实际上，在诗歌创作中徐陵已经开始大量用典。如《乌栖曲·其一》："卓女红粉期此夜，胡姬沽酒谁论价。风流荀令好儿郎，偏能傅粉复薰香。"[2] 这首诗四句用了四个典故。第一句用司马相如和卓文君之典；第二句用辛延年《羽林郎》之典；第三句用汉荀彧娶中常侍唐衡女之典；第四句连用两典，"傅粉"用何晏事，"熏香"用荀彧典。四个爱情故事连缀为一首表达情爱的诗，非常符合艳诗的写作要求。同时，通过这些爱情典故的使用，不仅很好传达了爱的主题，更使这首诗有了绮艳之美。另外，徐陵善于使用有冲击力的色彩词，使得其诗呈现出金碧辉煌之艳丽。如"枝交陇底暗"（《陇头水》），"苍茫萦白晕"（《关山月》其二），"绿柳三春暗，红尘百戏多。东门向金马，南陌接铜驼"（《洛阳道》其一），"啼看竹叶锦"（《梅花落》），"玉镫绣缠鬃，金鞍锦覆幪"（《紫骝马》），"白马号龙驹"（《骢马驱》），"卓女红妆期此夜"（《乌栖曲》其一），"绿黛红颜两相发"（《杂曲》），"榜人事金桨，钓女饰银钩"（《山池应令》），"野燎村田黑，江秋岸荻黄"（《新亭送别应令》），"举袖拂花黄"（《奉和咏舞》），"玉碗无秋酎，金灯灭夜烟"（《和简文帝赛汉高帝庙诗》），"嫩竹犹含粉"（《侍宴》），"朝晖烂曲池，夕照满西陂"（《日华》），"岸烟起暮色，岸水带斜晖"（《咏春》），"对镜览红颜"（《和王舍人送客未还闺中有望诗》），"朱

① 许逸民：《徐陵集校笺·和王舍人送客未还闺中有望》卷二，中华书局2008年版，第129页。

② 许逸民：《徐陵集校笺·乌栖曲其一》卷二，中华书局2008年版，第57页。

实挺江南，苞品擅珍淑……绿叶萋以布，素荣芬且郁”（《咏甘》），“青雀离帆远，朱鸢别路遥”（《秋日别庾正员诗》），“烧田云色暗，古树雪花明”（《征虏亭送新安王应令诗》），“白马君来哭，黄泉我讵知”（《别毛永嘉》）等，色彩词的运用，极大增加了诗的艳丽美。徐陵在《与李那书》中称李那的诗文“扶风辇路，悉陈华简”，“辉焕相华，时瞬安丰之眼”，表达了徐陵对华美富艳的追求与喜好。

徐陵追求诗歌华美的手法是多样的，除以上表现手法外，徐陵还追求诗歌的对仗严整、声韵和美，善于运用比喻、夸张、排比等多种修辞手法等，以追求完美的表达效果。

第三节　从永明体到近体：徐陵诗歌的贡献

永明体又称新体，是齐梁时出现的讲究声律与对偶，不同于古体诗自然声韵的一种诗体。宋齐年间，汉语“四声”被发现，之后沈约、王融等人将“四声”运用到诗歌创作中，强调声韵格律，这就是新体诗。由于新体诗产生于齐武帝永明年间（483—493），故称永明体。

永明体首先特别注重声韵的运用。沈约在解释什么是永明体时说：“夫五色相宣，八音协畅，由乎玄黄律吕，各适物宜。欲使宫羽相变，低昂互节，若前有浮声，则后须切响。一简之内，音韵尽殊；两句之中，轻重悉异。妙达此旨，始可言文。”① 表明了永明体诗人对声律的追求。永明体对声韵的追求是古体诗向格律诗演变的重要飞跃，但是永明体作为一种新生事物，却并不易被时人理解、接受。如大诗人梁武帝萧衍，就对四声很不理解。他曾问周舍：“何为四声？”② “何为四声”尚且难以理解，将

---

① 沈约：《宋书·谢灵运传》卷六十七，中华书局1974年版，第1779页。
② 姚思廉：《梁书·沈约传》卷十三，中华书局1973年版，第243页。

四声运用到诗歌创作中就更加不易把握。所以，永明时期，虽然提出了这一新的理念，但当时诗人的创作还处在很初级的阶段，就连提出、倡导声韵理论的沈约，在实际操作中，也很难把握其要领，时常出现问题。如：

秦筝（平）吐绝调，玉柱（仄）扬清曲。
弦依（平）高张断，声随（平）妙指续。
徒闻（平）音绕梁，宁知（平）颜如玉。①

这首诗第一、二句先“平”后“仄”，调配和谐；但第三、四、五、六句的第一个音节都是平韵，就没有调配好。沈约新诗创作还处在早期尝试阶段，他把完全达到声韵和谐的理想寄托在“来哲”② 身上。因此，永明体将诗歌的声韵向前推进了一大步，但距离近体诗的出现还有很长的路要走。

徐陵是从永明体走向近体道路上传递接力棒的一位优秀成员。从创作看，徐陵的诗在声律运用上确实远远超过了沈约。

如《关山月·其一》：

关山三五月，客子忆秦川。思妇高楼上，当窗应未眠。
星旗映疏勒，云阵上祁连。战气今如此，从军复几年。③
平平平仄仄，仄仄仄平平。平仄平平仄，平平平仄平。
平平仄平仄，平仄仄平平。仄仄平平仄，平平仄仄平。

这首诗“应”字（平声）微拗，“平平仄平仄”（星旗映疏勒）是“平平平仄仄”的特殊（拗救）形式。因此，《关山月》是一首较为标准

① 逯钦立：《先秦汉魏晋南北朝诗》，中华书局1983年版，第1656页。
② “世之知音者，有以得之，此言非谬。如曰不然，请待来哲。”（见沈约：《宋书·谢灵运传》卷六十七，中华书局1974年版，第1779页。）
③ 许逸民：《徐陵集校笺·关山月其一》卷一，中华书局2008年版，第20页。

的五言律诗了。此外徐陵的《同江詹事登宫城南楼》《折杨柳》《梅花落》《别毛永嘉》《内园逐凉》《和简文帝赛汉高帝庙诗》《山斋诗》《斗鸡诗》《春情诗》《走笔戏书应令》等也都基本合乎近体诗的要求。徐陵诗歌韵律和谐，这一点前人也多有论述。如陈绎曾说，阴铿、徐陵、江总诗乃“律诗之源”。沈德潜曰，“五言律，阴铿……徐陵已开其体”。王夫之谈到徐陵的诗说：“孝穆于诗，疏宕以成韵度，纳之古诗中则如落日余光，置之近体中则如春晴始旦矣。”① 他还说，古诗到徐陵已尽，近体到徐陵乃成。“唐既无古诗，则应惟有近体；亦非唐始有之，陈、隋已盛有之也。徐孝穆、张见赜健笔标举，而古诗尽，近体成矣。”② 胡应麟《诗数》对徐陵绮丽的诗风多有批评，但对其在韵律方面的成就却十分肯定，认为徐陵诗与“唐初无异矣”。顾学颉在他的《徐陵为“律诗”首创人说》一文中，细致分析了徐陵诗歌声韵的特点，指出：“徐陵之诗，已有约近三分之二作品合于后来所谓‘律诗’之格式。”③ 丁功谊在他的论文中，通过对徐陵诗句式、粘对、用韵、孤平、对仗、句尾等方面的量化分析，指出：“徐陵诗已经基本符合近体诗的各项规则。而徐陵又有一定比例的诗歌通篇都合乎五言诗歌格律的要求，也可以说，五言律诗格式到徐陵这个时代（即梁陈时代）已经初步形成。而徐陵正是五言格律初步形成时期的关键人物。”④

对仗也是近体诗的要求，徐陵的诗在对仗方面运用得非常流利。“既字义相对，又平仄相对；善于工对，且能流水对、借对。唐代的近体诗，其对

---

① 王夫之评选，张国星校点：《古诗评选》，文化艺术出版社 1997 年版，第 314—315 页。

② 王夫之评选，张星国校点：《古诗评选》，文化艺术出版社 1997 年版，第 318 页。

③ 顾学颉：《顾学颉文学论集·徐陵为“律诗”首创人说》，中国社会科学出版社 1987 年版，第 14 页。

④ 丁功谊：《从永明体到近体》，广西师范大学硕士研究生学位论文，2002 年，第 16 页。

仗技术正是沿着徐庾体诗人拓展的道路发展而来。”① 丁功谊在其《徐庾体与近体诗的形成》② 一文中对徐陵诗歌对仗情况作了分析、总结，现录如下：

花鸟对：

嫩竹犹含粉，初荷未聚尘。（《侍宴》）

妾对长杨苑，君登高柳城。（《折杨柳》）

地名对：

江陵有旧曲，洛下作新声。（《折杨柳》）

亭回漳水乘，旆转洛滨笙。（《征虏亭送新安王应令》）

色彩对：

绿柳三春暗，红尘百戏多。（《洛阳道》其一）

绿叶萋以布，素荣芬且郁。（《咏柑》）

白马君来哭，黄泉我讵知。（《别毛永嘉》）

青雀离帆远，朱鸢别路遥。（《秋日别庾正员》）

服饰对：

拭粉留花称，除钗作小鬟。（《和王舍人送客未中有望》）

带衫行障口，觅钏枕檀边。（《中妇织流黄》）

舞衫回袖胜春风，歌扇当窗似秋月。（《杂曲》）

数目对：

别涂耸千仞，离川悬百丈。（《陇头水》）

天文对：

苍茫萦白晕，萧瑟带长风。（《关山月》其二）

风光今旦动，雪色故年残。（《春情》）

① 丁功谊：《徐庾体与近体诗的形成》，《求索》，2009 年，第 4 期。

② 丁功谊：《徐庾体与近体诗的形成》，《求索》，2009 年，第 4 期。

方位对：

昔有北山北，今余东海东。（《内园逐凉》）

时令对：

攒荆夏不通，积雪冬难上。（《陇头水》）

踟蛛夜伴织，百舌晓惊眠。（《中妇织流黄》）

重叠对：

袅袅河堤树，依依魏主营。（《折杨柳》）

纤纤运玉指，脉脉正蛾眉。（《咏织妇》）

副词对：

桓经既受业，贺拜且尊儒。（《同江詹事登宫城南楼》）

花冠已冲力，芥爪复惊媒。（《斗鸡》）

时从高浪歇，乍逐细波移。（《咏日华》）

流水对：

禁园周百里，离宫即九重。（《春情》）

总之，在诗歌从永明体向近体演进的二百年间，无数诗人自觉地进行着声律、对仗等各种技巧的尝试。这些技法、技巧到徐陵时已经基本成熟。唐代的近体诗，其声律格式与对仗技术等正是沿着徐陵等诗人拓展的道路发展而来。

第五章　徐陵的骈文创作

徐陵是六朝一代骈文大家，被称为"一代文宗"①，"文曰词宗"②。严可均辑录《全陈文》共收徐陵文八十一篇。吴兆宜《徐孝穆集笺注》亦收文八十一篇，但内容稍有不同。许逸民先生《徐陵集校笺》共收骈文八十六篇。其中包括赋一篇，铭五篇，颂一篇，序一篇，表八篇，议两篇，檄移三篇，书三十二篇，启八篇，碑九篇，墓志三篇，诏七篇，哀策一篇，玺书两篇，册两篇，告天文一篇。与徐陵诗主要创作于梁代不同，徐陵的骈文主要作于梁末和陈代，少数作于萧纲为太子时。徐陵的骈文与其生活特别是政治生活密不可分，大多为实用性公文，体现出严谨、缜密、辩驳纵横的特征。

第一节　心路与仕途的抒写：徐陵骈文的内容

徐陵骈文八十六篇，内容十分丰富，或者体物叙事，或者抒发心声，或为政令文书等。骈文是徐陵文学成就的重要体现，也是徐陵人生与仕途的重要写照。

---

① 姚思廉：《陈书·徐陵传》卷二十六，中华书局1972年版，第335页。

② 姚思廉：《陈书·徐陵传》卷二十六，中华书局1972年版，第334页。

一、赋、铭、颂

徐陵的赋、铭、颂或写于梁时，或写于陈时，主要是体物叙事之作。从现存作品看，徐陵只有一篇赋，即《鸳鸯赋》。此赋以鸳鸯为题，堆砌典故以写爱情。考《艺文类聚》卷九二《鸟部·鸳鸯》，其下载赋四首，首为简文帝，次为梁元帝，再为庾信，最后为徐陵，四赋并为杂言，由此可知，四赋应该作于萧纲在东宫时，梁简文帝为首唱，其他三人为奉和。

徐陵所作铭五篇，即《后堂望美人山铭》《尘尾铭》《太极殿铭》《报德寺刹下铭》《四无畏寺刹下铭》。铭是一种刻在器物上用来警策自己、记述功德的文字，后来成为一种文体。徐陵五篇铭，均为体物叙事之作。如《太极殿铭》主要记载“太极殿”在陈代重修的过程，同时对新建成的“太极殿”予以赞颂。太极殿即皇宫的正殿，乃朝会之地。梁太极殿毁于侯景之乱，陈高祖永定二年重建落成。《陈书·高祖纪下》记载“（永定二年七月）……，甲寅，嘉禾一穗六岐生五城。初，侯景之平也，火焚太极殿，承圣中议欲营之，独阙一柱，至是有樟木大十八围，长四丈五尺，流泊陶家后渚，监军邹子度以闻。诏中书令沈众兼起部尚书，少府卿蔡俦兼将作大将，起太极殿”①，又“（冬十月）甲寅，太极殿成，匠各给复”②。据此，徐陵此铭可能作于陈永定二年。此铭恢宏壮观，雍容大气。作者记叙了太极殿始毁重建的详细过程，极赞新起太极殿的崇高、雄伟、嵯峨、煊赫、流丽、华章，最后描写朝廷选择吉日，皇帝带领文武百官进入太极殿议政的壮丽威严的场面，并用“况复皇寝，宜昭国经。方流典训，永树天廷”作结，揭示了重建太极殿的重大意义。

徐陵还有一篇《颂》，即《皇太子临辟雍颂》。据《陈书·徐伯阳传》

---

① 姚思廉：《陈书·陈高祖本纪》卷二，中华书局1972年版，第37页。

② 姚思廉：《陈书·陈高祖本纪》卷二，中华书局1972年版，第38页。

载：“十一年春，皇太子幸太学，诏新安王于辟雍发《论语》题，仍命伯阳为《辟雍颂》，甚见嘉赏。”① 可见皇太子临辟雍在陈宣帝太建十一年春。徐陵《皇太子临辟雍颂》中有“十一年三月二十一日，受诏弘宣，发《论语》题……”与上文正合，因此可知当时作颂者不止徐陵一人，徐伯阳也是其中之一，伯阳《皇太子释奠颂》今尚存，可与徐陵颂互见。此《颂》先写皇太子盛德，接着写皇太子入太学后，新安王发讨论题，学子们讨论问题的热烈场面，最后称颂“弘风讲肆，崇儒肃成，丹书贵道，黄金贱籯，洙泗兴业，阙里增荣”的崇儒风尚，起到了《颂》“美盛德而述形容”的目的。

二、序

徐陵现存只有一篇序，即《玉台新咏序》。《大唐新语》载，梁简文帝为太子时，好作艳诗，境内化之，晚年欲改作，追之不及，乃令孝穆纂《玉台新咏》以大其体，此篇正是此书之序文。《序》大体可以分为三部分，第一部分写女子之美貌，极尽铺陈夸张之能事。为了衬出女子的美，作者几乎用尽了古代所有美女的典故，如阿娇、庾皇后文君、阴皇后丽华、钩弋夫人、窦姬、娇娥、卫女、楚女、东邻之女、西施、汉武帝李夫人、赵飞燕、王昭君、狂夫妻、赵女、穆公女、孝武陈皇后、阏氏、画中仙女、卫子夫、莫瑛树、薛夜来、陈回衣、陈巧笑、梁冀妻孙寿、明德马皇后、织女、嫦娥、贾午、巫山神女等，从不同侧面衬托了女子的美，可谓“黛痕欲滴。脂晕微烘。如汰腻妆而出靓面”②。

第二部分写女子之才华：

① 姚思廉：《陈书·文学·徐伯阳传》卷三十四，中华书局1972年版，第469页。

② 许梿评选，黎经诰笺注：《六朝文絜笺注》，上海古籍出版社1982年版，第145页。

> 加以天时开朗，逸思雕华，妙解文章，尤工诗赋。琉璃砚匣，终日随身；翡翠笔床，无时离手。清文满箧，非惟芍药之花；新制连篇，宁止蒲萄之树。九日登高，时有缘情之作；万年公主，非无累德之辞。其佳丽也如彼，其才情也如此①。

可见，对女子才情的描摹同样香浓骨艳，精美绝伦。

文章最后，徐陵主要从选择范围、内容特征、取舍标准等几个方面来介绍《玉台新咏》的选编体制，点明编纂宗旨，完成全篇。

通观全文，藻采、声韵、偶对、用典，无所不用其极，却自然巧妙，流转自如，极好地服务于主题。后人对此《序》评价甚高：许梿说：“骈语至徐庾，五色相宣，八音迭奏，可谓六朝之渤澥，唐代之津梁。而是篇尤为声偶兼到之作，炼格炼词，绮绾绣错，几乎赤城千里霞矣。”② 王文儒曰：“《玉台》一集，可补《昭明文选》之穷，孝穆兹序，亦为精心结撰之作。虽藻采纷披，辉煌夺目，而华不离实，腴不伤雅，丽词风动，妙语珠圆。乾坤清气，欲沁于心脾，脂墨余香，常存于齿颊，斯亦骈文之雄军，艳体之杰构也。”③ 徐陵作《序》仅此一篇，但堪称美文，是徐陵重要代表作之一。

三、书牍

书牍在徐陵骈文中所占比例较多，也是最能代表徐陵骈文艺术成就的一种文体。现存书牍三十二篇，大概包括两部分内容，一部分为代言书牍，包括徐陵于北齐南归时替贞阳侯萧渊明写给王僧辩、荀昂、裴之横等

---

① 许逸民：《徐陵集校笺·玉台新咏集序》卷三，中华书局2008年版，第227页。

② 许梿评选，黎经诰笺注：《六朝文絜笺注》，上海古籍出版社1982年版，第142页。

③ 转引张仁青：《中国骈文发展史》，浙江大学出版社2009年版，第303页。

的信；一部分纯粹为个人私信，主要包括在北齐羁留时为求南归写给各方的求助信以及与朋友之间的情感交流包括文学交流等的书信。

太清二年（548），徐陵出使东魏，后东魏禅位北齐，徐陵被滞留北方，直到绍泰元年（555）才得南归。徐陵羁留北朝期间，梁朝发生了一系列事变：侯景陷台城，武帝饿死，简文帝遇弑，父摛忧愤卒。家国残破深深折磨着徐陵，徐陵归心似箭。为了能够早日归国，徐陵用了许多办法，其中之一就是给他认为能够帮助他回国的人写信，《与齐尚书仆射杨遵彦书》《在北齐与宗室书》《与王僧辩书》《与王吴郡王智书》等都是这段时间写的，这些信或“危心警露，哀声闻天”，或“连枝兴恫，葛累萦思”，血泪之诉，令人动容。

以《与齐尚书仆射杨遵彦书》为例。徐陵被滞留期间，曾多次与北齐交涉，要求回国，但北齐却提出种种借口百般阻挠，徐陵于是上书杨遵彦。

文章开头即扣题，表达自己强烈的回国愿望，并很快进入主题，针对齐人阻挠的借口，徐陵一一驳斥。齐人说，梁朝战乱不已，回去也无益，更无处投身，他便以元帝已在江陵即位，已有中兴之主反驳；齐人说道路不通，他便以别人往来如常，何以他不能回去反驳；齐人又说路上恐怕有被强盗劫掠的危险，资助保护，都相当不容易，他便以使者并无财资，也不敢劳驾齐国护送，即使被强盗所掳，也不会怨齐国，更何况“盗亦有道”以答之；齐人说，怕他回去以后归附侯景，他说齐人未免太不知人，使者何致委身于仇敌；齐人说，怕他回去作北朝的奸细，或者复命江陵之后，又复奔侯景，他说侯景生于北方，对于北朝的情势，他本人比谁都清楚，无烦他人告知。至于齐国的内政，并不是使者所能知的。至于说先到江陵复命以后逃出，也无从至金陵而投靠侯景，正如今想逃出齐国一样的不可能，又怎可为侯景效力；齐人的意思，以对梁尚存敌意，所以不放使者，徐陵便说两国交兵，将帅被俘，尚且以礼遣返，使臣往来，为何羁留不遣驳之；齐人以为厚礼羁縻为好意，他便以留在齐国无异于丢魂失魄、损其年寿相答；齐人说，姑且以等到乱平以后再回国，他便以“人生几何？乱平何时？恐时不我待”相答。在将齐人所有言论，一一辨驳后，又动之以至情。首述思亲，次念妻子；言古今圣王以孝治天下，为什么齐国竟强留南方使臣，使不得回家孝敬父母；又言家室四处流离，无限牵挂，亟待回家，贵国羁留不遣，恐非人道。对北齐执政者晓以大义，又动之以情，希望杨仆射能感而放行。此书洋洋三千字，说理透彻，声韵铿锵，抒写怀抱，回环婉转，曲辞洞达，使人百读不厌。明屠隆评点曰：“此书洒洒万言，有领云川月之姿，泰巅嵋峰之秀，夷施郑旦之妍，足使侨童削色，腐吏沮颜。”清孙梅评此文曰：“徐孝穆《与杨仆射书》，议论曲折，情词相赴，气盛而物之浮者，大小毕浮，不意骈俪，有此奇观。至末段声情激越，顿挫低徊，尤神来之笔。”① 清蒋余评曰：“涛翻浪涌，自具萦回盘礴之势，故非无气者所能，亦非直下者可比。”又“祈请之书至数千言，可谓呕出心肝矣，然无一语失体。”

同样的感情在《与王僧辩书》《在北齐与宗室书》和《与王吴郡僧智书》中也有体现，此不一一举例。②

徐陵的个人书信除这些祈求回国的作品外，还有许多表达友谊的书札，如《与李那书》《报尹尚书书》《答族人梁东海太守长孺书》《答李颙之书》《与顾记室书》《与章司空昭达书》《答周处士书》等。这些书信一反前类沉雄峻厉之气，而以纡徐妍妙见长。如《与李那书》即如此。李那是徐陵在北朝时的朋友，此信写对远隔重山的朋友的思念。他赞赏李那的品格才华“雍容廊庙，献纳便繁，留使催书，驻马成檄，车骑将军，宾客盈座”；赞赏李那的诗“铿锵并奏，能惊赵鞅之魂，辉焕相华，时瞬安丰之眼……标句清新，发言哀断”；赞赏李那的文“披文相质，意致纵横，

---

① 王水照：《历代文话》卷十七，复旦大学出版社 2007 年版，第 4601 页。

② 李兆洛选辑，谭献校点：《骈体文钞》卷十九，上海书店 1988 年版，第 343 页。

才壮风云，义深渊海”，文章最后写获得李那诗文后“省览循环，用忘饥渴，握之不置，恒如赵璧，玩之不足，同于玉枕”的喜悦，纡徐和畅，情韵悠长。另外，徐陵还有写给智𫖮及其他高僧的书信，表达了自己向佛的坚定信念，此不一一赘述。

四、公文

公文在徐陵骈文占最大的比重，主要包括以下内容：

第一，表、议、启等。

表，又称“表章”“表奏”。明吴讷曰：“按韵书：‘表，明也，标也。标着事绪使之明白以告乎上也。’三代以前，谓之敷奏。秦改曰表。汉因之”。[①] 关于什么是“表”，徐师曾叙述得更详细：“表者，标也，明也，标着事绪，使之明白，以告乎上也。古者献言于君，皆称上书。汉定礼仪，乃有四品，其三曰表，然但用于陈情而已。后世因之，其用寖广。于是有论谏，有请劝，有陈乞，有进，献，有推荐，有庆贺，有安慰，有辞（辞官）解（解官），有陈谢，有讼理，有弹劾，所施既殊，故其辞亦异。”[②] 徐陵所作表，有三类。有“请劝”类，如《劝进梁元帝表》；有“辞”类，如《让散骑常侍表》《为始兴王让琅琊二郡太守表》《为王仪同致仕表》《让五兵尚书表》《让右仆射初表》《让左仆射初表》等，还有一类为陈谢表，如《定襄侯表》。

《劝进梁元帝表》是徐陵表、议、启等类文的代表作。此表作于徐陵滞留邺城时。当时梁朝侯景已平，文武官僚均上表请进，徐陵在邺，得知消息，乃上此表。整篇文章，作者引经据典，借古喻今，盛赞萧绎家世、德业、才能，写萧绎继位是顺天意、合民意。全文旁征博引，排此铺陈，辞意恳切，理气充溢，十分感人。后人对这篇文章评价颇高。明将一葵

① 吴讷：《文章辨体·序说》，人民文学出版社1962年版，第37页。

② 徐师曾：《文体明辨·序说》，人民文学出版社1982年版，第122页。

说："陈文人，徐陵称首。……陵在梁日，王僧辩等《劝进元帝表》，乃其所撰，三四读，转转可人，盖四六中绝有体制者也。"（《尧山堂偶隽》）清蒋士诠曰："质文不掩，情韵双兼；遒劲让开府，而典则胜子安矣。"（《忠雅堂评选四六法海》卷二）

徐陵还有多篇"让表"，或为自己"让官"，或替别人代笔，虽官样文章，仍然有其所长。另还有一篇《定襄侯表》，但徐陵入陈封建昌县开国侯，未尝有初封或改封定襄侯的记载，而且文中所写为将帅征战之事，与徐陵生平事迹关系不大，因此很可能是代笔之作。

启，又称奏启，隋唐以前主要用于上书陈事，其形制近于奏疏、章表。徐陵现存启八篇，主要是谢恩表，如《谢儿报坐事付治中启》《谢敕赐祀三皇五帝馀馔启》《谢赉蛤启》《谢东宫赉蛤蜊启》《谢敕赉乌贼启》《谢赉麞启》等，这些作品在一定程度上反映了徐陵在朝廷中的活动；其他如《安成王让录尚书表后启》是代言辞让谢恩之作，《谢敕赉烛盘赏答齐国移文启》是代陈答谢北齐的文书。

徐陵还有《决断大行侠御服议》《重答八座以下请断侠御服议》两篇议，均写于陈高祖驾崩之后，表明自己在"朝臣共议大行皇帝灵座侠御人所服衣服吉凶之制"大讨论中的立场。

第二，政治代言书牍及诏、册、玺等。

主要有代贞阳侯萧渊明写给王僧辩、荀昂兄弟、裴之横、陈霸先等的书信，包括《为梁贞阳侯与王太尉僧辨书》《为梁贞阳侯答王太尉书》《梁贞阳侯重与王太尉书》《为梁贞阳侯答王太尉书》《为贞阳侯重答王太尉书》《又为贞阳侯答王太尉书》《为梁贞阳侯与陈司空书》《为梁贞阳侯与荀昂兄弟书》《为梁贞阳侯重与裴之横书》等。徐陵太清二年出使东魏，因为北齐代魏及其侯景之乱等原因，一直滞留于北方。承圣四年，梁元帝被杀，北齐遣送萧渊明回梁承统，徐陵因此得到了与萧渊明同回南朝的机会，这时的徐陵归心似箭，然而刚到边关就遭到边将王僧辩的拒纳，正是这时，徐陵代萧渊明写了以上信函。这些信均为一事而作，也都表达了基本相似的内容：首先叙萧渊明功德，道北齐之友好，赞对方的美德，并希望对方以大义为重，不要做违天道的事情；然后分析当时的军事形势，以武力相威胁；最后劝对方以和为贵。虽然这些书信都是代言书信，但书中多有流寓他乡，家国兴亡之感，令人动容。

徐陵回到陈朝，成了陈霸先及其朝廷的喉舌。从陈霸先创业之初到其永定三年驾崩，徐陵为陈武帝写了大量的文书，主要有《为武皇帝作相时与北齐广陵城主书》《武皇帝作相时与岭南酋豪书》《为陈武帝与周宰相书》《进封陈司空为长城公诏》《封陈公九锡诏》《禅位陈王诏》《陈武帝即位诏》《禅位陈王玺书》《陈武帝下州郡玺书》《册陈王九锡文》《禅位陈王策》《为陈武帝即位告天文》等。《陈书·徐陵传》载："自有陈创业，文檄军书及禅授诏策，皆陵所制，而《九锡》尤美。"[①] 以上文书《册陈王九锡文》最长，近四千字，体制恢宏，全文铺列陈霸先功绩，既雍容渊雅，又气象生动。清谭献评曰："遂为台阁文字滥觞，尚有生气，后人不能。霸先崛起，功绩炳如，胪陈事实，尚非出于夸饰。"[②] 蒋士诠《忠雅堂评四六法海》卷一："如此大篇，妙在气体渊雅，语议匀称，既无逗凑粗犷之患，复绝驽骖骥服之嫌，遒劲式让子山，而雍容揖让气象可与接踵。后虽四杰，不能继之，何况余子。"不仅此篇，其他各篇也都应内容所需，各展其长。陈霸先驾崩后，徐陵又仕陈四代，"世祖、高宗之世，国家有大手笔，皆陵草之"。[③] 如《檄周文》作于太建九年，吴明彻伐周，徐陵为此所作檄文；《移齐文》大约写于陈废帝光大二年春，光大元年五月华蛟叛乱，九月事平，齐人来贺捷，陈于是以移答之；《为陈宣帝与周冢宰宇文护论边境事书》大约写于太建元年，陈、周因边境发生争议，陈

① 姚思廉：《陈书·徐陵传》卷二十六，中华书局2008年版，第335页。
② 李兆洛选辑，谭献校点：《骈体文钞》卷七，上海书店1988年版，第127页。
③ 姚思廉：《陈书·徐陵传》卷二十六，中华书局2008年版，第335页。

于是作书叙边境划分始末；《为陈宣帝答周武帝论和亲书》，答周武帝与陈交好并谋共伐北齐事。另外还有《陈文帝登阼尊皇太后诏》《封皇子叔陵为始兴王诏》《陈文皇帝哀策文》等，都是国家重大的诏策文书等。

五、碑文墓志

刻石曰碑，其功用主要有二：一纪功，二墓志。徐陵现存骈文中有碑九篇，其中“功德之碑”四篇。如《丹阳上庸路碑》《广州刺史欧阳頠德政碑》《司空徐州刺史侯安都德政碑》《晋陵太守王劢德政碑》。“有寺观之碑”五篇，如《四无畏寺刹下铭》《报德阳寺刹下铭》《齐国宋司徒寺碑》《孝义寺碑》和《长干寺众食碑》等。德政碑偏重于对人物事迹的刻画，目的在于为人作传，徐陵所作德政碑言之有物，“文质相宜”，人物刻画比史传更加鲜明生动。如《陈书·王劢传》描写王劢：

> 美风仪，博涉书史，恬然清简，未尝以利欲干事。①

而在《晋陵太守王劢德政碑》中，徐陵这样描绘王劢：

> 君以蓝田美玉，大海明珠，灼灼美其声芳，英英照其符彩。风神雅淡，识量宽和，既有崔琰之须眉，非无郑玄之腰带。烂烂如高岩下电，骚骚若长松裹风，势利无扰于胸襟，行藏不概于怀抱。家门雍睦，孝友为风，上交不谄，下交不渎，脱貂救厄，情靡矜吝，释马穷途，唯济危殆。②

---

① 姚思廉：《陈书·王劢传》卷十七，中华书局 1972 年版，第 238 页。

② 许逸民：《徐陵集校笺·晋陵太守王劢德政碑》卷九，中华书局 2008 年版，第 1161 页。

史传写得简单、平实；而徐陵之作则绚烂夺目。全文极力渲染王劢美颜、风采、气质、为人、美德、处世等，一气呵成，突出了王劢的风神形象，令人拍案。总之，与朴实的史传相比，徐陵这篇碑文“事丰奇伟，辞富膏腴”，不仅有史料价值，而且具有很高的文学价值。

寺观之碑表现了徐陵晚年浓厚的佛教意识。徐陵关于寺观的碑文，基本可以佐证徐陵的佛家思想。

徐陵还有许多墓志。主要有《东阳双林寺傅大士碑》《天台徐则法师碑》《司空河东康简王墓志》《司空章昭达墓志铭》《裴使君墓志铭》五篇。

《东阳双林寺传大士碑》《天台徐则法师碑》是为两位佛僧所作墓志，字里行间流露出对傅大士和徐则法师的敬仰以及对佛教的虔诚。

《司空河东康简王墓志》《司空章昭达墓志铭》《裴使君墓志铭》三篇都是应诏而作，其共同的特点是简洁、典雅，这些文章一般都不详细叙述生平，而是用概括的语言颂扬墓主人的功德。如《裴使君墓志铭》全篇仅二百多字，赞美了裴之横的音乐才华，军事才华，身先士卒的品格，轻财重义的品德，广交宾朋的品质以及风流潇洒的人生态度，平实萧穆，使人对裴使君油然而生敬意。

“徐陵所存骈文，有妖冶缠绵的闺阁之作，有无可奈何、呕心沥血的家国之思，有大展宏图的济世之志，有情深义重的朋友之思，有典雅庄重的碑铭墓志，也有文采斐然的代人之言。其内容涉及国家社会时，往往以忧国忧民的态度居之，表现出高度的历史感和强烈的责任感。”① 通过这些骈文可以了解徐陵的身世，窥探徐陵的内心，窥测一代名臣、文学家的人生、心路历程；同时这些骈文也为后人了解当时社会的政治、文化、军事、风俗等提供了资料和依据。

---

① 周金权：《徐陵诗文研究》，重庆师范大学硕士研究生学位论文，2009 年。

第二节　缉裁巧密，多有新意：徐陵骈文的审美

徐陵是六朝骈文集大成的作家。《陈书》本传曰："其文颇变旧体，缉裁巧密，多有新意。"徐陵骈文的艺术特点大致可以概括为：第一，"四六句属"，即对仗之美；第二，"纬以经史"，即用典之美；第三，"八音迭奏"，即声律之美；第四，"警采奇藻"，即辞采之美。

一、"四六句属"：对仗之美

对仗是骈文最基本的修辞和审美形态。失去了对仗，也就无所谓骈文了。对仗的使用，使骈文呈现出对称、平衡、和谐之美。骈文中对仗的运用相当复杂，依据的标准不同，可以划分为不同的种类。如根据语言句法的表面形式，可以将骈文中的对仗划分为当句对、单句对、隔句对、长联对。当句对是指句子内部自身成对的方式，如"龙光牛斗""徐孺陈蕃"等；单句对是指由两句组成的对仗，如"月入歌扇，花承节鼓""绿珠捧琴至，文君送酒来"；隔句对指出句和对句各由两个单句组成的对仗，如"河阳古树，无复残花；洛浦寒烟，空惊坠叶"；长联对是指出句和对句分别是由三个以上对句组成的对仗。根据语言词法形式的不同可以将对仗分为正名对、异名对、虚字对、叠字对、数字对。根据音韵技巧可以将对仗划分为双声对、叠韵对、双声叠韵交互对。根据描写角度，可以将对仗分为方位对、颜色对、人名对、典事对等。①

实际上骈文中对仗的运用是个复杂的工程，有时候依据哪个标准都很难将其划分得很完备，有时也很难对其进行明确的归类，更复杂的是，骈

① 参考莫道才：《骈文通论》（修订本），齐鲁书社2010年版，第89—99页。

文中某个句子常常会涉及不同类型的对仗。徐陵是善为对仗的高手，其对仗的运用更加复杂。如“仲尼大圣，犹云书不尽言；士衡高才，尝称文不逮意”中几乎字字相对，它是隔句对、是人名对、是同名对、是虚字对、是典事对等。像这种情况在徐陵骈文中极为平常，所以我们几乎不能简单地说其句中用了哪一种对仗，下面结合莫道才先生等对于对仗的划分，对徐陵的《劝进梁元帝表》进行简单分析。在将文章中开头的领字、领句、过渡句、总结句等剔除后，就会发现《劝进梁元帝表》① 几乎句句对仗，分析归类如下：②

封唐有圣，还承帝喾之家；

居代维贤，终纂高皇之祚。

【隔句对，人名对，副词对】

无为称于革舄；

至治表于垂衣。

【单句对，同名对】

金行重作，源出东莞；

炎运犹昌，枝分南顿。

【隔句对，天文对，地名对】

掩显姓于轩辕；

① 许逸民：《徐陵集校笺·劝进梁元帝表》卷四，中华书局2008年版，第264—267页。

② 徐陵骈文对仗非常复杂，如果一句中用到了三种以上的对仗方式，将最多列出三种。

非才子于颛顼。

【单句对，虚词对，人名对】

出震等于勋华；

明让同于旦奭。

【单句对，人名对，虚词对】

握图执钺，将在御天；

玉胜珠衡，先彰元后。

【隔句对，当句对】

神祇所合，非惟太室之祥；

图书斯归，何止尧门之瑞。

【隔句对，地点对，虚词对】

大孝圣人之心；

中庸君子之德。

【单句对，同名对】

一日二日，研览万机；

允文允武，包罗群艺。

【单句对，异名对】

拟兹三大；

宾是四门。

【单句对，数字对，虚词对】

历试诸难；

咸熙庶绩。

【单句对，反义对】

铜头铁额，兴暴皇年；

封豨修蛇，行灾中国。

【隔句对，当句对，异名对】

望紫极而长号；

瞻丹陵而殒恸。

【单句对，色彩对】

家冤将报，天赐黄鸟之旗；

国害宜诛，神奉玄狐之篆。

【隔句对，色彩对，花鸟对】

克李轶于河津；

征陶谦于海岱。

【单句对，人名对，地点对】

滕公拥树，雄气方严；

张绣交兵，风神弥勇。

【隔句对】

忠诚贯于日月；

孝义感于冰霜。

【单句对，同名对，异名对】

如雷如霆；

如貔如虎。

【单句对，当句对，虚词对】

既挂胆于西州；

方然脐于东市。

【典故对，方位对】

蚩尤三冢，宁谓严诛；

王莽千剸，非云明罚。

【隔句对，人名对，数字对】

青羌赤狄，同畀狼豺；

胡服夷言，咸为京观。

【隔句对，色彩对，异名对】

邦畿济济，还见隆平；

宗庙愔愔，方承多福。

【隔句对，重叠对】

氤氲浑沌之世；

骊连栗陆之君。

【单句对，单句对，双声对】

卦起龙图；

文因鸟迹。

【单句对，花鸟对】

云师火帝，非无战阵之风；

尧誓汤征，咸用干戈之道。

【隔句对，当句对】

星躔东井，时破崤潼；

雷震南阳，初平寻邑。

【隔句对，天文对，地名对】

援三灵之已坠；

救四海之群飞。

【单句对，数字对】

卿云似盖，晨映姚卿；

甘露如珠，朝垂原寝。

【隔句对，单句对，同名对】

东渐玄兔；

西逾白狼。

【单句对，方位对，天文对】

高柳生风；

扶桑盛日。

【单句对，花鸟对】

编名属国；

归质鸿胪。

【单句对，官职对】

文昭武穆，踌萼也如彼；

天平地成，功业也如此。

【隔句对，当句对，异名对】

旁求掌故，洛询天官；

斟酌繁昌，经营高邑。

【隔句对，同名对】

宗王启霸，非劳阳武之侯；

清跸无虞，何事长安之邸。

【隔句对，地名对】

扬龙旂以飨帝；

御凤扆以承天。

【单句对，花鸟对】

洛阳未复；

函谷无泥。

【单句对，地名对】

大庭少昊，非有定居；

汉祖殷宗，皆无恒宅。

【隔句对，当句对，同名对】

登封岱岳，且置明堂；

巡狩荆州，时行司隶。

【隔句对，地名对，异名对】

西瞻虎踞，乃建王宫；

南望牛头，方称天阙？

【隔句对，地名对，同名对】

玄圭既锡；

苍玉无陈。

【单句对，色彩对】

乃棫朴之愆期；

非苞茅之不贡。

【单句对，虚词对，同名对】

云和之瑟，久废甘泉；

孤竹之管，无闻方泽。

【隔句对，异名对，同名对】

逡巡固让，方示石户之农；

高谢君临，徒引箕山之客？

【隔句对，虚词对，地名对】

未知上德之不德；

惟见圣人之不仁。

【单句对，虚词对，同名对】

苏季张仪；

违乡负俗。

【当句对，单句对】

招三方以事赵；

请六国以尊秦。

【单句对，数字对】

显奉皇华；

亲承朝命。

【单句对】

圭璋特达，通聘河阳；

貂珥雍容，寻盟漳水。

【隔句对，同名对，地名对】

忝一介之行人；

同三危之远摈。

【单句对，数字对】

承闲内殿，事绝耿□之恩；

封奏边城，私等刘琨之哭。

【隔句对，地名对，人名对】

从以上分析可以得出徐陵在对仗使用方面大致有这样的特点：

1. 多骈偶且工对。除有时在两句的相同位置使用相同的虚字如“于”“之”等字外，多数情况下都用工对。成对使用的两个句子，不仅字数相等、意义相关而且结构相同、词性相同、平仄相对，堪称工对。工对的使用使徐陵的骈文具有匀称、平稳、和谐的审美特征。

2. 富丽生动。刘勰说：“言对为易，事对为难。”① 而徐陵骈文对仗多出于经史，化用历史故事尤其多见。经典的使用，使徐陵的骈文具有雍容渊雅之仪，同时历史故事的巧妙运用又使骈文呈现出富丽生动的美感。

二、“纬以经史”：用典之美

用典又称“用事”“援引”，是指引用古代的历史故事或古人的言论或俗语、成语等，来印证自己的论点或抒发自己思想感情的一种表达方式。徐陵是用典的专家里手，他用典密匝，却不板垛，反倒推旧出新，清新奇巧，常能达到化腐朽为神奇的艺术效果。总结徐陵用典方面的特点，可以归为三点：繁密，出自经史，巧新。

1. 繁密。许逸民先生评徐陵骈文“近乎字字用典，句句徵事”②，这绝不是夸张。观徐陵骈文，除《与释智颢书》等几篇短文外，不仅每篇都使用了典故，而且数目巨大。如《太极殿铭》共 80 句，用典 49 次；《皇太子临辟雍颂》78 句，用典 45 次；《玉台新咏序》163 句，用典 110 次；《劝进梁元帝表》195 句，用典 149 次。③ 再以《劝进梁元帝表》为例作较详细的分析：

臣陵言，臣闻封唐有圣[1]，还承帝喾之家[2]，居代维贤[3]，终纂高皇之祚[4]，无为称于革舄[5]，至治表于垂衣[6]，而拨乱反正[7]，非间前古，至如金行重作[8]，源出东莞[9]，炎运犹昌[10]，枝分南顿[11]，岂得掩显姓于轩辕[12]，非才子于颛顼[13]，莫不因时多难，俱继神宗者也[14]。

以上是《劝进梁元帝表》的开头，共 17 句，却用了 14 次典故。

典［1］出自《史记·五帝本纪》，曰：“帝尧者，放勋。”此处用典

① 刘勰著，黄叔琳注，李详补注，杨明照校注拾遗：增订《文心雕龙校注》，中华书局 2012 年版，第 443 页。

② 许逸民：《徐陵集校笺·前言》，中华书局 2008 年版，第 16 页。

③ 以上用典统计数字以许逸民先生《徐陵集校笺》为参考。

将萧绎比作“尧”。

典［2］亦出自《史记·五帝本纪》，陈列帝尧身世，指出帝尧出自帝家，以此比附萧绎是梁武帝之后，自然应该继承皇位。

典［3］出自《史记·吕太后本纪》，借汉惠帝崩后，文帝因“贤”而立之典，不仅颂扬萧绎之“贤”，也说明萧绎登基是众望所归。

典［4］出自《汉书·文帝纪》：“孝文皇帝，高祖中子也，母曰薄姬。高祖十一年，诛陈豨，定代地，立为代王，都中都。……大臣遂使人迎代王。”徐陵引此典，用意同典［3］。

典［5］中“无为”出自《论语·卫灵公》，“子曰：‘无为而治者，其舜也与?’”指舜帝以德治天下。“革舄”出自《汉书·东方朔传》，赞文帝之治，以喻萧绎。

典［6］中“至治”出自《史记·孝文本纪》，赞文帝之治。用此典的目的是说，如果萧绎继位，也会像文帝一样使梁大治。

典［7］出自两典。第一，《公羊传》哀公十四年：“拨乱世，反诸正，莫近诸《春秋》。”第二，《汉书·礼乐志》：“汉兴，拨乱反正，日不暇给，犹命叔孙通制礼仪，以正君臣之位。”两典是希望萧绎继位，以使梁拨乱反正。

典［8］出自《晋书·元帝纪》，指晋元帝使东晋中兴之事，以喻萧绎。

典［9］出自《晋书·宣五王传》，指晋元帝司马睿出自东莞。

典［10］出自《汉书·高帝纪》：“汉承尧运，德祚已盛，断蛇着符，旗帜上赤，协于火德，自然之应，得天统矣。”指东汉延续汉祚，喻指萧绎继承梁大统乃是“自然之应，得天统矣”。

典［11］出自《后汉书·光武帝纪》，光武帝刘秀祖父刘回曾为南顿令。

典［12］出自《史记·五帝本纪》：“黄帝者，少典之子。姓公孙，名曰轩辕。”指黄帝轩辕为显姓，不能淹没，喻指梁之大统不能中断，萧绎应该进位。

典［13］出自《史记·五帝本纪》，所喻同［12］。

典［14］出自《尚书·大禹谟》：“正月朔旦，受命于神宗。”因此，“神宗”原指尧太祖的宗庙，后泛指帝王祖庙。

以上用典十分密集，而且相当准确，徐陵用典说明萧绎出身“帝”裔，高贵正宗。又以汉文帝比萧绎，十分得当。汉文帝是大汉第三任皇帝，如果萧绎继位也将是梁代的第三任皇帝；孝文是兄终弟及，萧绎亦同；孝文因贤被推荐继位，萧绎亦同；孝文大治，言指萧绎登基也将大治。又用晋元帝、光武帝之典，也都表达了同样的意思。最后得出“莫不因时多难，俱继神宗者也”，从而指出，以上诸帝都在国难时继承皇统，因而拨乱反正，取得大治，由此得出萧绎登基不仅合天意，顺民意，而且也是萧绎不能推卸的责任。徐陵用这样的典故，说明了萧绎继位的重要性与必要性，使萧绎再无法辞让，其用典的高明可见一斑。

2. 出自经史。徐陵出身于具有深厚文化积累的东海徐氏家族中，自幼受到良好的家庭教育，“八岁能属文，十二通《庄》《老》义。既长，博涉史籍”，饱读诗书为他学以致用打下了扎实的根基。徐陵骈文用典繁密，典故出处很广，但使用最多的还是经史子集这些经典著作。《诗经》《易经》《礼记》《周礼》《尚书》《老子》《庄子》《左传》《史记》《汉书》《后汉书》《晋书》《三国志》《文选》等运用得最多。

如以上所举《劝进梁元帝表》开篇所用14个典故中《史记》引用6次，《汉书》3次，《后汉书》1次，《晋书》2次，《论语》1次，《尚书》1次，还有《公羊传》1次。而其全篇使用的149次典故中，《左传》引用11次，《史记》20次，《汉书》14次，《后汉书》11次，《晋书》3次，《三国志》3次，《尚书》11次，《论语》2次，《易经》3次，《礼记》4次，《周礼》8次，《老子》4次，《庄子》2次，《墨子》2次，《荀子》1

次，《淮南子》2次，《诗经》15次，《文选》12次，共128次，经典著作占将近86%的比例，其他尚有《东观汉记》《健康实录》《宋书》《梁书》《国语》《魏书》《水经注》等经典也占了一定比例。再如《让五兵尚书表》用典31次，其中《史记》7次，《汉书》7次，《后汉书》1次，《三国志》2次，《晋书》1次，《礼记》与《周礼》共5次，《诗经》3次，《易经》1次，《文选》3次，《三转黄图》1次，几乎都是经典。因此可知，徐陵典故多出经典，杂书较少，这样的好处是：一则用经典中的故事借比现实有很大的可信性，二则经典是当时士人最熟悉的读物，引用此中故事很易于人们理解文章要表达的意思。

3. 巧新。典故是骈文中常用的一种方式，但不是随便谁都会用，更不是谁都能用得好。很多人在这方面受到诟病。徐陵是用典高手，他不仅用典多，而且驾轻就熟，游刃有余，常常能够达到化腐朽为神奇的特殊效果。前文所举《劝进梁元帝表》已经见证了徐陵用的高超水平，不妨再举一例。

《为陈宣王与周冢宰宇文护论边境事书》讨论的是边境争端问题，其中“灌瓜之美，久敕边吏；拾橡之尤，想应无忽”出自两个典故，巧极，新极。

“灌瓜之美，久敕边吏”出自贾谊《新书·退让》：“昔梁大夫宋就为边县令，与楚邻界。梁亭楚亭皆种瓜，梁亭劬力数灌，其瓜美；楚人窳而稀灌，其瓜恶。楚令以梁瓜之美，怒其瓜之恶，因往夜窃，搔梁瓜，皆有焦者矣。梁亭觉之，因请其尉，亦欲窃往，报搔瓜。宋就曰：‘是构怨召祸之道也。’令人窃为楚亭夜灌其瓜，令勿知也。楚亭旦而往，瓜则已灌。瓜日以美，楚亭怪而察之，则梁亭之为也。楚令大悦，因以闻楚王。楚王曰：‘此梁之阴让也。’乃谢以币，而请交于梁王。”

“拾橡之尤”出自《后汉书·李恂传》：“迁武威太守。后坐事免，步归乡里，潜居山泽，结草为庐，独与诸生织席自给。会西羌反叛，恂到田舍，为所执获。羌素闻其名，放遣之。恂因诣洛阳谢。时岁荒，司空张敏、司徒鲁恭等各遣子馈粮，悉无所受。徙居新安关下，拾橡实以自资。”

典一中楚亭偷窃、损害梁亭的瓜果，但梁亭知道后，没有还以颜色，去偷或者损坏对方的瓜，更没有对对方动武，而是为楚亭浇瓜。这种做法使楚亭非常感动，于是向朝廷反应，楚国朝廷知道梁亭“阴让”之事，不仅谢以重币，而且修书“请交于梁王”，梁亭以德报怨，换来了边境的和平和两国的友好。后一典故也表达了同样的意思，西羌无故捉李恂，李恂被放后不仅没有构怨对方，反徒步到洛阳致谢，换来了对方的尊敬。两个典故用在这里用意很明白，就是希望双方在边塞问题上都学习古人，互相退让一下，这样才能够使两国永成“临睦”。对于这个典故的使用，明屠隆评点曰：“陈事出于能新。”正说明了两个典故的好处。

三、“八音迭奏”：声律之美

声律不是骈文必备的修辞手段，却是骈文常见的审美手段。刘勰《文心雕龙·声律》曰：“凡声有飞沉，响有双叠，双声隔字而每舛，叠韵杂句而必睽；沉则响发而断，飞则声飏不还：并辘轳交往，逆鳞相比，迂其际会，则往蹇来连，其为疾病，亦文家之吃也。”① 刘勰那时，还没有平仄的概念，但已经注意到了汉语字音字调的不同，这里的“飞”实际上相当于平仄中的“平”，包括阴平、阳平；“沉”相当于“仄”即上声、去声、入声，刘勰注意到了“飞”“沉”不同的声音特点，所以提出在文章中要注意“飞”“沉”的搭配，要达到像“辘轳”一样的“圆转”，像“逆鳞”一样的“靡密”。如果作家做不到这一点，就会“往蹇来连”，成为“疾病”。徐陵是南朝骈文集大成的作家，非常注意声律的和谐之美。前文我们在分析徐陵诗歌的声律之美时已经进行了比较详细的论述，这里我们就

① 刘勰著，黄叔琳注，李详补注，杨明照校注拾遗：增订《文心雕龙校注》，中华书局2012年版，第427页。

徐陵骈文声律运用方面的特点作进一步分析。

1．徐陵骈文特别注意平仄的对应关系

平仄对应关系指骈文要求出句对句的平声字与仄声字相对应，就是说，出句的节奏停顿位置上的字是平声，则对句相应位置上的字应该是仄声，反之亦然。骈文的格律规则比诗歌要宽松，它不要求每个字都要平仄对应，只是在节奏停顿处作要求，而其他位置可以变通。徐陵非常注意平仄搭配，如《玉台新咏序》平仄对应情况如下：

夫凌云概日，由**余**[1]之所未窥；

— | — —

万户千门[2]，张衡之所曾赋。

| — — |

周王璧台之上，汉帝金屋之中。

— — | | | —

玉树以珊瑚作枝，珠帘以玳瑁为柙，

| — — — | |

其中有丽人焉。

其人五陵豪族，充选掖庭；

— | | —

四姓良家，驰名永巷。

| — — |

亦有颍川新市，河间观津；

— | — —

① 以下文中所标黑体字为不合平仄的字。

② 有的版本为“千门万户”，则不符合平仄对应规律，应为误传。

本号娇娥，曾名巧笑。

| — — |

楚王宫里，无不推其细腰；

— | | —

卫国佳人，俱言讶其纤手。

| — — |

阅诗敦礼，岂东邻之自媒；

— | — —

婉约风流，异西施之被教。

| — — |

弟兄协律，生小学歌；

— | | —

少长河阳，由来能舞。

| — — |

琵琶新曲，无待石崇；

— | | —

箜篌杂引，非关曹植。

— | — |

传鼓瑟于杨家，得吹箫于秦女。

| — — |

至若宠闻长乐，陈后知而不平；

— | | —

画出天仙，阏氏览而遥妒。

| — — |

至如东邻巧笑，来侍寝于更衣；

— | | —

西子微颦，得横陈于甲帐。

| — — |

陪游及娑，骋纤腰于结风；

— | — —

长乐鸳鸯，奏新声于度曲。

| — — |

妆鸣蝉之薄鬓，照堕马之垂鬟。

— | | —

反插金钿，横抽宝树；

| — — |

南都石黛，最发双蛾；

— | | —

北地燕支，偏开两靥。

| — — |

亦有岭上仙童，分丸魏帝；

| — — |

腰中宝凤，授历轩辕。

— | | —

金星将婺女争华，麝月与嫦娥竞爽。

— | — | — |

惊鸾冶袖，时飘韩掾之香；

— | — | —

飞燕长裾，宜结陈王之佩。

| — | — |

虽非图画，入甘泉而不分；

— | — —

言异神仙，戏阳台而无别。

｜　—　—　｜

真可谓倾国倾城，无对无双者也。

｜　—　｜　—

加以天时开朗，逸思雕华；

—　｜　｜　—

妙解文章，尤工诗赋。

｜　—　—｜

琉璃砚匣，终日随身；

—　｜　｜　—

翡翠笔床，无时离手。

｜　—　—　｜

清文满箧，非惟芍药之花；

—　｜　—　｜　—

新制连篇，宁止蒲萄之树。

｜　—　｜　—　｜

九日登高，时有缘情之作；

｜　—　｜　—　｜

万年公主，非无累德之辞。

—　｜　—　｜　—

其佳丽也如彼，其才情也如此。

｜　｜　—　｜

既而椒宫苑转，柘馆阴岑；

—　｜　｜　—

绛鹤晨严，铜蠡昼静。

｜　—　—　｜

三星未夕，不事怀衾；

— | | —

五日犹余，谁能理曲。

| — — |

优游少托，寂寞多闲。

— | | —

厌长乐之疏钟，劳中宫之缓箭。

| — — |

纤腰无力，怯南阳之捣衣；

— | — —

生长深宫，笑扶风之织锦。

| — — |

虽复投壶玉女，为欢尽于百娇；

— | | —

争博齐姬，心赏穷于六箸。

| — — |

无怡神于暇景，惟属意于新诗。

— | | —

庶得代彼皋苏，蠲兹愁疾。

| — — |

但往世名篇，当今巧制；

| — — |

分诸麟阁，散在鸿都；

— | | —

不藉篇章，无由披览。

| — — |

于是然脂暝写，弄笔晨书；

— | | —

撰录艳歌，凡为十卷。

| — — |

曾无参于雅颂，亦靡滥于风人；

— | | —

泾渭之间，若斯而已。

于是丽以金箱，装之宝轴。

| — — |

三台妙迹，龙伸蠖屈之书；

— | — | —

五色华笺，河北胶东之纸。

| — | — |

高楼红粉，仍定鲁鱼之文；

| | | | —

辟恶生香，聊防羽陵之蠹。

| — — — |

灵飞太甲，高擅玉函；

— | | —

鸿烈仙方，长推丹枕。

| — — |

至如青牛帐里，馀曲既终；

— | | —

朱鸟窗前，新妆已竟。

| — — |

方当开兹缥帙，散此绦绳；

— | | —

永对玩于书帏，长循环于纤手。

| — — |

岂如邓学春秋，儒者之功难习；

| — | — |

窦专黄老，金丹之术不成。

— | — | —

因胜西蜀豪家，托情穷于鲁殿。

| | — — — |

东储甲馆，流咏止于洞箫；

— | | — —

娈彼诸姬，聊同弃日；

| — — |

猗欤彤管，无或讥焉。①

— | | —

从以上对《玉台新咏序》全文节奏分布的分析看，这篇长达千字的骈文，仅有几处不合平仄对应的规律，可见徐陵在作文时对声韵的调配是相当注意的。

2. 徐陵骈文特别注意黏接关系

所谓黏接关系指对仗的句子每上一联与下一联之间的音韵关系。所谓黏接，就是融合、贯通之意，要求在每一联出句的最末一字的平仄格律与上一联对句的最末一字的格律相同。如果是复联型句子，则出句的第一单

① 徐陵：《玉台新咏序》，见严可均：《全上古三代秦汉三国六朝文》卷十，上海古籍出版社2009年版，第3456页。

句的最末一字与上一联对句的最末一字平仄相同，并且在复联型对仗内部，出句第二单句的最末一字与对句的第一单字的最末一字平仄格律相同。清人林昌彝云：“凡平音煞句者，顶句亦以平音；仄音煞句者，顶联亦以仄音。照此类推，音节无不调叶。”① 这种“仄顶仄，平顶平”就是一种黏接格式。黏接关系削弱了每一对仗句的独立性，使整篇文章在音韵上形成了一个统一体，达到了使文章的音韵既抑扬顿挫又流转畅达的效果。如《让五兵尚书表》：

臣闻仲尼大圣，犹云书不尽言；（平）
士衡高才，（平）当称文不逮意。（仄）

臣比衰疴自积；（仄）
思绪茫然。（平）

频托明游；（平）
为裁章表。（仄）

虽复陈琳健笔，（仄）未尽愚怀；（平）
孙惠词人，（平）颇加烦饰。（仄）

所以高天缅邈；（仄）
弗降昭回。（平）

瞻拜丝纶；（平）

① 林庆铨：《楹联述录》，引自余德泉《对联通》，湖南大学出版社1998年版，第54页。

更增忧惫。(仄)

……

如上第一联为复联型对仗句，或者说是隔句对仗句，其出句最末一字为平调，其对句第一单句也为平调，这就是黏接；第二联出句最后一字又与第一联对句的最后一字一样都为仄字，这样自然就由第一联转到第二联；同样第三联出句最后一字又与第二联对句的最后一字同为平字，以此类推，这样就形成了一个密切的“平平仄仄平平仄仄平平仄仄”黏接格式，这样循环往复，产生了婉转流畅的音乐美。徐陵使用这种黏接关系得心应手，如上文《玉台新咏序》中千字的骈文只有“箜篌杂引”与上联对句的最后一字不合黏接关系，虽然还有几处不合黏接关系的地方，但或在一层意思的结尾，或在以虚词引导语意转折处，都可以忽略不计。

四、“警采奇藻”：辞采之美

辞采之美是自古及今人们对徐陵骈文的共识，有时备受称颂，有时又被诟病。通读徐陵骈文我们会发现徐陵的骈文确实“警采奇藻”，华美富艳，但少有华而不实的毛病，既给人美的享受，也很好表达了主题。且看《玉台新咏序》描写“丽人”的段落：

其人也：五陵豪族，充选掖庭；四姓良家，驰名永巷。亦有颍川，新市，河间，观津，本号娇娥，曾名巧笑。楚王宫里，无不推其细腰；卫国佳人，俱言讶其纤手。阅诗敦礼，岂东邻之自媒；婉约风流，异西施之被教。弟兄协律，生小学歌；少长河阳，由来能舞。琵琶新曲，无待石崇；箜篌杂引，非关曹植。传鼓瑟于杨家，得吹箫于秦女。

至若宠闻长乐，陈后知而不平；画出天仙，阏氏览而遥妒。

至若东邻巧笑，来侍寝于更衣；西子微颦，得横陈于甲帐。陪驳游娑，骋纤腰于结风；长乐鸳鸯，奏新声于度曲。妆鸣蝉之薄鬓，照堕马之垂鬟。反插金钿，横抽宝树。南都石黛，最发双蛾；北地燕脂，偏开两靥。亦有岭上仙童，分丸魏帝；腰中宝凤，授历轩辕。金星将婺女争华，麝月与嫦娥竞爽。惊鸾冶袖，时飘韩掾之香；飞燕长裾，宜结陈王之佩。虽非图画，入甘泉而不分；言异神仙，戏阳台而无别。真可谓倾国倾城，无对无双者也。①

为了渲染“丽人”之美，作者几乎把现实的、仙界的、人界的、天界的各色美女搜罗殆尽，写她们的美貌、气质、服饰、性格、风度、品德、爱情甚至写其舞姿、歌喉、巧笑、体香、凝肤、纤手、蛾眉等细节，极力铺陈、衬托“丽人”的风姿与美貌。渲染之余，作者又全篇使用韵语，使语气贯通，婉转流丽，再加之“巧笑”“细腰”“纤手”“微颦”“游娑”“薄鬓”“垂鬟”“金钿”“宝树”“石黛”“双蛾”“燕脂”“两靥”等这些艳辞，刻画出了“丽人”的惊艳之美，极好地表达了主题。高步瀛《南北朝文举要》评曰：“秾丽极矣，而骨格自峻。”② 称赞了这篇文章形式与内容的完美结合。

徐陵骈文的“警采奇藻”不是仅体现在《玉台新咏序》中，徐陵文集到处都是艳辞丽句，达到这种效果，徐陵主要采取了以下手段：

1. 连续以人物作比

连续用比使徐陵骈文呈现出靡丽华美的特色。如《玉台新咏序》写“丽人”之美，连续用近三十位女子作比，使全文呈现出绮丽浓艳的风格。

---

① 许逸民：《徐陵集校笺·玉台新咏集序》卷三，中华书局2008年版，第226—227页。

② 高步瀛选注，孙通海点校：《南北朝文举要》，中华书局1998年版，第626页。

再如《晋陵太守王励德政碑》："郭茎表其深源，何筹惭其远庆，岂惟桓氏之鸣玉，张家之珥貂，袁姓之朱衣，杨宗之华毂。"① 徐陵使用郭璞预言、何筹符策以比王励子孙绵远，又用桓荣、张汤、袁安、杨恽之例，比王励本身的荣耀与业绩以及其后代远承家族的富贵与辉煌，辞腴而意满。

2. 叠音词

叠音词的运用使徐陵的骈文音调和谐，多姿多彩。如"鲜云蔼蔼，披王安之衣；明月团团，似班姬之扇。"（《裴使君墓志铭》）用"鲜云蔼蔼"写裴之横飘逸的气质；用"明月团团"写裴之横容光焕发的美貌，不仅栩栩如生地描绘了人物的音容笑貌，语言上也呈现出华逸流宕的美。

3. 色彩词和具有感官倾向性词汇的使用

徐陵善于调动具有色彩的词汇进行渲染，使文章流金溢彩。如《玉台新咏序》：

> 丽以金箱，装之宝轴。三台妙迹，龙伸蠖屈之书；五色华笺，河北胶东之纸。高楼红粉，仍定鱼鲁之文；辟恶生香，聊防羽陵之蠹。灵飞太甲，高檀玉函；鸿烈仙方，长推丹枕。至如青牛帐里，余曲既终；朱鸟窗前，新妆已竟。方当开兹缥帙，散此条绳，永对玩于书帏，长回圈于纤手。岂如邓学《春秋》，儒者之功难习；窦专黄老，金丹之术不成。固胜西蜀豪家，托情穷于《鲁殿》；东储甲观，流咏止于《洞箫》。娈彼诸姬，聊同弃日，猗欤彤管，无或讥焉。②

二百字的段落中，作者不仅用到了"丽""金""宝""五色""黄"

---

① 许逸民：《徐陵集校笺·晋陵太守王励德政碑》卷九，中华书局 2008 年版，第 1161 页。

② 许逸民：《徐陵集校笺·玉台新咏集序》卷三，中华书局 2008 年版，第 228 页。

“金丹”“日”“彤管”等渲染色彩的字、词，还用了“红粉”“香”“玉函”“丹枕”“青牛”“朱鸟”“纤手”等具有闺阁之气的感官词汇，从而使文章呈现出华丽富艳的色彩。再如《陈武帝下州郡玺书》：

> 埃云晚霁，星象夜张。朝景重轮，泫三危之膏露，晨光合璧，带五色之卿云。①

从表面看以上段落并没有使用色彩词，实际上却连用了六个比色彩词更能表达色彩和情感的词汇，渲染了陈武帝登基后普天同庆的场面，“如金在熔，熠耀不定”。

第三节　博辩纵横：徐陵骈文的说理

说理是徐陵骈文鲜明的特点。张仁青先生在其所著《中国骈文发展史》中论道：“孝穆与庾氏虽同为骈文之宗师，而二人之成就各有所偏，庾氏长于言情而孝穆擅于说理，此其大较也。孝穆说理之作，以笺启书札之类的应用文为最要，往往于陈说事理透彻详尽以外，更用妍美之色泽声调，以发挥情韵，滤行怀抱，回环婉转，屈曲洞达，使人百读不厌，甚至忘却其为骈偶矣。”② 确如张仁青先生所言，徐陵、庾信虽同为骈文宗师，并以“徐庾体”并誉，但二人的创作风格并不相同，庾信善于抒情，徐陵擅长说理；庾信善于以情动人，徐陵擅长以理服人。

徐陵骈文的论理在书札中体现得尤其突出。前文在叙述徐陵骈文内容时，对其论辩的风格已经有所论及。如在《与齐尚书仆射杨遵彦书》中，

① 许逸民：《徐陵集校笺·陈武帝下州郡玺书》卷十二，中华书局2008年版，第1479页。

② 张仁青：《中国骈文发展史》，浙江大学出版社2009年版，第297页。

徐陵连续使用八个段落，反复八次“斯所未喻”，将北齐羁留的借口彻底否定，竟使杨遵彦无法回书。如文章开头即直奔主题：“夫一言所感，凝晖照于鲁阳，一志冥通，飞泉涌于疏勒，况复元首康哉，股肱良哉，邻国相闻，风教相期者也？天道穷剥，钟乱本朝，情计驰惶，公私哽惧，而骸骨之请徒淹岁寒，颠沛之祈空盈卷轴，是所不图也，非所仰望也。”① 连续引用周武王、鲁阳公、李广、耿恭的典故，证明了金城所致，玉石为开，情之所至，感天动地的天理。接着一转，徐陵指责道，你们齐国呢，所谓又是圣君，又是良臣，你们是怎么做的？为什么将我这个风教相闻的、邻国的友好使者的“骸骨之请”“颠沛之祈”白白淹没在岁寒中，随意丢弃在书堆里？真是想不到啊！你们怎么可以这样！理直而又气壮。在这样强烈的“祈请”之下，接下来更是狂风暴雨一般的八个大段落，对于齐国羁扣使者的种种理由一一加以反驳。如：

> 又晋熙等郡，皆入贵朝，去我寻阳，经途何几。至于铛铛晓漏，的的宵烽，隔溆浦而相闻，临高台而可望。泉流宝盌，遥忆湓城，峰号香炉，依然庐岳。日者鄱阳嗣王治兵汇派，屯戍沧波，朝夕笺书，春秋方物，吾无从以蹑屩，彼何路而齐镳。岂其然乎？斯不然矣。又近者邵陵王通和此国，郢中上客，云聚魏都，邺下名卿，风驰江浦，岂卢龙之径于彼新开，铜驼之街于我长闭？何彼途甚易，非劳于五丁，我路为难，如登于九折？地不私载，何其爽欤？而答旨云还路无从，斯所未喻二也。②

开头多角度谈北齐、南梁相距不远的事实。如两国钟漏相闻、烽火可望；如山水相依，边境相邻；如朝夕可通信，贸易不断；如游说之士并驾齐驱等，紧跟一句“岂其然乎”？把两国相去咫尺的事实肯定下来。接着

① 姚思廉：《陈书·徐陵传》卷二十六，中华书局1972年版，第326页。
② 姚思廉：《陈书·徐陵传》卷二十六，中华书局1972年版，第327页。

更进一层，徐陵指出齐、梁此时已经恢复了正常邦交，南北交流非常频繁，“郢中上客，云聚魏都，邺下名卿，风驰江浦”，言外之意，别人可以来去自由，为什么我不能？接着连用四个典故“岂卢龙之径于彼新开，铜驼之街于我长闭？何彼途甚易，非劳于五丁，我路为难，如登于九折？”又是反问又是对比，指责对方的羁扣行为纯属借口。最后借用《礼记》中的句子，斩钉截铁地说：天地没有私心，你们对我的做法是相当无礼的！段落不长，但跌宕起伏，铿锵有力，把对方所谓“还路无从”的借口彻底粉碎了。以同样的方式，徐陵连续八大段，把北齐所有拘留的理由一一驳回，气贯长虹。瞿兑之曰：“徐陵使魏，适值侯景之变。又值齐受魏禅，陵屡求返梁复命，齐终拘留不遣。于是陵与齐仆射杨愔书以争之。书中将齐人设词不遣的理由，一一驳辩，往复激昂，深至透彻。”① 钱钟书评曰：“徐陵《与齐尚书仆射杨遵彦书》。按陵集中压卷，使陵无他文，亦堪追踪李陵报苏武、杨恽答孙会宗，皆只以一《书》传矣。非仅陈吁，亦为诘难，折之以理，复动之以情，强抑气之愤而仍山涌，力挫词之锐而尚剑铦。‘未喻’八端，援据切当，伦脊分明，有物有序之言；彩藻华缛而博辩纵横，譬之佩玉琼琚，未妨走趋；隶事工而论事畅。后世古文家攻击骈文，骈文家每以此篇为墨守之带若堞焉。”②

再看徐陵为萧渊明代写的与王僧辩等诸人的书札，以《为贞阳侯与太尉王僧辩书》为例，开篇先追述梁王朝命运多舛，“岂图天未悔祸，丧乱荐臻，羌虏无厌，乘此多难。虔刘我南国，荡覆我西京，奉问警号，肝胆崩溃。虽复金行版荡，火政沦亡，绿林青犊之群，黑山白马之卒。八王故事，曾未混淆；九州春秋，谁云祸乱”③，阐明北齐在此时送梁嗣萧渊明回国，是为例帮助梁朝解决嗣君的大问题：“隆周从播，皆凭晋、郑之功；

---

① 瞿兑之：《中国骈文概论》，世界书局 1934 年版，第 44 页。

② 钱钟书：《管锥编》，生活·读书·新知三联书店 2007 年版，第 2287 页。

③ 许逸民：《徐陵集校笺·为贞阳侯与太尉王僧辩书》卷六，中华书局 2008 年版，第 599—600 页。

强汉陆危，终假虚、牟之力。”[①] 摆明北齐朝廷对梁的真诚、友好态度；称赞北齐是有德之邦，不会趁火打劫觊觎梁朝政权，告诉王僧辩，北齐的目的是帮助梁朝“清我寇仇”，打消王僧辩及梁朝其他官员的顾虑；接着对王僧辩大加褒奖，“诞膺时运，光赞本朝，勒瑞姜璜，书名何鼎”[②]，向王僧辩许诺回国后将与王僧辩共同对敌：“江淮旧隶，悉已招携，方禀英谟，共翦仇难。”[③] 最后希望王僧辩能如君子成人之美，促使双赢局面的实现：“当使宗祊有主，余同小白之勋；家国无虞，公保阿衡之贵。”[④] 徐陵之书“抓住了问题的关键点：王僧辩惧怕萧渊明回国后瓜分其权势对其不利，故徐陵此书从国家、个人利益两方面利诱王僧辩就范。”[⑤] 李兆洛评此文曰：“往复数书，此最文质相宣，当于事理。”[⑥] 瞿兑之《中国骈文概论》曰：“徐氏在齐朝，又为贞阳侯萧渊明致王僧辩书好几次，都是剖陈利害反复尽致的。这种说事说理的札书，几乎古今无第二手。”[⑦]

再以《为陈武帝作相时与北齐广陵城主书》为例，信一开始先向对方礼貌地嘘寒问暖，显示出诚恳谦恭友善的态度，并再次表明和平共处的决心。对于对方提出的借边境骚乱而派军来右的政治用心，先是从容加以分析解释，证明非是己方所为，指出对方师出无名，乃是违礼之举。接着从天、地、人等方面详细分析，列举近几次战役，指出扬州地貌独特，假令蚩尤重出、白起还生，虽百万勇士、千亿豪杰，终难逞效，少有成功。况

---

① 许逸民：《徐陵集校笺·为贞阳侯与太尉王僧辩书》卷六，中华书局2008年版，第600页。

② 许逸民：《徐陵集校笺·为贞阳侯与太尉王僧辩书》卷六，中华书局2008年版，第602页。

③ 许逸民：《徐陵集校笺·为贞阳侯与太尉王僧辩书》卷六，中华书局2008年版，第602页。

④ 许逸民：《徐陵集校笺·为贞阳侯与太尉王僧辩书》卷六，中华书局2008年版，第602页。

⑤ 高鹭：《徐陵骈文研究》，华东师范大学硕士研究生学位论文，2014年。

⑥ 李兆洛选辑，谭献校点：《骈体文钞》卷十九，上海古籍出版社1988年版，第350页。

⑦ 瞿兑之：《中国骈文概论·书札文与徐陵》，世界书局1934年版，第48页。

且人民经过侯景之乱后，“人解用兵，女子无愧于韩彭，童儿不殊于卫霍，吴钩甚利，蜀甲殊轻，架动风霜，弩穿金石，高楼大舰，概口陵云，叱咤而起风雷，吹嘘如倒山岳”①，又有国家将士，悉是枭雄，“以此众战，谁能御之！何为比吾，陪薄相悬；何恶诸君身名俱灭。来告以细柳之军，逾于溺上，吾恐今之赵括，不及廉颇也”②。此部分一改恭谦之态，义正词严，气势宏发，显示出凛然不可侵犯之气概。最后语气接着一缓，说也许是因为对方不知事情始末，所以才有此疑怪，如今还应互守盟信，我方定会“永申藩礼，天心无爽”③，这就给了对方一个可退的台阶，使得此事得以圆满解决。

书札而外，南归入陈以后所作各让、表、檄、移、诏、玺、册等，也都显示出一种理性与理辩的光芒，此不一一举例。

徐陵重“理”，当然也重视情感的抒发，也以《与齐尚书仆射杨遵彦书》为例，“岂卢龙之径，于彼新开；铜驼之街，于我长闭？何彼途甚易，非劳于五丁；我路为难，如登于九折？”④ 是为激愤之语；如“岁月如流，平生何几！晨看旅雁，心赴江淮；昏望牵牛，情驰扬越。朝千悲而下泣，夕万绪而回肠，不自知其为生，不自知其为死也”⑤，道尽人生的无奈与悲凉；“遂使东平拱树，长怀向汉之悲；西洛孤坟，恒表思乡之梦”⑥，同庾信一样，长怀乡关之思。翻开徐陵的羁旅之作，扑面而来这样的悲凉之语。钱钟书在《谈艺录》中说：“集中《与杨仆射》《与王僧辩》《报尹义

① 许逸民：《徐陵集校笺·为陈武帝作相时与北齐广陵城主书》卷六，中华书局2008年版，第750页。

② 许逸民：《徐陵集校笺·为陈武帝作相时与北齐广陵城主书》卷六，中华书局2008年版，第751页。

③ 许逸民：《徐陵集校笺·为陈武帝作相时与北齐广陵城主书》卷六，中华书局2008年版，第751页。

④ 许逸民：《徐陵集校笺·与齐尚书仆射杨遵彦书》卷五，中华书局2008年版，第412页。

⑤ 许逸民：《徐陵集校笺·与齐尚书仆射杨遵彦书》卷五，中华书局2008年版，第417页。

⑥ 许逸民：《徐陵集校笺·与齐尚书仆射杨遵彦书》卷五，中华书局2008年版，第418页。

尚》《在北齐与宗室》诸书，意致纵横，辞气愤激，曲折尽意，喷薄宣情，亦本家国交集之感，作声泪俱下之文，如子山之有《哀江南赋》《拟连珠》也。”① 但是，尽管如此，我们看到自从被滞北国后，徐陵很少写像庾信一样通篇表哀情，诉衷肠的文章。② 我们感到徐陵文章中情感的宣泄似乎总是为说理服务的，抒情是为了使说理更警切、更有力。

① 钱钟书：《谈艺录》，中华书局1984年版，第301页。

② 注：《杂曲》咏陈后主为张贵妃（丽华）起三阁事（许逸民《徐陵集校笺》），应为歌咏之作。

第六章　徐陵《玉台新咏》的编纂

《玉台新咏》是继《诗经》《楚辞》之后中国古代第三部诗歌总集。收录作品上至西汉、下迄南朝梁代的诗歌总集。这些诗歌主要反映女性生活，表现女性情思。“是一部关于女性的诗集，一部情爱的宝典，一部唯美的乐章，在文学史和审美发展史上有重要的价值和不同寻常的意义。”①

第一节　《玉台新咏》为徐陵撰考

《玉台新咏》为徐陵撰的记载最早见于《隋书·经籍志》。“《玉台新咏》十卷徐陵撰。”②《旧唐书》也有记载：“《六代诗集钞》四卷徐陵撰。”③ 刘肃《大唐新语》曰：“梁简文为太子，好作艳诗，境内化之，晚年欲改作，追之不及。乃令徐陵撰《玉台集》以大其体。”④ 唐李康成云：“昔陵在梁世，父子俱事东朝，特见优遇。时承华好文，雅尚宫体，故采

① 张褒全：《玉台新咏译注》，广西师范大学出版社2007年版，第1页。
② 魏征：《隋书·经籍志》卷三十五，中华书局1973年版，第1084页。
③ 刘昫：《旧唐书·经籍志》卷四十七，中华书局1975年版，第2080页。
④ 刘肃：《大唐新语》，中华书局1984年版，第41—42页。

西汉以来词人所著乐府艳诗，以备讽览。”① 之后《宋史》、《文献通考》、《郡斋读书志》等目录学著作以及其他著作中关于《玉台新咏》为徐陵所撰的记载不绝如缕。千余年来，尽管也有人提出异议，但都缺少令人信服的文献材料，《玉台新咏》为徐陵所撰，已成学术界共识。

但是，近几年来关于《玉台新咏》编者问题又被重新提起，起因是复旦大学章培恒教授2004 年在《文学评论》上发表的《〈玉台新咏〉为张丽华所撰录考》一文。一石激起千层浪，文章一出，在学术界引起了一场不小的关于《玉台新咏》编撰权的讨论。观点主要有四：第一，章先生提出，《玉台新咏》为张丽华所撰录；第二，胡大雷先生提出，《玉台新咏》撰者为梁元帝徐妃；第三，《玉台新咏》出于宫中妃子之手②；第四，徐陵说。此次争论的焦点主要是围绕章培恒先生的观点展开的，同时也涉及了胡大雷的“徐妃说”，因此，首先将二人观点略引如下：

章培恒先生的观点。在《〈玉台新咏〉为张丽华所撰录考》中，章培恒先生据《玉台新咏序》，提出《玉台新咏》“是一位美丽非凡、风流婉约、多才多艺、工诗善文并最受皇帝宠爱的妃子为排解寂寞而编的‘艳歌’集。”撰者就是陈后主贵妃张丽华。除根据《玉台新咏序》外，章先生还从以下几点否认徐陵为《玉台新咏》撰者的结论。第一，“日本藤原佐世《日本国见在书目录》的著录，《玉台新咏》却是徐瑗撰。”第二，唐末李康成、李克庄等人“徐陵所序”与“徐陵所编”不同。

胡大雷先生的观点。胡大雷首先撰《〈玉台新咏〉为梁元帝徐妃所“撰录”考》一文发表于《文学评论》2005 年第 2 期。之后，又在《文献》2007 年第 7 期上发表《徐陵为〈玉台新咏〉协助撰录者及其〈序〉的撰录时间考》，再次强调徐妃为《玉台新咏》撰录者的观点。胡先生认

---

① 晁公武撰，孙猛校证：《郡斋读书志校证 · 乐类》卷二，上海古籍出版社 2011 年版，第 97 页。

② 谈蓓芳：《〈玉台新咏〉版本考》，《复旦学报》，2004 年，第 4 期。

为“《玉台新咏》为梁元帝徐妃所‘撰录’”。徐陵《玉台新咏序》中的‘丽人’与张丽华的生平不符，倒与梁元帝徐妃（名瑗，字昭佩）的生平极为相近。

然而，对于这些重大发现，学术界却应者无几，倒是惹得一片质疑之声。略举其例如下：

邬国平撰文《〈玉台新咏〉张丽华撰录说献疑——向章培恒先生请教》发表于2004年9月《学术月刊》。邬国平的文章否定章培恒的观点恰恰也是从章氏文章的三个观点入手。第一，从对《玉台新咏序》的再分析入手，得出：“由于对徐陵《玉台新咏序》存在以上这些异读的可能性，而这些异读的结果与《撰录考》得出的结论相反，因此，在这些异读的可能性未被排除以前，我认为还无法称‘徐陵此序实已明确地宣告了《玉台新咏》是一位“妃子”所编’，自然也无法由此推断这位妃子很可能就是张丽华。”① 第二，邬国平认为《日本国见在书目录》的著录《玉台新咏》徐瑗撰，是误记，历史上也并不见有关于徐瑗的记载，“陵与瑗两字因形近而致误”②。第三，邬国平引用大量例子，指出古汉语中“序”与“编”常通用。所以唐末李康成、李克庄等人“徐陵所序”，“其意思与肯定徐陵为《玉台新咏》的编者是相同的。”③

樊荣撰《〈玉台新咏〉“撰录”真相考辩——兼与章培恒先生商榷》一文，发表于《中州学刊》2004年第6期。樊荣从《玉台新咏序》入手，分析指出，《序》中所写“与徐陵的身世暗合”，“与徐陵的交往暗合”，

① 邬国平：《〈玉台新咏〉张丽华撰录说献疑——向章培恒先生请教》，《学术月刊》，2004年，第9期。

② 邬国平：《〈玉台新咏〉张丽华撰录说献疑——向章培恒先生请教》，《学术月刊》，2004年，第9期。

③ 邬国平：《〈玉台新咏〉张丽华撰录说献疑——向章培恒先生请教》，《学术月刊》，2004年，第9期。

“与徐陵的政治经历暗合”，“与徐陵的个人遭遇暗合”①，因而得出“《玉台新咏》并非为张丽华所‘撰录’”②。

刘林魁撰《〈玉台新咏〉编者和编撰时间再探讨》一文，发表于《宝鸡文理学院学报（社会科学版）》2005 年第 6 期。刘林魁从考察《玉台新咏》的编撰时间角度出发进行了论证，指出：“徐陵《玉台新咏序》记载此书收录‘往世名篇，当今巧制’，但唐人所见原本《玉台新咏》于陈代只收录徐陵一人诗作；如果为张丽华所撰录，理应编于陈后主至德以后，且收入陈代几次影响较大的文会诗作。所以，此书绝不可能为张丽华编纂，当是徐陵编于梁代。”③

李建栋撰《论〈玉台新咏〉之“撰录者”》，发表于《江淮论坛》2006 年第 5 期，运用史实，对新提出的“张丽华说”、“徐妃说”、“某某妃子说”都做了否定。

牛继清、纪健生撰《〈玉台新咏〉是张丽华所“撰录”吗?》一文，发表于《淮北煤炭师范学院学报（哲学社会科学版）》2006 年第 8 期，从文献学角度对章文进行了最全面、最系统的质疑。第一，作者指出，章文“在讨论历代目录著作对《玉台新咏》的著录时，间接或直接回避《隋书·经籍志》、《旧唐书·经籍志》、《新唐书·艺文志》，直接从南宋说起。”④ 第二，“其所列出的三条分别出自《玉台后集》、《沧浪诗话》、《后村诗话》的旁证也都存在明确的反证。”⑤ 第三，作者还从版本学角度进行

---

① 樊荣：《〈玉台新咏〉“撰录”真相考辩——兼与章培恒先生商榷》，《中州学刊》，2004 年，第 6 期。

② 樊荣：《〈玉台新咏〉“撰录”真相考辩——兼与章培恒先生商榷》，《中州学刊》，2004 年，第 6 期。

③ 刘林魁：《〈玉台新咏〉编者和编撰时间再探讨》，《宝鸡文理学院学报》（社会科学版），2005 年，第 6 期。

④ 牛继清，纪健生：《〈玉台新咏〉是张丽华所“撰录”吗?》，《淮北煤炭师范学院学报》（哲学社会科学版），2006 年，第 8 期。

⑤ 牛继清，纪健生：《〈玉台新咏〉是张丽华所“撰录”吗?》，《淮北煤炭师范学院学报》（哲学社会科学版），2006 年，第 8 期。

了考察，指出章文所谓“嘉祐本《新唐志·艺文志》缺页”说不实；对《大唐新语》有关《玉台新咏》记载的轻易否定有漏洞等。第四，作者还对章文的文献考据方法、考据过程中对材料的解读等方面的问题进行了考证，指出章文存在误读材料、曲解材料、隐匿材料、证据不足、轻下断语、循环论证等现象。

李姝、周晓琳撰《〈玉台新咏〉编撰者新考》发表于《沈阳大学学报》2009年第2期，对《玉台新咏》为女性所撰的说法进行了反驳，并根据历史事实判定徐陵才是《玉台新咏》的真正撰者。

陈小松、黄鹏撰《〈玉台新咏〉撰录者和撰录时间考》发表于《乐山师范学院学报》2009年第9期，提出“《玉台新咏》不可能为一妃子所撰”，否定“《玉台新咏》的撰录者为徐陵证据不足的结论”①

从以上讨论看出，尽管章培恒先生等得出了《玉台新咏》研究中一项具有里程碑意义的成果②，但由于这些观点存疑太多，受到了学术界的质疑。以上诸篇“请教”、“商榷”、“再探讨”、“新考”等文章从诸多方面对章培恒以及胡大雷等先生的观点进行了反驳，我认为是很有说服力的。另外，在学习章先生和胡先生的大作时，我也产生了几处不解和疑惑。认为章先生的“张丽华说”与胡先生的“徐妃说”以及“某某妃子说”说不通。

章先生的“张丽华说”，尽管看似不少依据，但最主要是从对《玉台新咏序》的重新解读开始，其他证据都是在保证此说成立的基础上展开的。因此，对《玉台新咏序》的解读正确与否，就成了整篇文章观点成立与否的关键。上述诸位专家学者已经从各方面提出了质疑，都非常正确。我认为除此之外，从张丽华本身情况看，其出身、生活内容、环境、地位

① 陈小松，黄鹏：《〈玉台新咏〉撰录者和撰录时间考》，《乐山师范学院学报》，2009年，第9期。

② 陈小松，黄鹏：《〈玉台新咏〉之“撰录者”》，《江淮论坛》，2006年，第5期。

都决定了她不可能是《玉台新咏》的“撰录者”。

出身：后主张贵妃名丽华，兵家女也。家贫，父兄以织席为事。后主为太子，以选入宫。是时龚贵嫔为良娣，贵妃年十岁，为之给使，后主见而说焉，因得幸，遂有娠，生太子深。后主即位，拜为贵妃。①

以上记载可以看出，张丽华出身贫寒。从“父兄以织席为事”的家境看，恐怕没有接受过什么文化教育。张丽华十岁入宫，成为龚贵嫔的“给使”，相当于一个丫鬟的身份。之后，张丽华见幸于后主，并生下了太子深。从这一经历看，张丽华生太子深时最小应该在十六七岁左右，也就是说，从十岁入宫到十六七岁这一段时间，张丽华仍然没有学习时间，因此，尽管“性聪惠”“才辩强记”，但恐怕这只是其禀赋而已，与其文化素养没有关系。这与徐陵《序》中所写丽人“加以天时开朗，逸思雕华，妙解文章，尤工诗赋。琉璃砚匣，终日随身；翡翠笔床，无时离手。清文满箧，非惟芍药之花；新制连篇，宁止葡萄之树。九日登高，时有缘情之作；万年公主，非无累德之辞”完全不可同日而语。据《陈书·徐陵传》载，徐陵卒于陈后主至德元年，因为《玉台新咏序》为徐陵所作，就是说，此时的《玉台新咏》已经撰成。而这一年张丽华只有 24 岁。我们不能相信，一个没有接受过多少文化教育的古代女子，会编写出如此高水平的诗集来。

生活：张丽华入宫后，先为龚贵嫔的“给使”，之后为后主所宠。“又好厌魅之术，假鬼道以惑后主，置淫祀于宫中，聚诸妖巫使之鼓舞，因参访外事，人间有一言一事，妃必先知之，以白后主，由是益重妃，内外宗族，多被引用。”② 从这些记载看，在朝廷，张丽华喜欢“厌魅之术”，喜欢“假鬼道以惑后主”；对宫外之事也非常动心，处心积虑打听、探访，只想讨得后主欢心。因此，张丽华根本就不喜欢诗书之事，既不会“妙解

---

① 姚思廉：《陈书·张贵妃传》卷七，中华书局 1972 年版，第 131 页。

② 姚思廉：《陈书·张贵妃传》卷七，中华书局 1972 年版，第 131 页。

文章，尤工诗赋。琉璃砚匣，终日随身；翡翠笔床，无时离手”，更不会“燃脂螟写，弄笔晨书”，去费心去搜集研究筛选古今诗文，从而去“撰录艳歌，凡为十卷”。从历史看，不乏像张丽华这样因“惑主”而被宠的“丽人”，她们都不乏美丽和聪明，但是有哪一个会有心思研究学问呢！

创作：徐陵笔下的丽人有才情，能创作。那么，张丽华怎样呢？“后主每引宾客对贵妃等游宴，则使诸贵人及女学士与狎客共赋新诗，互相赠答，采其尤艳丽者以为曲词，被以新声，选宫女有容色者以千百数，令习而歌之，分部迭进，持以相乐。其曲有《玉树后庭花》《临春乐》等，大旨所归，皆美张贵妃、孔贵嫔之容色也。”① 应该说，张贵妃还是有很好的创作环境的，后主喜欢创作，经常游宴宾客，共赋新诗，互相赠答，但是，在这样的环境里，张丽华却并没有参与创作，而是像个模特一样，享受众宾客的赞美与捧崇，“皆美张贵妃、孔贵嫔之容色也”。正因为如此，这个享受着后宫富贵与宠爱的女子，虽然目睹文化盛会，她却连半句诗也没有创作出来，对于这样的“丽人”，怎么能与《玉台新咏》的撰者联系在一起呢？

胡大雷的“徐妃说”。胡大雷先生在其文中提出了五个方面的内容，认为徐妃有撰录《玉台新咏》的条件与可能，但是，由这些条件能不能得出必然的结论呢？

第一，胡文指出：“史载徐妃有‘书白角枕为诗相赠答’的经历，她可说是爱文学、懂创作，自身具备撰录总集的条件。”“书白角枕为诗相赠答”出自《南史·徐妃传》：“时有贺徽者美色，妃要之于普贤尼寺，书白角枕为诗相赠答。”② 看来徐妃确实曾经给自己的相好写过情诗，但是，这首诗并没有在文学史上流传下来，而且，史籍也不曾有关于徐妃创作的记载，自然也没有其他诗文传世。当然，徐妃与徐陵同为东海徐氏，徐妃应

① 姚思廉：《陈书·张贵妃传》卷七，中华书局1972年版，第132页。
② 李延寿：《南史·徐妃传》卷十二，中华书局1975年版，第342页。

该有一定的文化素养，但是，《玉台新咏》的编纂，需要有很高的文化审美、文化鉴别和文学批评能力，仅仅会写几首诗，并不说明“自身具备撰录总集的条件”。

第二，胡文曰：“徐君蒨是宫体诗大家，《玉台新咏》录其诗数首。同胞兄妹间相互影响，也是可能的。”同胞兄妹间相互影响是肯定的，但由此得出徐妃撰录《玉台新咏》的必然结论则是不靠谱的。

第三，“徐妃所在的西府是当年宫体诗基地”与“徐妃所在的西府有撰录艳歌集的经验”，由这两条怎么能得出徐妃是《玉台新咏》撰录者的结论呢？

第四，胡大雷先生指出：“《玉台新咏》是梁元帝徐妃所撰录有版本依据。”那么，其版本到底是什么呢？胡文曰：“徐妃，名瑗，字昭佩；《玉台新咏》是梁元帝徐妃所撰录有版本依据。‘章文’载，据日本藤原佐世《日本国见在书目录》的著录，《玉台新咏》的撰录者是徐瑗，‘章文’对其做了较为详细的论述。我认为，徐瑗就是徐妃昭佩。瑗，孔大边小的璧。《尔雅·释器》：‘肉倍好谓之璧，好倍肉谓之瑗，肉好若一谓之环。’昭佩，可释为透出更多光亮的饰品；孔大即为透出更多光亮，饰品即为璧。我国古代名与字相互间是有联系的，依此惯例，瑗为名，昭佩为字，徐瑗就是徐昭佩，徐昭佩就是徐瑗。”由此可知，胡文依据的版本原来是《日本国见在书目录》。先不说《日本国见在书目录》记载《玉台新咏》为“徐瑗”撰是否为误记，仅就胡大雷先生的论证过程来说，就不够科学。作者认为“瑗，孔大边小的璧”，“昭佩，可释为透出更多光亮的饰品；孔大即为透出更多光亮，饰品即为璧”，因此得出“瑗为名，昭佩为字，徐瑗就是徐昭佩，徐昭佩就是徐瑗”，这种推论实在太牵强了。

从以上论证可知，胡文的观点与章文的观点一样是经不住推敲的。当然由此而衍生出来的关于《玉台新咏》的撰录者为“某某妃子说”也是站不住脚的。

纵观2004年以来这场关于《玉台新咏》撰录者的争论，发起者章培恒先生“曲高和寡”，反对者倒是熙熙攘攘。其实这已经说明了一个问题，正如史籍所记载的那样，《玉台新咏》的编者是徐陵而不是任何其他人。

第二节　《玉台新咏》的价值与影响

《玉台新咏》是继《诗经》《楚辞》后出现的一部具有代表性的诗歌总集。全书共十卷，选录自汉迄梁的诗歌六百六十余首。①《玉台新咏》一般多被看作“艳歌”集，没有受到应有的重视。实际上，《玉台新咏》无论在思想上，还是在艺术上都有重要的价值。

一、思想价值

关于《玉台新咏》的内容，多认为是“艳歌”集。胡应麟说：“《玉台》所集，于汉、魏、六朝无所铨择，凡言情者则录之。自余登览宴集，无复一首，通阅当自瞭然。”② 纪容舒说：“按此书之例，非词关闺闼者不收。”③ 徐陵也在《玉台新咏序》中说：“撰录艳歌，凡为十卷。”但是，对照《玉台新咏》，我们会发现，这样的概括其实并不准确。《玉台新咏》确实收录了许多艳歌。如《玉台新咏》收录萧纲诗最多，共76首。其中《倡妇怨情》《和徐录事见内人作卧具》《戏赠丽人》《和湘东王名士悦倾城》《美人晨妆》《美人观画》等，都是典型的艳歌。许多诗歌写女子睡眠的姿态，写她们所用的物品，如衣领、绣鞋、枕席、裳帐、宝镜、金钗

---

① 《玉台新咏》卷九录《越人歌》一首，见《说苑·善说篇》，是春秋战国年间作品。此为宋刻本（明代崇祯寒山赵均覆宋陈玉父刻本），录诗数，但宋刻已有增补的诗，徐陵原本选录多少，已不可知。

② 胡应麟：《诗薮》，见《全明诗话》，齐鲁书社2005年版，第2596页。

③ 纪容舒：《玉台新咏考异》卷九，迪志文化公司2003年版。

等，有浓厚的色情成分，毫无疑问《玉台新咏》确实收录了不少艳歌。但是，《玉台新咏》有不少“艳歌”，却不是“但辑闺房一体”，更不是“非词关闺闼者不收”。如卷一收诗四十首，有古诗八首，古乐府诗六首，还有枚乘、辛延年、张衡、秦嘉、蔡邕、陈琳、徐干、繁钦等人的诗歌和《古诗为焦仲卿妻作》，皆为汉代五言诗，基本上都是很优秀的作品。卷二收诗三十九首，有曹丕、曹植、阮籍、傅玄、张华、潘岳、左思等人的诗歌，都是魏和西晋的五言诗，这些都是中国文学史上的著名诗篇。清人齐次风云：“以上二卷，词皆古意，即有为《文选》所不取，取之，亦妙于存古。”① 同样，其他卷次也收录了陆机、陆云、张协、陶潜、谢惠连、颜延之、鲍照、王融、谢朓、江淹、沈约、柳恽、何逊等人的诗歌佳作。这些作品不仅具有很高的艺术价值，同样具有较高的思想价值。清代学者许梿说得好：“是书所录为梁以前诗凡五言八卷，七言一卷，五言二韵一卷。虽皆绮丽之作，尚不失温柔敦厚之旨。未可概以淫艳斥之。或以为选录多闺阁之诗，则是未睹本书而妄为拟议者矣。”② 以上诸评从各自不同的角度说明了《玉台新咏》的思想价值之所在。

二、艺术价值

明人沈逢春在评价《玉台新咏》时有一段见解，发人深思：

盖闻诗本人情。“情之所钟，正在我辈。”嗟乎！未免有情，亦复谁能遣此。此三百篇所为作也。自唐以诗取士，风流藻雅，竞盛一时，宋人以理学传之，而诗之脉遂绝。今之人知有唐，而

① 徐陵编，吴兆宜注，程琰删补，穆克宏点校：《玉台新咏笺注》卷二，中华书局1985年版，第93页。

② 许梿评选，黎经浩笺注：《六朝文絜笺注》，上海古籍出版社1982年版，第142页。

不知唐以前其接《三百篇》之脉者，汉魏六朝诸篇故在也。即知汉魏六朝者，亦类于《选》诗中概其一斑。然而统大所选，大都以气格胜，窃狭以选文之法选诗，而未竟乎诗之情也。夫诗之情通于气之先，游于格之外，以气格范情，非其至情，不为气格役而妙乎气格，则其至者也。夫是以统大而后徐孝穆有《玉台新咏集》，诗不一代，代不一人，总之，情不为气格役而妙乎气格者，斯罗括焉。虽略气格而第言情可也。①

沈氏所言虽非句句确论，但至少有几点很有见地，一是“诗本人情”。缺乏“情性”即抽取了“诗之脉”；二是《三百篇》本人情所为，“风流藻雅，竞盛一时”的唐诗也本人情所为，因为萧统的《文选》“以选文之法选诗”，专重气格，而不重“诗之情”，致使人们不知唐诗何以与《三百篇》相接续，有了徐陵“虽略气格而第言情”的《玉台新咏》，人们始知《三百篇》中经《玉台新咏》延至唐诗，“诗之情”一以贯之之理。② 因此，《玉台新咏》其功绩在于承前启后，继往开来，在中国古典诗歌的言情史上起到了不可忽略的中继作用。

一般认为《玉台新咏》是“艳情”集，是宫体诗集。《玉台新咏》成书后对宫体诗起了推波助澜的作用，因此招来不少批评，隋唐人尤甚。但是，一方面，唐人交口批评南朝文学的弊端，指斥宫体诗派“众蝉等聒噪”“绮丽不足珍”；另一方面，在他们的笔下，相似的言情诗又层出迭现。正如明人张溥挖苦的那样：“唐人文章，去徐庾最近，穷形写态，模范是出，而敢于毁侮，殆将讳所自来，先纵寻斧欤?”③ 其实，唐人这种评论与创作自相矛

① 徐陵编，吴兆宜注，程琰删补，穆克宏点校：《玉台新咏笺注》，中华书局1985年版，第540页。

② 石观海：《宫体诗派研究》，武汉大学出版社2003年版，第298页。

③ 张溥撰，殷孟伦注：《汉魏六朝百三家集题辞注》卷一百一十一，人民文学出版社1960年版，第290页。

盾的现象并不奇怪，如沈逢春所说“诗本人情”，“未免有情，亦复谁能遣此”，以《玉台新咏》为代表的宫体诗，虽“艳”，却是“人情”，这恐怕正是唐人，乃至后人不能“遣此”的原因所在。所以，唐人批的是“艳”，接受的是“情”。特别是到了盛唐以后，在洗尽宫体诗的“铅华”以后，唐代的爱情诗变得清新而动人。也就是说，唐代许多清新动人的爱情诗篇是脱胎于以《玉台新咏》为代表的宫体诗的。如诗仙李白就深受乐府诗的影响，他的《折杨柳》《陌上桑》《白头吟》《怨歌行》《长门怨》《玉阶怨》《子夜四时歌》《乌夜啼》《乌栖曲》《采莲曲》《长相思》《妾薄命》《王昭君》都是《玉台新咏》集中常见的描写爱情的诗题。诗圣杜甫爱情诗不多，但他的《月夜》写夫妻相思之情，词旨婉切，凄楚动人。其“香雾云鬟湿，清辉玉臂寒”，完全传达了宫体诗句的神韵；杜甫的《丽人行》更是千古吟诵的名篇。诗写曲江水边踏青丽人之众多，写他们的意态之娴雅，体态之优美，衣着之华丽，生活之奢侈，精雕细刻，这正是《玉台新咏》许多作品传达的神韵。不唯杜甫，白居易更是写情高手。他的《长恨歌》，无疑是爱情的绝唱。《长恨歌》表达爱情时，精心刻画杨贵妃的容貌、体态、服饰之美，艳丽四射，又通过回环往复的艺术形式反复吟咏，表现了既华丽又缠绵的动人爱情，体物的精细与《玉台新咏》的意蕴一脉相承。

到了晚唐，爱情诗再兴，李商隐、温庭筠、段成式、韩偓等都是这方面的行家里手，此不一一论述。

爱情是诗歌的永恒主题。林语堂曾经说过，中国人缺少宗教情怀，就和诗歌有关，因为诗歌取代了宗教，为人提供灵性，活跃感情，医治心灵创伤。“灵性”包含方方面面，爱情无疑是其中最重要的内容之一。正因为此，自古人们就爱吟咏爱情。朱熹《诗集传·序》云：“凡诗之所谓风者，多出于里巷歌谣之作，所谓男女相与咏歌，各言其情者也。”① 说明“国风”中

① 朱熹：《诗集传·序》，上海古籍出版社 1980 年版，第 2 页。

的诗歌多来自民间爱情歌谣。这些作品是中国古代抒情诗的源头，表现了人的真情实感，反映了人性的本质意愿，具有超越时代的艺术魅力。徐陵身处六代，他以独到的艺术眼光将自汉迄梁的爱情诗收而集之，传承了诗歌的永恒主题，使中国诗歌的爱情主题得以薪火永传，这正是《玉台新咏》的重要艺术贡献值所在。明代“性灵派”领袖袁宏道，有一次游览东南名胜，偶然发现了朋友书架上的《玉台新咏》，翻阅浏览之后，他感慨万千：

> 余历览名胜，谒禹陵，盘桓兰亭之墟，过山阴道上，兴致萧疏，神情开迪，恨不携惊人句来与山川相映发。夜宿陶周望所，楼头鼓动，竟未成眠，抽架上书读之，得《玉台新咏》，清新俊逸，妩媚艳冶，锦绮交错，色色逼真，使胜游携此，当不愧山灵矣。惜板剥蚀，字模糊，若以珠玉委之草莽，可胜扼腕。幸其诗多见于他集中，读之如逢古人，犹能证其鲁鱼，第无会意者梓写两新，为此集生色耳。昔坡老人不嚼唐人剩饭，独善千秋。汉魏六朝诸家先唐人著眼，其风格绝非三唐所及，况孝穆以钟情阑入者哉。读复叫，叫复读，何能已已！假令起庾九京，再见斯集，得毋曰：“大儿庾信，小儿徐陵”，不惟诗有同体，其亦鉴有同操。明月当窗，丹铅在案，斯笔批阅，遂而达曙。以示周望，周望曰：“孝穆有同调矣！”①

这位被“异端”思想家李贽称作“真英灵男子”的反传统诗人，对着《玉台新咏》竟激动得“读复叫，叫复读，何能已已！”恐怕正是因为《玉台新咏》有“清新俊逸，妩媚艳冶，锦绮交错，色色逼真”的艺术价值和审美价值吧。

---

① 徐陵编，吴兆宜注，程琰删补，穆克宏点校：《玉台新咏笺注》，中华书局1985年版，第93页。

第七章　徐陵的文学地位与影响

《梁书》本传载：徐陵“八岁能属文，十二通《庄》《老》义。既长，博涉史籍，纵横有口辩。”① 又曰：“梁普通二年，晋安王为平西将军、宁蛮校尉，父摛为王咨议，王又引陵参宁蛮府军事。”② 普通四年（521），徐陵十七岁，自此徐陵开始了写作历程。在以后的岁月里，无论在南在北，无论顺境逆境，无论职位高低，徐陵一直勤耕不辍，达到了很高的文学成就，被称为“一代文宗”。

第一节　梁陈：“斯时文士，首推徐陵”③

徐陵在梁、陈时期为文苑领袖。可以从以下几点得到印证。

萧梁时期：“每有一文，京都莫不传诵。”

徐陵十七岁时跟随父亲徐摛进入东宫，不久便展示了非凡的文学才华。“时肩吾为梁太子中庶子，掌管记。东海徐摛为左卫率。摛子陵及信，并为抄撰学士。父子在东宫，出入禁闼，恩礼莫与比隆。既有盛才，文并绮艳，故世号为徐、庾体焉。当时后进，竞相模范。每有一文，京都莫不

① 姚思谦：《陈书·徐陵传》卷二十六，中华书局1972年版，第325页。

② 前文已考证，徐陵在普通四年参萧纲宁蛮府军事，而非普通二年。

③ 刘师培：《中国中古文学史讲义》，上海古籍出版社2000年版，第92页。

传诵。”[1] 这一评价反映了徐陵出使之前的盛况与影响。

出使南北朝时期：“传于周、齐，家有其本。”

《陈书》本传曰：“每一文出手，好事者已传写成诵，遂被之华夷，家藏其本。”[2]《南史·徐陵传》曰：“每一文出，好事者已传写成诵，遂传于周、齐，家有其本。”[3] 这是徐陵后期在当朝的影响。“被之华夷，家藏其本”并非初唐史传者的夸饰之词。上节我们看到，当时北人李那写给徐陵的信也反映了这一事实——“久已京师纸贵，天下家藏，调移齐右之音，韵改河西之俗。岂直杨云藻翰，独留千金，嗣宗文雅，唯传好事。”尹义尚也在《与徐仆射书》中写道：“如军书愈疾之制，碑文绝妙之词，犹贵纸于邺中，尚传声于许下。”

徐陵在陈代：“世祖、高宗之世，国家有大手笔，皆陵草之。”

朝廷的评价。“弱龄学尚，登朝秀颖，业高名辈，文曰词宗”。徐陵在陈代的影响还可以从后生的敬仰看得出来。《陈书》本传曰：“其于后进之徒，接引无倦。”[4] 徐陵喜欢奖掖后生，许多后生也对徐陵推崇之极，一些文学后生如虞世南、褚亮等都因学习徐陵而出名，前文已论，此略。

刘师培认为，“斯时文士，首推徐陵”，郑振铎说徐陵是“陈代文萃的宝鼎”[5]，这都是对徐陵在梁、陈时期地位与影响的最好评价。

第二节　唐代：“徐、庾余风，天下祖尚”[6]

关于徐陵在唐代的地位与影响，后世评价甚众。“唐兴，文章承徐、

---

① 令狐德棻：《周书·庾信传》卷四十一，中华书局1971年版，第733页。
② 姚思廉：《陈书·徐陵传》卷二十六，中华书局1972年版，第335页。
③ 李延寿：《南史·徐陵传》卷六十二，中华书局1975年版，第1525页。
④ 姚思廉：《陈书·徐陵传》卷二十六，中华书局1972年版，第335页。
⑤ 郑振铎：《插图本中国文学史》，人民文学出版社1957年版，第248页。
⑥ 欧阳修，宋祁：《新唐书·天文志》卷三十三，中华书局1975年版，第4078页。

庾余风，天下祖尚……”这可以说是徐陵在唐代影响的总评述。

“徐陵文‘颇变旧体，缉裁巧密，多有新意，每一文出，好事者已传写成诵，被之华夷，家藏其本’，遂为南北所宗，陆机任昉不能逮也，自唐及本朝庆历以前，皆用其体，变灭不尽者，犹为四六，朝廷制命既遵行之，不复可改矣。”① 孙德谦说：“至徐、庾两家，固多四六语，已开唐人之先。”② 钱基博《骈文通义》说：“徐庾华实相扶，尤于抽黄对白之中，灏气卷舒，采不滞骨，丽而能朗，用集六朝之成，而导四杰之先路！然风格渐靡，竞出新声。厥后变而为四杰，再变而为李商隐，又变而为宋人。”③ “五言律，阴铿，何逊，庾信，徐陵已开其体；唐初人研揣声音，稳顺体势，其制乃备。”④ 皮日休《桃花赋序》称宋广平《梅花赋》“清便富艳，得南朝徐、庾体”⑤。这是关于徐陵骈文对唐代重大影响的评述。

我们再看徐陵对唐代诗人的影响，举例如下：

李白：

“太白用徐陵诗。徐陵诗：竹密山斋冷。荷开水殿香。太白诗：风动荷花水殿香。全用其语。”⑥ 这是李白对徐陵诗的直接化用。实际上，李白的诗歌清婉绮错，深受益于徐陵。李白的乐府诗雄浑豪壮，也颇具徐陵神色。明屠隆在《徐庾集序》中说：“仙李盘根，初唐最盛。应制游览诸作，婉媚绮错，篆玉雕金，筋藏肉中，法寓情内，莫不摅藻乎子山，撷芳于孝穆，故能琳琅一代，卓冠当时。”

---

① 叶适：《习学记言》卷三十三，中华书局 1977 年版，第 488 页。

② 孙德谦：《六朝丽指》，海口出版社 1994 年版，第 8425 页。

③ 钱基博：《近百年湖南学风骈文通义》，上海古籍出版社 2012 年版，第 112 页。

④ 沈德潜：《说诗晬语》卷一〇一，人民文学出版社 1979 年版，第 538 页。

⑤ 皮日休：《皮子文薮》卷一，上海古籍出版社 1981 年版，第 9 页。

⑥ 杨慎：《升庵诗话》卷二，见许逸民：《徐陵集校笺》，中华书局 2008 年版，第 107 页。

杜甫：

杜甫受徐陵影响的论述很多。张戒《岁寒堂诗话》说杜诗曰：“杂徐庾之流丽。”“秦少游评诗：苏武李陵之诗，长于高妙；曹植刘公干之诗，长于豪逸；陶潜阮籍之诗，长于冲淡；谢灵运鲍昭之诗，长于峻洁；徐陵庾信之诗，长于藻丽；杜子美穷高妙之格，极豪逸之气，包冲淡之趣，兼峻洁之姿，备藻丽之态，而诸家之作所不及焉。”① 可以看出，杜甫清丽的诗风与徐陵“流丽”“藻丽”的风格有关。杜甫名句“香雾云鬟湿，清辉玉臂寒”“随风潜入夜，润物细无声”的流丽，与徐陵的清丽一脉相承。陈祚明在评徐陵《关山月》时说：“竟是少陵诗之佳者。情旨深，节奏老。”② 由此可知，杜甫在情旨、节奏等方面也得益于徐陵。

王维：

徐陵《侍宴》诗有“嫩竹犹含粉，初荷未聚尘”之句，王维《山居即事》有诗“绿竹含新粉，红莲落故衣”，明显脱化于徐陵此诗。王维《大同殿生玉枝龙池上有庆云题》仿徐陵《咏雪》，明屠隆评曰：“全学此格。”

韦应物：

徐陵《山斋》诗中“山寒微有雪”句，王夫之云：“‘山寒微有雪’，率尔道出森秀，唯韦苏州得有此句，亦由苏州薄流俗而食古者厚也。唐人蔑古自作者，梦亦不至。”③ 可以看出，韦应物之清秀颇似徐陵之“森秀”。

杜牧：

杜牧《赠李秀才》诗曰：“骨清年少眼如冰，凤羽参差五色层。天上麒麟时一下，人间不独有徐陵。”杜牧在赠诗中将李秀才比作才华横溢的

① 周义敢，程自信，周雷：《韩愈论》，见《秦观集编年校注》卷二十一，人民文学出版社2001年版，第479—480页。

② 陈祚明评选，李金松点校：《采菽堂古诗选》卷二十九，上海古籍出版社2008年版，第959页。

③ 王夫之评选，张国星校点：《古诗评选》，文化艺术出版社1997年版，第16页。

徐陵，足见徐陵在杜牧心中崇高的地位。

李商隐：

李商隐对徐陵的诗歌非常推崇，他甚至模仿徐陵体作诗。如《效徐陵体赠更衣》，诗曰："密帐真珠络，温帏翡翠装。楚腰知便宠，宫眉正斗强。结带悬栀子，绣领刺鸳鸯。轻寒衣省夜，金斗熨沉香。"① 学习的是徐陵的婉密。孙梅评曰："李义山《与刘稹书》，鼓怒滥涌，继响徐公。"②

温庭筠：

宋代诗人高似孙在《纬略》中将徐陵诗句"流苏金帐挂香囊，织成罗幔隐灯光"与温庭筠之词"油壁车轻金犊肥，流苏帐晓春鸡早"并列，以明两诗句之间的接受关系。

唐代是中国诗歌盛世，而以上所举均为唐代诗歌史上的大家。从他们对徐陵的喜爱程度可以看出徐陵在唐人心目中的位置以及徐陵对唐代文学的影响。"唐兴，文章承徐、庾余风，天下祖尚……"无疑，这是准确的评价。

第三节　宋元以后："当代之逸才，后昆之楷式也"③

宋元至明清，对徐陵的模拟之作，依然如故，如宋代黄庭坚很喜欢徐陵作品，《睡鸭》曰："山鸡照影空自爱，孤鸾舞镜不作双。天下真成长会合，两凫相倚睡秋江。"化用徐陵《鸳鸯赋》："山鸡映水那自得，孤鸾照镜不成双。天下真成长合会，无胜比翼两鸳鸯。"洪迈说"全用徐语点化

① 李商隐著，冯浩注：《玉溪生诗集笺注》下册，上海古籍出版社1979年版，第681页。

② 孙梅：《四六丛话》卷十七，人民文学出版社2010年版，第345页。

③ 刘师培：《中国中古文学史讲义》，上海古籍出版社2006年版，第105页。

之。"① 再如，李之仪拟徐陵用今体次东坡旧韵写成《春》《夏》《秋》《冬》② 古诗七言。清代女诗人王采薇也写过《晓起效徐陵体》："春镜动春烟，春林绿半天。帘低压枝卷，窗迥对禽眠……" 颇具徐陵神韵。

宋以后，特别是明清以来，主要以点评徐陵为主，同样可以看出徐陵在文学史上的影响。

首先看一下后人对徐陵骈文的评价。

在徐陵的骈文中，《玉台新咏序》以其在骈文上所取得的突出成就备受后人称赞。清朝学者许梿说："骈语至徐庾，五色相宣，八音迭奏，可谓六朝之渤澥，唐代之津梁。而是篇尤为声偶兼到之作，炼格炼词，绮绾绣错，几于赤城千里霞矣。"③ 江山渊评曰："孝穆兹序，亦为精心结撰之作。虽藻采纷披，辉煌夺目，而华不离实，腴不伤雅。丽词风动，妙语珠圆。乾坤清气，欲沁于心脾；脂墨余香，常存于齿颊。斯亦骈文之雄军、艳体之杰构也。"④ 程琰删补吴兆宜之《玉台新咏笺注》在《玉台新咏序》后加上按语云：《奇赏》云："绣口锦心，又香又艳，文士浪称才情，顾此应愧。"⑤ 又齐召南云："云中彩凤，天上石麟，即此一序，惊才绝艳，妙绝人寰。序言'倾国倾城，无双无对'，可谓自评其文。"⑥ 孙梅云："《玉台新咏》，其徐集之压卷乎？美意泉流，佳言玉屑。其烂熳也若蛟蜃之嘘云，其鲜新也如兰茗之集翠。洵足仰苞前哲，俯范来兹矣。"⑦

徐陵今存书信文三十余篇，其中抒情最深挚者当数滞留北齐时所作诸

---

① 洪迈：《容斋随笔》卷一，上海古籍出版社 1978 年版，第 4 页。

② 李之仪：《姑溪居士前集》卷四，台湾商务印书馆 1983 年版。

③ 许梿评选，黎经诰笺注：《六朝文絜笺注》，上海古籍出版社 1982 年版，第 142 页。

④ 王文濡：《南北朝文评注读本》，文明书局 1920 年版，第 28 页。

⑤ 徐陵编，吴兆宜注，程琰删补，穆克宏点校：《玉台新咏笺注》，中华书局 1985 年版，第 13 页。

⑥ 徐陵编，吴兆宜注，程琰删补，穆克宏点校：《玉台新咏笺注》，中华书局 1985 年版，第 13 页。

⑦ 孙梅：《四六丛话》卷二十，人民文学出版社 2010 年版，第 399 页。

篇。这方面的佳作应首推《与齐尚书仆射杨遵彦书》。文章说理深切透辟，情绪慷慨激越，气势跌宕有致，后人予以极高评价。“涛翻浪涌，自具潆洄盘礴之势，故非无气者所能，亦非直下者可比”，“顿宕风流后来无比”，“祈请之书至数千言，可谓呕出心肝矣，然无一语失体。”① 清孙梅评曰：“案徐孝穆《与杨仆射书》，议论曲折，情词相赴，气盛而物之浮者大小毕浮，不意骈俪有此奇观。至末段声情激越，顿挫低回，尤神来之笔。”② 徐陵的《与王僧辩书》也是骈文中的佳作，清李兆洛评曰：“孝穆文惊彩奇藻，生气远出，有不烦绳削而自合之意。”③ 孙梅说：“抑书之为说，直达胸臆，不拘绳墨。纵而纵之，数千言不见其多；敛而敛之，一二语不见其少。破长风于天际，缩九华于壶中。或放笔而不休，或藏锋而不露。孝穆使魏求还诸篇，推波助澜，万万斛之源泉也。”④ 另外，评徐陵晚年的骈文《答周处士书》“调笑中，文气排宕”⑤，评《与李那书》“从容抒写，神骨甚清”⑥，可见徐陵对后人的主要影响。

今人刘麟生《骈文学》说：“骈文发展，汉魏奠其基，六朝登其极。晋宋始臻绮靡，齐梁始洽宫商（永明体）。至徐、庾而造极峰，后之作者，变化权奇，终莫之逮也。”⑦ 刘师培也说：“徐陵、庾信，竞逐艳藻，斯并当代之逸才，后昆之楷式也”，“大抵六朝时人，皆能作四六文、工对仗、善用典；而徐陵、庾信所以超出流俗者，情文相生，一也；次序谨严，二也；篇有劲气，三也。故普遍四六，文尽意止，而徐、庾所作，有余不

---

① 蒋士铨：《评选四六法海》卷四，见许逸民《徐陵集校笺》，中华书局2008年版，第502页。

② 孙梅：《四六丛话》卷十七，人民文学出版社2010年版，第359页。

③ 李兆洛选辑，谭献校点：《骈体文钞》，上海书店1988年版，第343页。

④ 孙梅：《四六丛话》卷十七，人民文学出版社2010年版，第344—345页。

⑤ 李兆洛选辑，谭献校点：《骈体文钞》三十，中州古籍出版社1990年版，第686页。

⑥ 李兆洛选辑，谭献校点：《骈体文钞》卷三十，上海书店1988年版，第686页。

⑦ 刘麟生：《骈文学》，海南出版社1994年版，第64页。

尽”。[①] 都说明了徐庾在六朝骈文史上的首要地位，也足见徐陵骈文对后世的重要影响。

关于徐陵的诗，后世也有很高的评价。清代陈祚明的《采菽堂古诗选》选评其诗达二十三首，曰：“孝穆乐府，风华老练，殆兼李、杜之长矣！……徐孝穆诗其佳者如五陵年少，走马花间，纵送自如，回身流盼，都复可人。”[②] 徐陵常被冠以宫体诗人，而实际上，徐陵集中真正可看作宫体诗的作品并不多，倒是有许多风格不同的优秀作品。如《关山月》写离别之情，流露了厌战情绪和对和平生活的向往，悲壮浑厚，后人评曰：“竟是少陵诗之佳者。情旨深，节奏老。”[③] 其《出自蓟北门行》亦苍凉悲慨，张玉榖评曰：“自吐壮怀，与鲍参军同意。”[④] 其他如王尧衢评《长相思》：“调苦思深，有雅人之逸致。”[⑤] 陈祚明评《奉和山斋》：“句并可摘玩。”[⑥] 评《春情》“秀句迥出。”[⑦] 由此可以看出徐陵诗歌对唐代军事题材作品甚至整个唐诗的影响。

徐陵对后世的影响，还表现在后人对徐陵才华的赞美与人物的比附上。如黄庭坚称其叔祖黄梦升：“学问文章，五兵纵横，制作之意，似徐

---

① 刘师培：《刘申叔遗书》，江苏古籍出版社 1997 年版，第 37 页。

② 陈祚明评选，李金松点校：《采菽堂古诗选》卷二十九，上海古籍出版社 2008 年版，第 957 页。

③ 陈祚明评选，李金松点校：《采菽堂古诗选》卷二十九，上海古籍出版社 2008 年版，第 959 页。

④ 张玉穀：《古诗赏析》卷二十一，见许逸民《徐陵集校笺》，中华书局 2008 年版，第 66 页。

⑤ 王尧衢：《古唐诗合解》卷一，见许逸民《徐陵集校笺》，中华书局 2008 年版，第 71 页。

⑥ 陈祚明评选，李金松点校：《采菽堂古诗选》卷二十九，上海古籍出版社 2008 年版，第 964 页。

⑦ 陈祚明评选，李金松点校：《采菽堂古诗选》卷三，上海古籍出版社 2008 年版，第 1440 页。

陵庾信。"① 元代文豪马祖常听到小孙子诵书十分高兴，于是吟诵“弋钩为生不负丞，江关词赋属徐陵”②，希望孙子能有徐陵一样的才华，施闰章赞其“中垒父子，经术徐陵，家世词名，鸿笔之彦”③。查慎行知朋友生子，于是走笔贺之：“天上麒麟见未兽，他时摩顶记徐陵。”④ 汪由敦赞蒋恒轩：“彩笔由来承右相，华文早自擅徐陵。”⑤ 明末清初诗人张盖有诗曰：“汝才驾徐陵，准拟文章伯。”⑥ 也将对方与徐陵相比。皇甫汸诗曰：“曹植疑神赋奈何，徐陵新体丽情多。争如供奉清平调，翻入南中子夜歌。”⑦ 赞美徐陵的清丽。清吴绮“兹我家昆，为时国士。名如阚泽，常在月中。才似徐陵”，将其兄比作徐陵。龚自珍“金灯出土苔花碧，又照徐陵读汉书”⑧，表达了后人对徐陵的赞赏与喜爱。

“一代文宗”徐陵不仅对后世影响甚著，而且也早已成了徐氏家族的文化符号。南朝东海徐氏之后，徐氏家族文人辈出，人们在评价这些卓尔不群的徐氏文人时，常常将他们与徐陵相比。赵蕃有诗《赠徐处士》，其诗曰，“南朝文士数徐陵，骑省流风篆法存”，将徐处士与徐陵相比。皇甫汸《题徐氏云林草堂》，有句“徐陵多藻思，来草《玉台》编”⑨，以徐陵比附徐氏的才华。王立道撰《天柱篇赠徐子芳》曰：“南州复见生孺子，徐陵千载如比肩。忆君弱冠振芬藻。琦才瑰行俱卓然。”⑩ 将徐子芳比作徐

① 黄庭坚著，刘琳、李勇先、王蓉贵校点：《黄庭坚全集》，四川大学出版社2001年版，第1587页。

② 马祖常著，李叔毅、傅瑛点校：《石田先生文集》卷三，中州古籍出版社1991年版，第69页。

③ 施闰章：《学余堂文集》卷六，台湾商务印书馆1969年版。

④ 查慎行：《敬业堂诗集》卷三十一，上海古籍出版社2008年版，第882页。

⑤ 汪由敦：《松泉集·诗集》卷二十，迪志文化公司2003年版。

⑥ 徐世昌：《晚晴簃诗汇》卷十四，中国书店出版社1988年版，第126页。

⑦ 皇甫汸：《皇甫司勋集》卷三十二，上海古籍出版社1993年版。

⑧ 刘逸生：《龚自珍己亥杂诗注》，中华书局1980年版。

⑨ 皇甫汸：《皇甫司勋集》卷二十二，上海古籍出版社1993年版。

⑩ 王立道：《具茨集》卷三，迪志文化公司2003年版。

孺子、徐陵。施闰章在《送昆山徐章仲孝廉》写道："陆氏弟兄双国士，徐陵家世总词臣。"① 清代文人张英多次将徐方虎比作徐陵："博雅重徐陵，便殿常承?"② "鸿笔为国宝，讵止徐陵工"③ "渭城先唱徐陵句，枫叶黄花远送行"④。毛奇龄《长至夜答徐生体仁见怀》则曰："躬耕怀孺子，丽句想徐陵。"⑤ 孙兆溎撰《片玉山房词话》所引《茂林词卷》中《题徐桐生诗集贺新凉》："徐陵才调君其亚。乞生花、如椽妙笔，支持风雅。"将徐桐生比作徐陵。

"海内词章有定称，南来庾信北徐陵。谁知著作《修文殿》，物论翻归祖孝征。"⑥ 徐陵不仅在南北朝文学史上有崇高的位置，其惠泽后代文学亦深远矣！

---

① 施闰章：《学余堂文集》卷六，台湾商务印书馆1969年版。

② 张英：《文端集》卷七，台湾商务印书馆1969年版。

③ 张英：《文端集》卷七，台湾商务印书馆1969年版。

④ 张英：《文端集》卷十七，台湾商务印书馆1969年版。

⑤ 毛奇龄：《西河词话》卷一百七十一，2003年版。

⑥ 朱彝尊：《曝书亭集》卷十三，吉林文史出版社2009年版。

第八章　徐陵及其家族成员相关问题考论

以下是对南朝东海徐氏家族及其家族成员（包括徐陵）的专题研究，作为补充、列章附录于此。

第一节　徐陵、庾信创作差异及其个性投影

摘要：徐陵、庾信是南北朝时期两位重要的文学家，早年因为写作轻艳、清丽的宫体诗文而名声大噪，号称“徐庾体”。实际上，徐陵、庾信是两位有着鲜明独特个性，也有着鲜明独特文风的文学家，个性、气质在他们的创作中有清晰的投影。徐陵刚毅、果断、自信、无畏、讲法度、有气度、理性，重“理”，有政治家的气质，所以他的作品注重理辩，注重实用，强调“文质互宣”，擅长书牍文和诏策军书等实用文书的写作；庾信恭顺、抑郁、萧散、矛盾、敏感、多情、易受伤、感性，重“情”，是个典型的文人，因而他的创作注重情感的抒发，崇尚“含吐性灵”，擅长诗赋等抒情类文体的写作。虽然个性、气质对作品的影响突出表现在他们中后期的创作中，但这种影响在他们早期创作的“宫体”/“徐庾体”作品中已经显露端倪。

关键词：徐陵；庾信；个性；理。

徐陵（507—583）、庾信（513—581）是南北朝时期两位重要的文学家，因为写作轻艳、清丽的宫体诗文，在文学史上常常被相提并论，号称“徐庾体”。实际上“宫体”/“徐庾体”只是两位作家早期的创作风格。梁代后期，他们先后遭遇了出使北朝被扣的厄运，徐陵被扣七年后方得南归，庾信则终身仕北。出使被扣成为两位作家文学风格转化的分水岭，他们从此都不再写作或者很少①写作轻艳的宫体诗文。庾信走上了“暮年诗赋动江关”（杜甫《咏怀古迹五首·其一》）、“庾信文章老更成”（杜甫《戏为六绝句·其一》）的道路；徐陵“亦本家国交集之感，作声泪俱下之文”②。对于徐陵、庾信前后文风的变化，先哲时贤归因有二：其一，北方地理、文化、文学环境对作家的影响；其二，作家的家国身世之感。这样的分析很有道理，没有出使被扣的经历，可能二人就不会有“动江关”“声泪俱下”之作。但问题是，同样诉说家国身世之感，同样是“动江关”“声泪俱下”之文，其文学表达方式、文学风貌并不相同，如徐陵擅长说理，庾信擅于抒情；徐陵擅用书信，庾信擅用诗赋；徐陵擅写诏策军书，庾信擅写墓志碑铭；徐陵提倡文质互宣，庾信崇尚含吐性灵等——也就是说两位早年以写作艳丽的宫体诗文齐名的文学家，他们后期的文学创作发生了分化。遗憾的是对于徐陵、庾信后期文学的分化及其成因学界很少提及。因此，笔者从史籍、史实入手，对徐陵、庾信及其作品进行了多方面考察，从而得出，徐陵、庾信的创作从“轻艳”走向“老更成”，确实是受到北方地理、文化、环境的影响，但二人后期不同的“老更成”表现，却显现出了作家鲜明的个性。那么，徐陵、庾信各有怎样的个性、气质？这些个性、气质怎样影响了二人的创作？又该怎样理解徐陵、庾信早年呈现的共同的轻艳、清丽的宫体文风？笔者试图围绕这些问题展开讨论，以期比较全面地勾勒出徐陵、庾信独特、鲜明的个性、气质，还原徐陵、庾

① 从庾信现存作品看，庾信在北朝也还写作了一部分“宫体诗”。

② 钱钟书：《谈艺录》（补订本），中华书局1984年版，第301页。

信独特的文学风貌与文学地位。

一、重“理”与尚“情”：徐陵、庾信个性考察

“理”与“情”是一对既相互矛盾又相互联系的哲学、文学概念。通俗来讲，“理”即道理，“情”即情感；“理”与“情”常常用来描述人的风神特征。对于一个人来说，“理”与“情”往往兼而有之，但常常表现得并不平衡。有人重“理”，较为理性，注重思考，尊重事实，善于推理，行为常常合乎礼仪规范，少为情绪左右；有人则尚“情”，较为感性，注重形象，善于想象，喜宣泄，易亢奋，易颓废，常常不拘礼法，较少理性。因此，理性还是感性、重理还是尚情成为区别人的个性、气质的重要因素。徐陵、庾信虽然以“徐庾体”齐名，但一个“容止可观”，理性、重理，一个“容止颓然”，感性、尚情，可谓个性鲜明，气质迥异。

“容止可观”与“容止颓然”的描绘分别出自《陈书·徐陵传》与《周书·庾信传》：

> 陵器局深远，容止可观……，性又清简……目有青睛，时人以为聪惠之相也。①
>
> 信幼而俊迈，聪敏绝伦……，身长八尺，腰带十围，容止颓然……，有过人者。②

什么是“容止可观”？“容止可观”出自《孝经·圣治》，唐玄宗注解曰：“容止，威仪也，必合规矩，则可观也；进退，动静也，不越礼法，则可度也。”③ 因此，“器局深远，容止可观”是指徐陵胸怀高远，从容，

---

① 姚思廉：《陈书·徐陵传》卷二十六，中华书局1972年版，第334—335页。

② 令狐德棻：《周书·庾信传》卷四十一，中华书局1971年版，第733页。

③ 李隆基注：《孝经》，文物出版社2016年版，第10页。

自信，理性，一举一动合乎礼仪和规范。当代学者认为："史传赞曰：'（徐陵）器局深远，容止可观。'不直言其体貌而转写其气质，虽然出于史家曲笔，却也说明徐陵必是胸襟阔大、气度超凡的人。"① 再看"容止颓然"。如前所释，"容止，威仪也"，即"容貌举止"，是一个人一颦一笑、一举一动表现出来的个性气质风貌。什么是"颓然"？根据古汉语解释，"颓"包含头秃、倒塌的、跌倒、下降的、萎靡、衰败、垂老等多层意义，常与其他词构成颓丧、颓废、颓放、颓思、颓唐、颓然等双音节词，表示情绪低落、声音低沉、意志消沉、行为放纵、精神萎靡不振、柔顺败兴等意义。② 所以《庾信传》言"容止颓然"，是指庾信性格比较柔弱、恭顺、易颓废、易受伤、敏感、忧郁、感性。《陈书·徐陵传》与《周书·庾信传》对徐陵的"容止可观"和庾信的"容止颓然"都有充分的解读。先看徐陵。《陈书·徐陵传》载：

> 母臧氏，尝梦五色云化而为凤，集左肩上，已而诞陵焉。时宝志上人者，世称其有道，陵年数岁，家人携以候之，宝志手摩其顶，曰"天上石麒麟也"。光宅惠云法师每嗟陵早成就，谓之颜回。③

开篇即将徐陵比作"凤""麒麟""颜回"。"凤"是古代传说中的神鸟，是百鸟之王。"凤"品格高洁，"见则天下大安宁"④，象征着华贵、伟岸、进取、太平、权贵、圣德等；"麒麟"是古代神话中的瑞兽，为"四灵"之一，"麟、凤、龟、龙，为之四灵"⑤，象征着吉祥、平安、和

---

① 许逸民：《徐陵集校笺·前言》，中华书局2008年版，第6页。
② 史东：《简明古汉语词典》，云南人民出版社1985年版，第487页。
③ 姚思廉：《陈书·徐陵传》卷二十六，中华书局1972年版，第325页。
④ 许慎：《说文解字》，中华书局1963年版，第79页。
⑤ 王文锦：《礼记译解》，中华书局2016年版，第271页。

平、圣德、盛才等。传记还把徐陵比作颜回，指徐陵为中国古代士大夫的榜样与典范。将徐陵比作“凤”“麒麟”“颜回”，很好地诠释了徐陵“容止可观”的风神特征，寓指徐陵进取、自强、厚德，尊崇儒家礼教、法度、秩序的理性特征。徐陵的这种风神特征在其本传所记事迹中展露无遗：徐陵出使不辱使命，驳斥当权者杨遵彦羁扣使者的无礼行径，使杨遵彦无言以对，“竟不报书”；为御史中丞时，徐陵不畏权贵，当朝弹奏帝弟安成王陈顼，使“朝廷肃然”；为吏部尚书时，公开宣示冒进求官者，整顿吏治，“自是众咸服焉”；朝廷北伐，力排众议，推荐元帅吴明彻，“遂克淮南数十州之地”；南陈创业以来，献计献策，国家大手笔包括文檄军书及禅授诏策等，“皆陵所制”。① 这些都见证了徐陵进取、刚毅、无畏、尊重理法的理性精神。《徐陵传》赞曰：“徐孝穆挺五行之秀，禀天地之灵，聪明特达，笼罩今古。及缔构兴王，遭逢泰运，位隆朝宰，献替谋猷，盖亮直存矣。”② 充分说明了徐陵“容止可观”、积极入世、刚健有为、尊礼守理的精神气质。

再看庾信。《周书·庾信传》载：

> 信幼而俊迈，聪敏绝伦。博览群书，尤善《春秋左氏传》。身长八尺，腰带十围，容止颓然，有过人者。起家湘东国常侍，转安南府参军。时肩吾为梁太子中庶子，掌管记。东海徐摛为左卫率。摛子陵及信，并为抄撰学士。父子在东宫，出入禁闼，恩礼莫与比隆。既有盛才，文并绮艳，故世号为徐、庾体焉。当时后进，竞相模范。每有一文，京都莫不传诵。③

---

① 姚思廉：《陈书·徐陵传》卷二十六，中华书局1972年版，第332—335页。
② 姚思廉：《陈书·徐陵传》卷二十六，中华书局1972年版，第339页。
③ 令狐德棻：《周书·庾信传》卷四十一，中华书局1971年版，第733页。

《庾信传》的开头没有“凤”“麒麟”“颜回”等比喻，却直接点出了庾信“容止颓然”的个性、气质特征。《周书·庾信传》表面看是一篇很长的传记，但除去引用的《哀江南赋》，传记记述庾信的事迹并不多，从中还是可以看出庾信与徐陵个性、气质的不同。如“侯景作乱，梁简文帝命信率宫中文武千余人，营于朱雀航。及景至，信以众先退。台城陷后，信奔于江陵”。庾信“以众先退”“奔于江陵”是他一生的愧疚，但确实可见庾信“柔弱”“胆怯”“容止颓然”的个性。为洛州刺史，“为政简静，吏民安之”，看似“美政”，但也反映了庾信安于现状、较少变革、消极少为的性格，与徐陵大刀阔斧、进取实干、勇于变革的积极作为根本不同。“时陈氏与朝廷通好，南北流寓之士，各许还其旧国。陈氏乃请王褒及信等十数人。高祖唯放王克、殷不害等，信及褒并留而不遣。”表面上看，庾信家国难回，是因为周武帝“留而不遣”，但在“陈氏乃请王褒及信”一事上，却完全听不到庾信的声音。机会面前庾信优柔寡断，矛盾彷徨，终于错失了良机。再如“信虽位望通显，常有乡关之思”，庾信一面“特蒙”世宗、高祖“恩礼”，与诸王“周旋款至”，一面又“常有乡关之思”，① 体现了其矛盾、忧郁、萎靡、情绪化的性格。

另外，我们还可以从二人在面临相似或类似问题时，处理方式、手段的不同来考察徐陵的“容止可观”与庾信的“容止颓然”：

> 太清二年，兼通直散骑常侍。使魏，魏人授馆宴宾。是日甚热，其主客魏收嘲陵曰：“今日之热，当由徐常侍来。”陵即答曰：“昔王肃至此，为魏始制礼仪；今我来聘，使卿复知寒暑。”收大惭。②

① 令狐德棻：《周书·庾信传》卷四十一，中华书局1971年版，第733页。
② 姚思廉：《陈书·徐陵传》卷二十六，中华书局1972年版，第326页。

> 韶昔为幼童，庾信爱之，有断袖之欢，衣食所资，皆信所给。遇客，韶亦为信传酒。后为郢州，信西上江陵，途经江夏，韶接信甚薄，坐青油幕下，引信入宴，坐信别榻，有自矜色。信稍不堪，因酒酣，乃径上韶床，践踏肴馔，直视韶面，谓曰："官今日形容大异近日。"时宾客满坐，韶甚惭耻。①

徐陵使魏，魏主仰其大名，热情招待，却招致魏收的嫉妒，魏收于是无端挑衅。面对魏收的无礼，徐陵十分沉着，一句"昔王肃至此，为魏始制礼仪；今我来聘，使卿复知寒暑"点中要害，确认了北国与南国自古以来学习者与被学习者的关系，横扫魏收乃至魏国的威风，弘扬了国威，见证了徐陵威严、自信、冷静、缜密、"容止可观"的气度。萧韶小的时候，为庾信所喜爱，二人有"断袖之欢"。庾信逃奔江陵时，萧韶在江陵作刺史，庾信于是燃起旧情，兴致勃勃地去找萧韶叙旧，结果遭到了萧韶的薄待。面对萧韶的无礼，庾信愤怒了，在众人面前，他竟直跳上萧韶的床，狂踏酒食，大声责骂，完全丧失了理智。庾信无视现实②看望萧韶，可见庾信很重感情；庾信睚眦必报，却也显示了庾信敏感易怒、惊躁不安、脆弱颓废的性格。可见，同样面临无礼、屈辱与挑衅，二人处理的方式很不相同，一个"容止可观"、理性，一个"容止颓然"、感性。

徐陵、庾信个性、气质的不同最能从二人处理出使北朝被扣的事情上体现出来。太清二年（548），徐陵出使东魏，逢齐受魏禅，又值侯景之乱，北齐借口扣留了徐陵。《陈书·徐陵传》记载，徐陵被扣以后，第一反应就是"累求复命"，但北齐以种种借口"终拘留不遣"。③ 在这种情况

---

① 李延寿：《南史·长沙宣武王萧懿传附韶传》卷五十一，中华书局1975年版，第1270页。

② 当时的现实是，庾信与萧韶虽然曾有"断袖之欢"，但萧韶当时为郢州刺史，而庾信却是落魄的逃兵。

③ 令狐德棻：《周书·庾信传》卷四十一，中华书局1971年版，第744页。

下，徐陵没有害怕妥协，而是据理力争，奔走呼告，努力争取回国的机会。《与齐尚书仆射杨遵彦书》《在北齐与宗室书》《与王僧辩书》《与王吴郡僧智书》《劝进梁元帝表》，还有写给王僧辩的六封信，给陈霸先的信，给荀昂兄弟、裴之横等的信，都是在这样的情况下写成的。功夫不负有心人，徐陵的努力有了回报，被扣七年以后，徐陵终于踏上了故乡的土地，而这些书、表等也成了徐陵的呕心经典之作。这些作品有诉苦，有求助，但最令人震撼的还是“徐陵式”的理直气壮、无懈可击、气吞山河的驳词。透过这些作品，我们领略到了徐陵的个性，触摸到了徐陵刚毅、坚定、无畏的理性灵魂。再看庾信。承圣三年（554），庾信出使西魏，不幸西魏灭梁，庾信被扣西魏，后北周代魏，遂仕周。出使被扣，庾信内心的痛与恨是可以想象的，在这个“痛”的过程中，庾信只是坐等命运的安排，却完全见不到徐陵的胆量和气概，“三日哭于都亭”①，是庾信被扣以后生活的写照。应了“性格决定命运”的谶语，徐陵在被“囚别馆”七年以后，终于回到故乡，而庾信从承圣三年被扣西魏，一直到去世，在北国生活了二十七年，最终也没有再踏上家乡的土地。如前所述，庾信回乡的机会还是有的，但遗憾的是，庾信“颓然”的性格使其矛盾彷徨，终于错失良机。张翥在《历史的庾信与庾信的文学》中指出，在庾信的身上，存在着“庄重儒雅和温文柔弱……忠君爱国与贪生怕死……行为的卑鄙与心灵的崇高……匿怨仕敌的虚伪和袒露心灵的真诚……豪壮正义与苟且自安……孝慈两全与孤傲不群”② 这些矛盾的性格。这些矛盾的性格日夜折磨着庾信的心灵，“让原本就软弱内向的诗人更加自怨自艾起来，整日愁苦不堪，自卑感、屈辱感时时压抑着诗人敏感而纤细的心”③。所以，二十

---

① 许逸民：《庾子山集注·哀江南赋序》卷二，中华书局1980年版，第94页。

② 张翥、曹萌：《历史的庾信与庾信的文学》，辽宁教育出版社1989年版，第84—96页。

③ 周晓英、杨雪梅：《庾信自卑心态探源》，《黔南民族师范学院学报》，2007年版，第5期。

七年里，庾信就不停地写，终于浓缩为《哀江南赋》《小园赋》《竹杖赋》《邛竹杖赋》《枯树赋》《拟咏怀二十七首》《拟连珠四十四首》等经典绝唱，“情纷纠而繁会，意杂集以无端”①，透过这些作品，我们看到了庾信恭顺、颓废、矛盾、敏感、多情而又无奈的灵魂。总之，在对徐陵、庾信进行对比分析以后，我们基本勾勒出了二人的个性、气质特征：徐陵“容止可观”，刚毅、果断、自信、无畏、讲法度、有气度、理性，重“理”；庾信“容止颓然”，恭顺、抑郁、萧散、矛盾、敏感、多情、易受伤、感性，重“情”。“情”“理”之间成为二人的个性距离。

二、“理”与“情”：徐陵、庾信文学创作中的个性映照

曹丕说：“文以气为主，气之清浊有体，不可力强而致。”② 刘勰指出：“吐纳英华，莫非情性。”③ 令狐德棻指出：“文章之作，本乎情性。”④ 那么徐陵、庾信的个性、气质对二人的创作有什么影响？或者说，二人的个性、气质在他们的作品中有怎样的投影呢？

1. 徐陵擅长以理服人，庾信擅长以情动人

徐陵铿锵善辩，果断刚毅，其文亦如其人，长于说理，气势充盈。如徐陵被北齐扣留，“累求复命，终拘留不遣”，激愤所致，写下了气贯长虹的《与齐尚书仆射杨遵彦书》。文章一开头即慷慨陈词，指责诘难；接下来更是连续八段，对齐国无礼羁扣使者的所谓理由一一驳斥，一气呵成，气贯长虹。瞿兑之曰：“徐陵使魏，适值侯景之变。又值齐受魏禅，陵屡求返梁复命，齐终拘留不遣。于是陵与齐仆射杨愔书以争之。书中将齐人

---

① 陈祚明评选，李金松点校：《采菽堂古诗选》，上海古籍出版社2008年版，第1080页。

② 萧统编，李善注：《文选·典论论文》，岳麓书社2002年版，第1080页。

③ 刘勰著，黄叔琳注，李详补注，杨明照校注拾遗：增订《文心雕龙校注》，中华书局2012年版，第376页。

④ 令狐德棻：《周书·庾信传》卷四十一，中华书局1971年版，第744页。

设词不遣的理由，一一驳辩，往复激昂，深至透彻。"① 钱钟书评曰："徐陵《与齐尚书仆射杨遵彦书》。按陵集中压卷，使陵无他文，亦堪追踪李陵报苏武、杨恽答孙会宗，皆只以一《书》传矣。非仅陈吁，亦为诘难，折之以理，复动之以情，强抑气之愤而仍山涌，力挫词之锐而尚剑铦。'未喻'八端，援据切当，伦脊分明，有物有序之言；彩藻华缛而博辩纵横，譬之佩玉琼琚，未妨走趋；隶事工而论事畅。"② 面对强权，徐陵不祈求，不畏惧，以理服人，据理力争，气冲斗牛，展现了其"容止可观"、讲理讲法的鲜明个性。不唯《与齐尚书仆射杨遵彦书》，徐陵所作与王僧辩等诸书，南归入陈后所作让、表、檄、移、书、诏、玺、册等，也都显示出鲜明的理性、理辩的光芒。如《为贞阳侯重与王太尉书》，"往复数书，此最文质相宜，当于事理"③。瞿兑之评曰："徐氏在齐朝，又为贞阳侯萧渊明致王僧辩书好几次，都是剖陈利害反复尽致的。这种说事理的书札，几乎古今无第二手。"④ 徐陵重"理"，也重视情感的抒发，但其情感的宣泄往往是为了使说理更警切、更有力，此不举例。

与徐陵顽强不屈、坚定亮直的个性不同，庾信胆怯、恭顺、懦弱、自卑、易受伤，被扣以后，虽然痛彻心扉，但什么话也不敢说，只能听从命运的安排，终于屈节仕敌，成了传统文化意义上的贰臣。但是，庾信毕竟出身"七世举秀才""五代有文集"⑤ 的家庭，是"幼而俊迈，聪敏绝伦"的文学奇才，在颠沛的命运面前，庾信满腔的幽愤、矛盾、自责，满腔的"情"，便不自觉从胸中喷涌出来。《哀江南赋》《小园赋》《竹杖赋》《邛竹杖赋》《枯树赋》《拟咏怀二十七首》《拟连珠》等或者"哀梁亡也"⑥，

① 瞿兑之：《中国骈文概论》，世界书局 1934 年版，第 44 页。
② 许逸民：《庾子山集注·竹杖赋》卷一，中华书局 1980 年版，第 34 页。
③ 李兆洛选辑，谭献校点：《骈体文钞》，上海书店 1988 年版，第 350 页。
④ 瞿兑之：《中国骈文概论》，世界书局 1934 年版，第 48 页。
⑤ 许逸民：《庾子山集注·滕王逌原序》，中华书局 1980 年版，第 51 页。
⑥ 许逸民：《庾子山集注·哀江南赋》卷二，中华书局 1980 年版，第 94 页。

或者“伤其屈体魏、周”①，或者“虽伤弱子，亦悼亡国也”②，或者“乡关之思所为作也”③，或者“喻梁朝之兴废焉”④，皆“辞旨凄切”⑤，为“哀愤之所为作也”⑥。性格所致，庾信不会像徐陵那样慷慨陈词，据理力争，但痛苦不能憋在心里，于是他就自怨自艾，不停地诉说。有人曾做过统计，庾信作品中仅含“羁旅”一词的句子就有十多处。⑦ 其他像“流寓”“流离”“播迁”“南冠”等词更是比比皆是。“楚材称晋用，秦臣即赵冠。离宫延子产，羁旅接陈完。寓卫非所寓，安齐独未安。雪泣悲去鲁，凄然忆相韩。唯彼穷途恸，知余行路难。”⑧ “榆关断音信，汉使绝经过。胡笳落泪曲，羌笛断肠歌。纤腰减束素，别泪损横波。恨心终不歇，红颜无复多。枯木期填海，青山望断河。”⑨ 就这样，敏感、矛盾、多情的庾信一声声诉说着内心的愧疚、悲哀、无奈以及对家乡无尽的思念。庾信重情感抒发，也善于理性分析。如《哀江南赋》“既涌动着凄楚悲凉的浓郁情感，又时刻渗透着对历史的理性反思”⑩。但尽管如此，《哀江南赋》与徐陵铿锵激昂的论辩完全不同。

2. 徐陵擅长书信，庾信擅长诗赋

个性所致，徐陵、庾信在文体上各有所擅。徐陵擅长“书记”，而庾信擅长“诗赋”。

先看徐陵。以许逸民《徐陵集校笺》为例，徐陵现存作品128篇（不包括存疑之作），根据收录次序，包含体裁及其数量分别为：赋1首，乐

---

① 许逸民：《庾子山集注·小园赋》卷一，中华书局1980年版，第19页。
② 许逸民：《庾子山集注·伤心赋》卷一，中华书局1980年版，第55页。
③ 许逸民：《庾子山集注·枯树赋》卷一，中华书局1980年版，第46页。
④ 许逸民：《庾子山集注·拟连珠》卷九，中华书局1980年版，第593页。
⑤ 许逸民：《庾子山集注·拟连珠》卷九，中华书局1980年版，第593页。
⑥ 许逸民：《庾子山集注·竹杖赋》卷一，中华书局1980年版，第34页。
⑦ 张喜贵：《羁旅心态与庾信后期创作之关系》，《云梦学刊》，2000年，第5期。
⑧ 许逸民：《庾子山集注·拟咏怀》卷三，中华书局1980年版，第231页。
⑨ 许逸民：《庾子山集注·拟咏怀》卷三，中华书局1980年版，第233页。
⑩ 陈鹏：《六朝骈文研究》，巴蜀书社2009年版，第109页。

府18首，诗24首，铭5篇，颂1篇，序1篇，表8篇，议2篇，檄移3篇，书32篇，启8篇，碑9篇，墓志3篇，诏7篇，策1篇，玺2篇，册2篇，告天1篇。在现存128篇诗文中，只有一篇《鸳鸯赋》，而且这篇赋还是徐陵年轻时在萧纲东宫时与萧纲及其臣子的酬唱之作。由此看来赋并不是徐陵擅长的体裁。徐陵集中诗最多，共42首（包括诗与乐府），但这些诗大部分是徐陵在南朝时与萧纲及其臣子的唱和之作。出使南归以后，徐陵就极少再写诗赋了。徐陵中后期作品中“书”最多，共32篇，占比25%，考虑到作为骈文的书篇幅都比较长，这确实是一个很高的比例了。李兆洛评曰：“孝穆文惊彩奇藻，摇笔波涌，生气远出，有不烦绳削而自合之意，书记是其所长，他未能称也。”① 徐陵为什么擅长“书”？徐陵作“书”与其经历、环境、官职等密不可分，但是气质、个性、禀赋更是徐陵擅长“书”的重要原因。那么，什么是“书”？刘勰曰：“书者，舒也。舒布其言，陈之简牍，取象于夬，贵在明决而已。”② 因此，“书”是用来记言的文体，要求书写者把心里的话明明白白展现出来，记录在“简牍”上，传达给对方。“书”取义于“夬卦”，要求“书”写者果断、干脆、直截了当。“书”所强调的这种果断、明决，正是徐陵个性里所具有的，这正是徐陵擅长“书”的重要原因。

再以许逸民《庾子山集注》为例，庾信现存作品493篇，按照收录顺序，包含体裁及其数量分别为：赋15首，乐府21首，诗237首，郊庙66首，表12篇，启16篇，书1篇，拟连珠44首，赞28篇，教1篇，移文3篇，序1篇，传1篇，铭12篇，碑14篇，墓志21篇。可以看出，庾信最擅长诗赋。集中赋15篇，约占比3%，因为“赋”多篇幅较长，这样的占比是很高的。诗258首（包括乐府），约占比52%。另外，“连珠”也是

① 李兆洛选辑，谭献校点：《骈体文钞》，上海书店1988年版，第343页。

② 刘勰著，黄叔琳注，李详补注，杨明照校注拾遗：增订《文心雕龙校注》，中华书局2012年版，第342页。

一种诗，如果加上“拟连珠”，那么庾信的诗在集中约占到了61%的比例。宇文逌评庾信“妙善文词，尤工诗赋”①，从以上比例看这一评价是准确的。庾信为什么擅长诗赋？陆机曰：“诗缘情而绮靡。”② 刘勰曰：“诗者，持也，持人情性。”③ 严羽说：“诗者，吟咏情性者也。”④ 什么是赋？“赋者，铺也；铺采摛文，体物写志也。……班固称古诗之流也。”⑤ 由此，诗赋同源，都是因“情”而发的。庾信“容止颓然”，柔弱多情，于是诗赋成为纠结的庾信最爱的抒发情感的工具。

我们还可以从《文心雕龙》的文体排列顺序上看诗赋与书记的不同，以进一步考察徐陵、庾信文体差异的气质原因。《文心雕龙》共收25种文体，刘勰是这样排序的：第一，骚；第二，诗；第三，乐府；第四，赋；第五，颂赞……第二十一，书记。尽管“书记”有时“若略名取实，则有美于为诗矣”⑥，但刘勰还是把“书记”放在了最后的位置。为什么？刘勰曰：“夫书记广大……并述理于心，著言于翰，虽艺文之末品，而政事之先务也。”⑦“书”是“述理”的，虽为“政事之先务也”，却是“艺文之末品”，所以刘勰把“书”排在最后；骚、诗、乐府、赋最具文学性，刘勰就把“诗赋”放在前边了。徐陵“容止可观”，政绩显赫，是个政治家，所以徐陵喜欢用“书”阐述自己的政治理想与追求；庾信则不同，作为士子，庾信虽然也有“学而优则仕”的思想，但他“容止颓然”，柔弱

① 许逸民：《庾子山集注·滕王逌原序》，中华书局1980年版，第53页。

② 陆机著，张少康集释：《文赋集释》，人民文学出版社2002年版，第99页。

③ 刘勰著，黄叔琳注，李详补注，杨明照校注拾遗：增订《文心雕龙校注》，中华书局2012年版，第64页。

④ 严羽著，张健校笺：《沧浪诗话校笺》，上海古籍出版社2012年版，第157页。

⑤ 刘勰著，黄叔琳注，李详补注，杨明照校注拾遗：增订《文心雕龙校注》，中华书局2012年版，第95页。

⑥ 刘勰著，黄叔琳注，李详补注，杨明照校注拾遗：增订《文心雕龙校注》，中华书局2012年版，第342页。

⑦ 刘勰著，黄叔琳注，李详补注，杨明照校注拾遗：增订《文心雕龙校注》，中华书局2012年版，第343页。

多情，少有政治作为，是个典型的文人，“文之善达性情者，无如诗”①，因此庾信使用起诗赋来也就格外容易。

3. 徐陵擅长诏、策，庾信擅长碑、志

《陈书·徐陵传》载：“自有陈创业，文檄军书及禅授诏策，皆陵所制，而《九锡》尤美。为一代文宗……世祖、高宗之世，国家有大手笔，皆陵草之。”② 可见，徐陵乃是“国家大手笔”也即“文檄军书及禅授诏策”等国家重大军政文书的创制者。徐陵为什么善写“文檄军书及禅授诏策”？先看檄书。《文心雕龙·檄移》曰：“震雷始于曜电，出师先乎威声，故观电而惧雷壮，听声而惧兵威。兵先乎声，其来已久。……檄者，皦也；宣露于外，皦然明白也。”③ 因此“檄”是一种告谕性文书，要者历数敌人之罪，告谕出师正义，起到振我声威、震慑敌人的作用。由此联想到徐陵刚毅、威严、理智、善辩的个性，这样的个性使他写起檄移军书来自带威风，很容易达到“檄移”所要求的“事昭而理辨，气盛而辞断”④的写作要求。再看“禅授诏策”。《文心雕龙·诏策篇》曰：“汉初定仪则，则命有四品：一曰策书，二曰制书，三曰诏书，四曰戒敕。敕戒州部，诏诰百官，制施赦命，策封王侯。”⑤ 作为皇帝专用的文书，写作要做到明白、果决、严谨，要体现出朝廷的神圣、威仪、恩润、贤明、法度，要具有垂范性、典范性、可效仿性。徐陵“容止可观”、理性、威严、强大、有气度，因此写起“禅授诏策”来自然文气贯通，驾轻就熟。

再看庾信。文章是庾信终生的事业，但与徐陵不同的是，庾信很少涉

---

① 任中敏编，许建中、陈文和点校：《新曲苑》，凤凰出版社2014年版，第181页。

② 姚思廉：《陈书·徐陵传》卷二十六，中华书局1972年版，第335页。

③ 刘勰著，黄叔琳注，李详补注，杨明照校注拾遗：增订《文心雕龙校注》，中华书局2012年版，第278页。

④ 刘勰著，黄叔琳注，李详补注，杨明照校注拾遗：增订《文心雕龙校注》，中华书局2012年版，第279页。

⑤ 刘勰著，黄叔琳注，李详补注，杨明照校注拾遗：增订《文心雕龙校注》，中华书局2012年版，第262页。

及军政类文书的写作，这与庾信所处的背景、所承担的官职有关，但与庾信的个性也有关系。如前所述，军政诏策等属于国书，行文需要体现出官方的威仪、气势、震撼力，从某种程度上说，对写作者也有这样的气质要求。反观庾信，他“容止颓然”，“是一个感情丰富而又非常外露的人……这种人的情绪往往不够稳定，既易于消沉，亦易于亢奋”①。这样的情绪恐怕不太适合写作“授官选贤”“优文封策”“敕戒恒诰”“治戎燮伐”“眚灾肆赦”“明罚敕法”② 等官样文章。但庾信骨子里忧郁、彷徨的气质，却使其善于抒情，于是诗赋、墓志成了庾信最擅长的文体。“庾信丽而能闳，碑志有名。徐陵遒而能婉，书记为美。”③ 所以，庾信不仅擅长用诗赋表情达意，还擅于写作墓志。庾信现存碑志 35 篇，多为“群公”以及他们夫人的请托之作。虽然墓志的写作常常有固定的格式、形制，但“情”的表达往往是诉求者重视的。庾信多愁善感，他在写墓志时就容易被生离死别的氛围所感染，写出伤感动情的碑文来。“碑原本是一种功利性很强的文体，可在庾信手中却充满了性灵，那种死生阔别的悲情足以打动人心，这深受他的重性灵、尚悲情的文学创作观的影响”④。“重性灵、尚悲情”是庾信的文学追求，这种文学追求直接源于庾信内在的“真情”与“悲情”。

4. 徐陵强调“文质互宣”，注重实用；庾信崇尚“含吐性灵”，注重审美

徐陵的文学思想主要表现在《与李那书》《报尹尚书书》《答族人梁东海太守长孺书》《答李颙之书》等个人书牍中。如他称李那的作品“铿锵并奏，能惊赵鞅之魂；辉焕相华，时瞬安丰之眼”，赞美铿锵的节奏和瑰丽的辞藻所产生的惊心动魄的力量；“山泽晻霭，松竹参差，若见三峻之峰，依然四皓之庙。甘泉卤簿，尽在清文；扶风辇路，悉陈华简”，欣

---

① 鲁同群：《庾信传论》，中华书局 2018 年版，第 251 页。

② 刘勰著，黄叔琳注，李详补注，杨明照校注拾遗：增订《文心雕龙校注》，中华书局 2012 年版，第 263 页。

③ 钱基博：《中国文学史》，中华书局 1993 年版，第 231 页。

④ 李贵银：《庾信碑志文浅议》，《辽宁大学学报》（哲学社会科学版），2008 年，第 5 期。

赏绮密秾丽的描绘所产生的逼真传神的艺术效果；“登此旧阁，叹此幽宫，标句清新，发言哀断。岂止悲闻帝瑟，泣望羊碑”，赞赏清新哀断的描写所产生的震撼人心的艺术感染力等，都是从“文质”相称的角度进行文学评价的。[①] 徐陵还直接提出了“文”“质”的概念，他称李那的新诗“披文相质，意致纵横”[②]，称李颙之的文章“文制兼美”[③]，称自己的作品“文艳质寡”[④]，强调思想内容与艺术形式的统一。徐陵后期的创作也一直实践着“辞意相发”[⑤]、“文质相宜”[⑥]、“质文不掩”[⑦] 的文学主张。

与徐陵提倡“文质互宣”不同，庾信崇尚“含吐性灵”。庾信诗文中反复提到“性灵”一词，如“含吐性灵，抑扬词气”[⑧]，“四始六义，实动性灵”[⑨]，“年发已秋，性灵又歇”[⑩]，“天下有情人，居然性灵夭”[⑪]，“盖闻性灵屈折，郁抑不扬，乍感无情，或伤非类”[⑫]，“性灵如不灭，神理定何从”[⑬]，“昭日月之光景，乘风云之性灵”[⑭]，“性灵造化，风云自然”[⑮]等。“性灵”是什么意思？“性”即性情；“灵”即巫。虽然“性”“灵”各有其意，但庾信的“性灵”主要还是一个合成词，指一个人的心灵、精神、本性，也即一个人的“性情”“真情”。庾信为什么崇尚“性灵”？原

---

① 许逸民：《徐陵集校笺·与李那书》卷八，中华书局2008年版，第830页。

② 许逸民：《徐陵集校笺·与李那书》卷八，中华书局2008年版，第830页。

③ 许逸民：《徐陵集校笺·答李颙之书》卷八，中华书局2008年版，第901页。

④ 许逸民：《徐陵集校笺·答李颙之书》卷八，中华书局2008年版，第901页。

⑤ 李兆洛选辑，谭献校点：《骈体文钞》，上海书店1988年版，第353页。

⑥ 李兆洛选辑，谭献校点：《骈体文钞》，上海书店1988年版，第350页。

⑦ 蒋士铨：《忠雅堂评选四六法海》总评徐陵《劝进梁元帝表》，见许逸民：《徐陵集校笺》，中华书局2008年版，第315页。

⑧ 许逸民：《庾子山集注·赵国公集序》卷十一，中华书局1980年版，第656页。

⑨ 许逸民：《庾子山集注·谢赵王示新诗启》卷八，中华书局1980年版，第563页。

⑩ 许逸民：《庾子山集注·答赵王启》卷八，中华书局1980年版，第562页。

⑪ 许逸民：《庾子山集注·拟咏怀》卷三，中华书局1980年版，第243页。

⑫ 许逸民：《庾子山集注·拟连珠》卷九，中华书局1980年版，第608页。

⑬ 许逸民：《庾子山集注·送灵法师葬》卷四，中华书局1980年版，第316页。

⑭ 许逸民：《庾子山集注·象戏赋》卷一，中华书局1980年版，第71页。

⑮ 许逸民：《庾子山集注·荣启期三乐赞》卷十，中华书局1980年版，第641页。

因很多，但与庾信的个性密不可分。庾信“容止颓然”，对他来说，“一片风景就是一种心态”①，北国萧索的秋风、故乡难归的凄苦、屈体失节的愧疚、失子丧女的悲痛、久居下僚的愤懑等，诸多情绪不断击打着庾信脆弱、敏感、多情的灵魂，于是“愁、悲、苦、危”诸多“真情”便泄溢出来，使庾信的诗文闪烁着“真情”的光辉。王夫之说：“泪尽血尽，唯有荒荒泯泯之魂，随晓风残月而已。六代文士有心有血者，惟子山而已。”② 因此，庾信的“动江关”之作，是出自于其天生的“血性”和“真情”的。

三、“徐庾体”中的“理”与“情”

上文我们探讨了徐陵、庾信个性与文风的差异，可以看出个性、气质在他们的作品中有鲜明的投影。但是徐陵、庾信早年毕竟是典型的宫体作家③，“既有盛才，文并绮艳，故世号为徐、庾体焉”。那么，“徐庾体”的存在、“文并绮艳”的文风能不能否认徐陵、庾信个性影响创作风格的事实？

---

① 韦勒克、沃伦著，刘象愚等译：《文学理论》，生活·读书·新知三联书店 1984 年版，第 249 页。

② 王夫之评选，张国星校点：《古诗评选》，文化艺术出版社 1997 年版，第 69 页。

③ “徐庾体”及其与“宫体”的关系，是学术界的一个重要论题。关于“徐庾体”的论争主要包括“文体”和“时限”等的论争。一种观点认为“徐庾体”偏文，时限既包括在南朝东宫时期的创作，也包括徐、庾后期的创作，以王瑶《徐庾与骈文》（《中古文学史论》，商务印书馆 2011 年版，第 319—323 页）为代表。另一种观点认为“徐庾体”既包含“文”，也包含“诗”，主要指二人在东宫时期的创作，以刘开扬《论庾信及其诗赋》（《文学遗产增刊》，1959 年 12 月，第 7 辑。）、李正春《什么是“徐庾体”》（《文史知识》，1988 年，第 1 期）等为代表。关于“徐庾体”和“宫体”的关系，主要有两种观点。一种以王仲镛《徐庾文学平议》为代表，认为“徐庾体”诗歌是宫体诗的代表（《居易室文史考索》，巴蜀书社 2011 年版，第 59—78 页）。第二种观点认为“徐庾体”有独立于“宫体”之外的价值，以朱梅《徐庾体诗歌研究》（安徽师范大学 2006 年硕士学位论文，第 45—48 页）等为代表。笔者认为，“徐庾体”最早出现在《周书·庾信传》中，从其记载看，“徐庾体”既包含“诗”，也包含“文”，创作时限应在南朝东宫时期，也即徐陵、庾信的早期创作，所以，“徐庾体”即“宫体”，是“宫体”的杰出代表。风格绮艳、清丽、新巧；内容以描写女性、咏物、山水等宫体生活为主，多君臣奉和之作。

1. “徐庾体”是特定历史环境下的产物。

徐陵、庾信早年的创作确实存在着“文并绮艳”的特点，但这一文学趣味的存在不能否认个性影响创作风格的事实。“徐庾体”的出现是特定历史、特定环境、特定文学氛围下的产物。

第一，共处优渥、富足、狭小的文化圈：萧纲的东宫。萧纲是梁武帝萧衍第三子。中大通三年（531）太子萧统病逝，萧纲被立为太子。萧纲入主东宫这一时期是南朝社会最稳定、最繁荣的历史时期，朝廷安其事，百姓乐其业，“五十年中，江表无事”①，加之江南风物靡丽，这构成了文人创作的大环境。再从小环境看，太子“东宫养德”②，无所作为，于是“引纳文学之士，赏接无倦，恒讨论篇籍，继以文章”③。重要的是，这位东宫之主很有文学天赋，但却最爱宫体。《梁书·简文帝本纪》载：“其序云：‘余七岁有诗癖，长而不倦。’然伤于轻艳，当时号曰‘宫体’。”④ 也就是说，有宫体诗癖的萧纲成了文坛的领袖。“在太子萧纲周围的东宫文士，写诗除了在技巧上的雕琢外，风格上更趋轻艳。他们作诗关注的不是写性情、述志意，而是辞与态的修饰和描摹”⑤。“君主臣僚的提倡与效法，竞艳争奇，图名夺宠，文学的发展，是必然要离开社会人生的基础，而走到唯美的路上去的”⑥。徐陵、庾信“既有盛才”，受到萧纲“恩礼莫与比隆”的荣宠。靡丽、安逸、狭小、单调的生活与文化圈子，君主的鼓励和引导，决定了年轻的徐陵、庾信很难显露创作个性，他们君臣诗酒酬唱，奉和应答，于是走上了“凭栏山色春风裹，唤得莺儿燕子飞”⑦ 这样的宫

---

① 许逸民：《庾子山集注·哀江南赋》卷二，中华书局 1980 年版，第 111 页。

② 萧纲：《答徐摛书》，见严可均：《全梁文》，商务印书馆 1999 年版，第 113 页。

③ 姚思廉：《梁书·简文帝本纪》卷四，中华书局 1973 年版，第 109 页。

④ 姚思廉：《梁书·简文帝本纪》卷四，中华书局 1973 年版，第 109 页。

⑤ 刘跃进，马燕鑫校补：《〈玉台新咏〉史话》，国家图书馆出版社 2015 年版，第 25 页。

⑥ 刘大杰：《中国文学发展史》，商务印书馆 2015 年版，第 268 页。

⑦ 王予可：《宫体二首》其二，傅璇琮等：《全宋诗》第 37 册，北京大学出版社 1998 年版，第 22992 页。

体文学创作之路。

第二，受到了父辈的影响。先看徐陵的父亲徐摛：

> 摛幼而好学，及长，遍览经史。属文好为新变，不拘旧体……会晋安王纲出戍石头，高祖谓周舍曰："为我求一人，文学俱长兼有行者，欲令与晋安游处。"舍曰："臣外弟徐摛，形质陋小，若不胜衣，而堪此选。"高祖曰："必有仲宣之才，亦不简其容貌。"以摛为侍读……摛文体既别，春坊尽学之，"宫体"之号，自斯而起。①

再看庾信的父亲庾肩吾：

> 初，太宗在藩，雅好文章士，时肩吾与东海徐摛，吴郡陆杲，彭城刘遵、刘孝仪、仪弟孝威，同被赏接。及居东宫，又开文德省，置学士，肩吾子信、摛子陵、吴郡张长公、北地傅弘、东海鲍至等充其选。齐永明中，文士王融、谢朓、沈约文章始用四声，以为新变，至是转拘声韵，弥尚丽靡，复逾于往时。②

由上可知，徐陵、庾信的父亲都擅长"新诗"，他们在"春坊"发起了"转拘声韵，弥尚丽靡"的宫体诗运动，是宫体文学的发动者、倡导者。徐陵与庾信都是文学奇才，都在很年轻的时候跟随父亲进入萧纲的幕府③，受到父亲耳提面命的指导，自然得到了父辈的文学传承。"徐摛与其子徐陵（507—583）都出入东宫，徐摛年辈稍长，故此体也可能由他所创，影响了整个东宫太子府。"④ 当然，父辈的文学思想更直接影响了才华

---

① 姚思廉：《梁书·徐摛传》卷三十，中华书局1973年版，第446—447页。

② 姚思廉：《梁书·庾肩吾传》卷四十九，中华书局1973年版，第690页。

③ "徐陵十七岁，参晋安王萧纲宁蛮府军事"。见刘跃进：《玉台新咏研究》，中华书局2000年版，第280页。"庾信十九岁，与徐陵并为抄撰学士"。见曹道衡、刘跃进：《南北朝文学编年史》，人民文学出版社2000年版，第470页。

④ 袁行霈：《中国古代文学史》卷二，高等教育出版社2014年版，第114页。

横溢的徐陵、庾信。“当萧纲、徐摛、庾肩吾等倡导宫体的时候，少年庾信追随于东宫的诗风之后，逞其才华，竞为绮艳；促成宫体的盛行，使绮艳之风被于一时，庾信及徐陵实不能辞其咎。”① 所以，当徐摛、庾肩吾煽起宫体新风的时候，年轻的徐陵、庾信作为“父子兵”，自然担起了“扛鼎”的重任。总之，时代、环境、君主与父辈的引领，推动两位才子走上了宫体文学创作的道路。

2.“徐庾体”中的“理”“情”个案分析

“宫廷文学侍臣的角色，不易表达个人的信念或情操。”② 宫体文学以描摹华贵、闲散、腐朽的宫廷生活为主，内容单薄，题材狭窄，由于受到体制建构、题材选择、风格情调等方面的局限，宫体作者很难抒发个性，但是，即使是在跟随太子、跟随父辈创作宫体时，在君臣呆板的酬唱奉和过程中，我们依然能够体会到两位作家不同的个性。下面以几首同题作品为例，分析一下二人早期宫体作品中表现出来的个性差异。

第一，同题赋。以《鸳鸯赋》为例。徐陵、庾信都有与萧纲唱和的《鸳鸯赋》，都以女性为主题，“在精丽艳冶的语言描写中，飘出笙歌院落的脂粉气息”③，是典型的宫体文。但仔细考察就会看出二人不同的创作个性。如徐陵的《鸳鸯赋》，一开头十句，几乎句句用典，细数人间的爱情婚姻悲剧；接着用对比手法写鸳鸯长相守的忠贞、珍贵；最后以卓文君的悲剧故事作结，感慨人类爱情的短促易变。整篇赋以议论为主，很少叙事，如“天下真成长合会，无胜比翼两鸳鸯”“特讶鸳鸯鸟，长情真可念”“许处胜人多，何时肯相厌”④ 等，赞美鸳鸯情感的美好，与人类种种的悲情形成鲜明对比，“着眼在人事好乖，离多会少”⑤，体现了徐陵对人世情

---

① 台静农：《中国文学史》，海燕出版社 2015 年版，第 377 页。
② 袁行霈：《中国古代文学史》卷二，高等教育出版社 2014 年版，第 129 页。
③ 程章灿：《魏晋南北朝赋史》，江苏古籍出版社 1992 年版，第 217 页。
④ 许逸民：《徐陵集校注·鸳鸯赋》卷一，中华书局 2008 年版，第 3 页。
⑤ 钱钟书：《管锥编》，生活·读书·新知三联书店 2007 年版，第 2284 页。

感的辩证思考，充满理性意蕴。同样写人类情感的脆弱，庾信突出了一个“情”字。全篇以叙事为主，很少议论。“卢姬小来事魏王，自有歌声足绕梁，何曾织锦，未肯挑桑，终归薄命，著罢空床”，开篇即写卢姬的悲情故事。接着作者写“卢姬”看到“鸳鸯”后，触景生情，“还欹眼而泪落”，十分落寞伤怀，以至于“南阳渍粉不复看，京兆新眉遂懒约”，再也无心装扮自己，通过这些细节描写表达了卢姬伤之痛、伤之深。接着再以“况复双心并翼，驯狎池笼，浮波弄影，刷羽乘风”这样细腻的动作描写极写鸳鸯的情爱，更加衬托出自己“空床之难守”的寂寞、悲哀与无奈，最后庾信又将故事扩大到人世间，写人世的情伤。[①] 就这样，庾信从卢姬的悲情故事入手，通过一波三折、层层递进的故事描绘，写出了人类情感的脆弱、多变，体现了庾信善写“情”而且特别善写“悲情”的特点。值得一提的是，前文论到庾信擅写抒情辞赋，这一特点在庾信早期创作中已经显现出来了。《庾子山集注》共收录庾信赋15篇，早期的创作就有《春赋》《七夕赋》《灯赋》《对烛赋》《镜赋》《鸳鸯赋》《荡子赋》等7篇，虽然多为“绮情艳思，风光旖旎”[②] 的曲调，但也充分体现了庾信“铺采摛文，体物写志也”的禀赋。

第二，同题诗。以奉和《山池》《咏舞》为例。“徐庾体”既包含“文”，也包含“诗”，由于“诗”体制短小，更适合君臣即席、即景吟诵，所以现存宫体中同题诗较多。这些诗“题材单调狭窄，内容脱离社会生活。为了迎合帝王的口味，文学集团内部的诗歌创作很少有真正的吟咏性情之作”[③]。尽管如此，透过这些小诗还是可以察觉出徐陵、庾信个性的端倪。

萧纲有《山池》，徐陵、庾信都有奉和之作。同样写景，但表达意蕴

---

① 许逸民：《庾子山集注·鸳鸯赋》卷一，中华书店1980年版，第89页。

② 钱基博：《中国文学史》，中华书局1993年版，第229页。

③ 袁行霈：《中国古代文学史》卷二，高等教育出版社2014年版，第114页。

不同。徐陵开篇即是推想："罗浮""郁岛"真的"无定所""屡迁移"?眼前的美景不会是由远处迁移漂流过来的奇异的"罗浮""郁岛"吧?体现了徐陵善于思考、长于分析、擅长推理的特点。"不觉因风雨，何时入后池"，更显示了徐陵理性的智慧。天色这么快就暗下来了，不会是风雨造成的错觉吧?在对宇宙、自然与生活的审美观照中领悟出了哲理的韵味。庾信也写景。"乐宫多暇豫，望苑暂回舆。鸣笳陵绝浪，飞盖历通渠。"开篇即借助汉大赋的写作手法，渲染、夸张、铺叙，一下子烘托出了太子游园的气势、气派、繁华，展示了作者擅长写赋抒情的禀赋。结句也很有个性。徐陵说："楼台非一势，临玩自多奇。云生对户石，猿挂入榴枝。"① 写景线条英朗，"非""自"这样一些表达判断的副词的使用，更显示了徐陵个性与文风的豪迈、果断与理性。庾信就不同了，"桂亭花未落，桐门叶半疏。荷风惊浴鸟，桥影聚行鱼"，一味地缠绵、细描，展示了作者细致的观察和细密的情感。"日落含山气，云归带雨余"②，更可与陶渊明的"山气日夕佳，飞鸟相与还"（《饮酒》其五）相媲美，情随景生，诗人喜不自禁的情绪弥漫着整首小诗。

再看同题《咏舞》。徐陵一边赏舞，一边琢磨舞者的身世："十五属平阳，因来入建章。主家能教舞，城中巧画妆。"③ 虽然欣赏舞蹈，但依然保持着平静心态。庾信却不能淡定："洞房花烛明，燕余双舞轻。顿履随疏节，低鬟逐上声。步转行初进，衫飘曲未成。"④ 看到美妙的舞蹈，一下子就被迷住了，他如醉如痴，似乎也要跟着节奏手之舞之足之蹈之起来了。在结尾部分，徐陵"当关好留客，故作舞衣长"借助了《楚辞·大招》中"长袂拂面，善留客只"⑤ 的典故，不仅赞美了"舞"之美，也表达了作

① 许逸民：《徐陵集校笺·奉和山池》卷二，中华书局2008年版，第100页。
② 许逸民：《庾子山集注·奉和山池》卷三，中华书局1980年版，第178页。
③ 许逸民：《徐陵集校笺·奉和咏舞》卷二，中华书局2008年版，第102—103页。
④ 许逸民：《庾子山集注·和咏舞》卷三，中华书局1980年版，第261—262页。
⑤ 洪兴祖著，白化文点校：《楚辞补注》，中华书局2015年版，第180页。

者对“主人好客”的理解与感恩，体现了作者人情练达的理性智慧。庾信的结尾也借用了典故，却是“孤鸾悲镜”“鹤舞吴市”两个极其悲情的故事。一场欢乐的舞宴，庾信一会儿沉湎于狂欢，一会儿却又莫名难过起来，可见这种悲喜多变、敏感易伤的“颓然”个性确实是庾信与生俱来的，这与徐陵通达、欣然、娴雅、“容止可观”地观舞与思考是很不相同的。

总之，共同的、优越的生活、文化环境，父辈的引导，萧纲的影响，整个东宫对于技巧的刻意追求，应诏、唱和、题材等的局限等，限制了徐陵与庾信真实情感的抒发，“湮没了诗人的个性色彩”①，“徐庾体”产生了，但这种命题作文似的应景之作不能反映徐陵、庾信真实的禀赋与才情。杜甫说“文章憎命达”（《天末怀李白》），颠沛、不测成就了徐陵，也成就了庾信。苦难面前，他们肆无忌惮地吐露着自己的“真性情”，终于“分路扬镳”②，各成其大。

第二节　论徐勉对萧统《文选》编纂的影响

内容提要： 徐勉是萧统身边最重要的谋臣之一。徐勉于萧统有终生之师谊。徐勉领修《华林遍略》触发萧统编纂《文选》；徐勉对萧统《文选》“文质彬彬”文学批评思想的形成以及《文选》“事类”编录方法的运用都有重要影响。徐勉还为萧统编纂《文选》推荐了大批人才，使萧统最终完成了《文选》的编纂。

关键词： 徐勉；萧统；《文选》

---

① 袁行霈：《中国古代文学史》卷二，高等教育出版社2014年版，第114页。

② “分路扬镳”原指徐陵、庾信文学成就旗鼓相当，见李延寿：《北史·文苑》，中华书局1974年版，第2782页。这里借以表达二人风格的不同走向。

一、问题的提出

《文选》的主撰人及参编者一直是学术界讨论的重点和热点问题。今天看来，《文选》的主撰人是萧统之说似已成定论。但是《文选》的参与人及相关人员有哪些？他们在《文选》的编纂中起着怎样的作用？有怎样的影响？对于这些问题，研究者亦置言颇多，且频现灼见。遗憾的是，在众多的研究者中，却很少有人提及徐勉，这不能不说是一个遗憾。

徐勉，字修仁，东海郯人。徐勉生于刘宋明帝泰始二年（466），长萧统三十五岁。他是萧统的老师，也是萧统身边最重要的谋臣之一。在梁代，徐勉是一个极具影响的重要人物。政治上，徐勉仕途顺利，官至宰相，是萧衍的心腹重臣，辅佐梁武帝成就梁代前期的昌盛，被称为“一代贤相”“风流宰相”；文学上，徐勉“善属文，勤著述，虽当机务，下笔不休”，著作颇丰；学问宏富，儒释道兼通，尤长礼学，为一代儒学宗师；徐勉更是当时著名的编辑家，他领修的《五礼》，被梁武帝评为“可以光被八表，施诸百代”；他组织编撰的《华林遍略》，后人尊崇为“崇山增构”，对我国古代类书的编撰产生了深远影响。可以说，徐勉是梁代集政治家、文学家、学者、编辑家于一身的重要人物。那么，徐勉与萧统有怎样的关系？徐勉何以影响萧统《文选》的编纂呢？

二、萧统与徐勉的特殊关系

萧统生于齐和帝中兴元年（501），卒于梁武帝中大通三年（531）。在这短暂的三十年里，萧统经历了几次对他产生重大影响的事件或者说重要转折时期，既享受了辉煌与得意，也饱尝了挫折与苦恼。但无论何时，徐勉总是陪伴在萧统身边，帮助、指导萧统顺利度过这些关键时期。从某种程度上说，徐勉是萧统生活上的领路人，精神上的辅导员，学问上的导师，徐勉于萧统有终生之师谊。这主要体现在以下几件事情上：

1. 萧统七岁时出居东宫，徐勉被委任为太子中庶子，帮助萧统顺利度过人生第一次重要转折。

《梁书·萧统传》曰：“初，高祖未有男，义师起，太子以齐中兴元年九月生于襄阳。”① 不久，在“群臣固请”之下，天监元年十一月，两岁的萧统被立为皇太子。因为年龄太小，且南齐东宫已在在战火中被毁，所以，太子虽已册立，却依旧居住禁中。“时太子年幼，依旧居于内，拜东宫官属文武，皆入直永福省。”② 天监五年（506）八月，东宫始建③，六年东宫建成，萧统出居东宫。然而，此时的萧统依然只是个七岁的孩童，乍一离开父母，萧统很不适应。“五年六月庚戌，始出居东宫。太子性仁孝，自出宫，恒思恋不乐。高祖知之，每五日一朝，多便留永福省，或五日三日乃还宫。”④ 但是，作为皇子，这种“每五日一朝，多便留永福省”的办法总归不是长久之计，为了使萧统尽快适应环境，萧衍便将一些心腹重臣派往东宫，照顾、指导萧统的生活、学习，帮助萧统适应环境。考《梁书》《南史》，我们发现，天监六年（507）被委任的东宫官员确实不少，如，徐勉之外，沈约为尚书令，行太子少傅；刘孝绰为太子洗马；陆倕为太子舍人；陆杲为太子中庶子；萧子范为太子洗马；萧介除太子舍人；萧宏领太子太傅；庾仲容为太子舍人；谢览掌东宫管记等。在这些官员中，徐勉官职并非最高，却担当着非常重要的角色：

（天监）六年……（徐勉）除散骑常侍，领游击将军，未拜，

① 姚思廉：《梁书·昭明太子萧统传》卷八，中华书局1973年版，第165页。

② 姚思廉：《梁书·昭明太子萧统传》卷八，中华书局1973年版，第165页。

③ 《梁书·武帝纪中》：“天监五年秋八月辛酉，作太子宫。”《南史》同。《建康实录》卷二〇注引《舆地志》云：“其地本晋东海王第，后筑为永安宫，穆帝何皇后居之。宋文帝元嘉十五年，始筑为东宫，齐末为火灾焚尽。梁天监五年，更筑于齐故地，盛加结构。”《梁书·萧统传》：“五年五月庚戌，始出居东宫。”与以上诸说矛盾，大概将筑宫时间与出宫时间混淆而误。

④ 姚思廉：《梁书·昭明太子萧统传》卷八，中华书局1973年版，第165页。

改领太子右卫率。迁左卫将军，领太子中庶子，侍东宫。昭明太子尚幼，敕知宫事。太子礼之甚重，每事询谋。①

徐勉先领“太子右卫率”，萧统出居东宫后，又领“太子中庶子”。“昭明太子尚幼，敕知宫事”，由此可知，梁武帝安排徐勉到太子府，就是要徐勉主持、负责东宫诸事。徐勉处事稳健，学问宏富，又是钦点，所以，年幼的萧统对徐勉既尊重又依赖。“太子礼之甚重，每事询谋”，在徐勉的帮助指导下，萧统顺利度过了从禁中到独居东宫的重要转变，为其未来健康成长和发展奠定了基础。

2. 萧统八岁纳妃，徐勉为之“做媒”。

《梁书·武帝纪》载：“夏四月乙卯，皇太子纳妃，赦大辟以下，颁赐朝臣及近侍各有差。”太子妃为蔡撙之女，而出面“做媒”的是徐勉。“时帝将为昭明太子纳妃，意在谢氏。袁昂曰：‘当今贞素简胜，唯有蔡撙。’乃遣吏部尚书徐勉诣之，停车三通不报。勉笑曰：‘当须我召也。’遂投刺乃入。”② 可以看出，对于有关萧统的诸多大事，梁武帝总是委派徐勉去做，可见梁武帝对徐勉的信任，亦可推知徐勉在萧统生活中所发挥的重要作用。

3. 萧统九岁时国学释奠，正式拜师为学，徐勉“执经”教授，成为萧统的老师，在萧统的教育中，徐勉发挥着重要作用。

《梁书·萧统传》：“（天监）八年九月，（萧统）于寿安殿讲《孝经》，尽通大义。讲毕，亲临释奠于国学。”释奠是古代在学校设置酒食以奠祭先圣先师的一种典礼。据《礼记·文王世子》载：“凡始立学者，必释奠于先圣先师。”由此可知，九岁的萧统拜师就学。自此，徐勉成为萧统的老师。《梁书·徐勉传》曰：

---

① 姚思廉：《梁书·徐勉传》卷二十五，中华书局1973年版，第378页。

② 姚思廉：《南史·蔡撙传》卷二十九，中华书局1975年版，第775页。

（萧统）尝于殿内讲《孝经》，临川靖惠王、尚书令沈约备二傅，勉与国子祭酒张充为执经，王莹、张稷、柳憕、王暕为侍讲。时选极亲贤，妙尽时誉，勉陈让数四。又与沈约书，求换侍讲，诏不许，然后就焉。①

“勉与国子祭酒张充为执经”，即徐勉、张充执经教授的意思。在国学释奠，国子祭酒张充自然应为“执经”。《梁书·张充传》载：“充长于义理，登堂讲说，皇太子以下皆至。时王侯多在学，执经以拜，充朝服而立，不敢当也。”② 由此可知“执经”地位之重、之尊。在以上引文所涉及的人物中，沈约、张充、王莹、张稷、柳憕年辈、资历都远在徐勉之上，临川靖惠王萧宏及王暕虽然年龄稍小于徐勉，但萧宏为梁武帝信任的六弟，王暕出身高门琅邪王氏，而且他们也都是颇具影响的硕学大儒。在这样的情况下，虽然徐勉“陈让数四”，梁武帝依然坚持让徐勉与国子祭酒张充同为“执经”，足见徐勉在当时的影响，亦可知徐勉在萧统的教育中所发挥的重要作用。

4. 萧统十五岁行冠礼，徐勉由太子中庶子升为太子詹事，全面负责东宫诸事。

天监十四年，十五岁的萧统隆重加冠。《梁书·武帝纪》载：“（天监）十四年春正月乙巳朔，皇太子冠，赦天下，赐为父后者爵一级，王公以下班赉各有差，停远近上庆礼。”又《梁书·昭明太子传》曰：“十四年正月朔旦，高祖临轩，冠太子于太极殿。”加冠是萧统人生道路上的大事，对萧统意义重大。《梁书·萧统传》载：“太子自加元服，高祖便使省万机，内外百司奏事者填塞于前。”因此，加冠成了萧统人生又一次重要转

① 姚思廉：《梁书·徐勉传》卷二十五，中华书局1973年版，第378页。

② 姚思廉：《梁书·张充传》卷二十一，中华书局1973年版，第330页。

折。为了帮助萧统顺利度过这一转变，萧衍随之将徐勉由太子中庶子升为太子詹事，[1]“（太子）詹事，总东宫内外众务，事无大小，皆统之”[2]。因此，萧统加冠后，徐勉成为东宫最重要的属官，全面掌管东宫事务，帮助萧统完成了人生又一次重要转折。徐勉为太子詹事历时多年。考徐勉所撰《故永阳敬太妃墓志铭》及《梁书·萧渊藻传》等史籍，徐勉于普通二年（521）卸任东宫之职。而徐勉的离职，很有可能是“脚疾”所致[3]。自天监十四年（515）至普通二年，徐勉任太子詹事长达七年。在这个过程中，萧统从一个十五岁的少年逐渐走向成熟。

5. 萧统二十七岁时因“蜡鹅事件”触怒梁武帝，徐勉“固谏”救太子。

《南史·萧统传》详细记载了昭明太子“蜡鹅事件”始末。初，丁贵嫔薨，太子遣人求得善墓地，将斩草，有卖地者因阉人俞三副求市，若得三百万，许以百万与之。三副密启武帝，言太子所得地不如今所得地于帝吉，帝末年多忌，便命市之。葬毕，有道士善图墓，云“地不利长子，若厌伏或可申延”。乃为蜡鹅及诸物埋墓侧长子位。有宫监鲍邈之、魏雅者，二人初并为太子所爱，邈之晚见疏于雅，密启武帝云：“雅为太子厌祷。”

---

① 姚思廉：《梁书·韦睿传》：“九年，征员外散骑常侍、右卫将军，累迁左卫将军、太子詹事，寻加通直散骑常侍。……十四年，出为平北将军、宁蛮校尉、雍州刺史。”可知天监十四年韦睿卸任太子詹事。又《梁书·文学·何思澄传》：“天监十五年，敕太子詹事徐勉举学士入华林撰《遍略》，勉举思澄等五人以应选。”天监十五年，徐勉已为太子詹事。由此推知，天监十四年，徐勉接任韦睿成为太子詹事。

② 魏征：《隋书·百官志》卷二七，中华书局1973年版，第759页。

③ 据《梁书·徐勉传》，徐勉天监十八年迁为尚书右仆射，之后，“频表解宫职”，但没有说明原因。普通六年（525），徐勉又“以疾自陈，求解内任。诏不许，乃令停下省，三日一朝，有事遣主书论决。脚疾转剧，久阙朝觐，固陈求解”。看来，普通六年，“脚疾”已使徐勉无法正常工作了。“脚疾”是一种慢性病，徐勉的“脚疾”于普通六年“转剧”，很有可能在天监十八年已经发作，并且影响了他在东宫的工作，这大概正是徐勉“频表解宫职”的重要原因。若推测不假，则普通二年，徐勉离开东宫极有可能是“脚疾”所致。

帝密遣检掘，果得鹅等物。大惊，将穷其事。徐勉固谏得止。①

萧统埋蜡鹅，大概不过想化解“不利长子”的风水，但却被告发为“厌祷”，意思是说萧统埋蜡鹅是诅咒老皇帝。梁武帝晚年多疑，物证在手，自然深信不疑，于是大怒，置亲情于不顾，欲治萧统死罪。在这种情况下，徐勉挺身而出，“固谏”救太子。“蜡鹅事件”发生在普通八年，萧统二十七岁，徐勉离开太子府已经四五年了。这一事件再一次见证了二人十几年来培养起来的亲如父子的深厚感情。

6. 中大通三年，三十一岁的萧统薨，薨前萧统尚参问病中的徐勉。

《梁书·徐勉传》曰：“中大通三年，又以疾自陈，移授特进、右光禄大夫、侍中、中卫将军，置佐史，余如故。增亲信四十人。两宫参问，冠盖结辙。”就在“两宫参问”不久，萧统病死。“（中大通）三年三月，（太子）寝疾……四月乙巳薨，时年三十一。”② 而此后不久，徐勉也辞去了宰相之职。“三年，（何敬容）迁尚书右仆射，参掌选事，侍中如故。时仆射徐勉参掌机密，以疾陈解，因举敬容自代，故有此授焉。”③ 至此，“何敬容开始接替徐勉为梁朝宰相”④。徐勉的辞职，可能主要因为疾病的原因。可是萧统的死，是否也是导致悲伤的老臣卸职的一个重要原因呢？

总之，自天监六年至普通二年，徐勉主持东宫十六年，在这个过程中，萧统从一个七岁的孩童，成长为一个二十二岁的有为青年。虽然后来徐勉离开了东宫，却一如既往地关心、帮助萧统，直至萧统生命的最后时刻。二十几年来，二人忘年交深，师生情厚，宛如父子。为友、为师、为长，徐勉对萧统的思想、学术等方面的帮助与影响是难以估量的。萧统一生著述丰硕，而《文选》尤重。对于萧统《文选》的编撰，徐勉不仅有着

① 李延寿：《南史·昭明太子萧统传》卷五十三，中华书局 1975 年版，第 1312—1313 页。

② 姚思廉：《梁书·昭明太子萧统传》卷八，中华书局 1973 年版，第 169 页。

③ 姚思廉：《梁书·何敬容传》卷三十七，中华书局 1973 年版，第 531 页。

④ 曹道衡、刘跃进：《南北朝文学编年史》，人民文学出版社 2000 年版，第 467 页。

宏观的影响与关怀，也有具体的帮助与指导。《文选》的成功编纂，徐勉功不可没。

三、徐勉对《文选》编撰的重要影响

关于萧统《文选》的编撰和成书时间，学术界还存在争论，但是，不可辩驳的是，自天监十四年至普通三、四年是《文选》编撰的最重要时期。这一时期，主要由徐勉负责东宫，他对萧统《文选》编撰的影响是非常大的。

1. 萧统编纂《文选》源于徐勉领编《华林遍略》的启发。

萧统在《文选序》中记述了《文选》的成书过程：

> 余监抚余闲，居多暇日。历观文囿，泛览辞林，未尝不心游目想，移晷忘倦。自姬汉以来，眇焉悠邈。时更七代，数逾千祀。词人才子，则名溢于缥囊；飞文染翰，则卷盈乎缃帙。自非略其芜秽，集其清英，盖欲兼功，太半、难矣！①

“监抚”应指《梁书》本传中“太子自加元服，高祖便使省万机”之事。即是说，萧统加冠之前，因为年龄小，萧衍没有让其参政；加冠以后，萧统方始“省万机”，即“监抚”国事。这就是说，天监十四年，萧统加冠，结束了接受教育的少年时期。虽然开始参政，却有了更多的时间自由地博览。读书过程中，萧统深感书海浩瀚，“盖欲兼功太半，难矣”。为了读书人查找资料方便，也为了使读书人在有限时间内阅读更多的“清英”，萧统便有了“略其芜秽，集其清英”的想法。

那么，这种“略其芜秽，集其清英”的想法何时产生的？从上文看，

---

① 萧统编，李善注：《文选·序》，岳麓书社2002年版，第3页。

这种想法似乎从“监抚”之日，即加冠之日开始的，这其实根本不可能。萧统才刚刚结束接受教育时期，萧统虽然“生而聪睿”，但“历观文囿，泛览辞林”需要一个过程。而且从“未尝不心游目想，移晷忘倦”来看，这种想法确实不是一蹴而就的。那么，这种清晰的想法何时产生的？我们认为，这可能源于《华林遍略》编撰的触动。

天监十五年，敕太子詹事徐勉举学士入华林撰《遍略》，勉举思澄等五人以应选。①

天监十五年，敕太子詹事徐勉举学士入华林撰《遍略》，勉举思澄、顾协、刘杳、王子云、钟屿等五人以应选。八年乃书成，合七百卷。②

所以说《文选》的编撰源于《华林遍略》的推动，是因为：

第一，《华林遍略》的领编者是自己身边敬重的老师徐勉。

老师领修《华林遍略》这样的大事，对爱读书、勤思考的萧统来说不能没有触动。而且，经过一年的“泛览”，萧统“心游目想”，有所感悟。外因、内因发生作用，“略其芜秽，集其清英”的想法就在心中扎了根。

第二，齐梁时期，文学崇尚隶事用典，迎合文学发展之需要，类书编纂之风渐盛。因此，《华林遍略》编纂的一个最重要的目的是满足文学发展的需要。萧统“历观文囿，泛览辞林，未尝不心游目想，移晷忘倦”，内心一直涌动着结集的想法。但是编什么，怎样编，心中未必十分清晰。可能正是《华林遍略》编纂的触动，“略其芜秽，集其清英”的想法才在萧统脑海中清晰起来。老师编纂的是“事集”，是为了使用者检索方便。那么，自己为什么不编一本“文集”，以与老师的“事集”相配呢？或许

---

① 姚思廉：《梁书·何思澄传》卷五十，中华书局 1973 年版，第 714 页。

② 李延寿：《南史·何思澄传》卷七十二，中华书局 1975 年版，第 1782—1783 页。

正因为萧统编纂《文选》受到了《华林遍略》的影响，所以，《文选》类书性质十分明显。有的学者甚至直接将其称为类书，而不视其为诗文总集。①

《文选》与《华林遍略》的关系，一些学者已经注意到了。许逸民先生认为："萧统受敕修《华林遍略》的触动，自天监十五年开始撰集诗文合集《类文》，天监末成千卷巨帙。"② 又说，萧统立意撰集一部大总集在前，删繁就简，去粗取精，编撰为一部选本在后。撰集总集的工作可能从天监十五年就开始了，后来的成果即《类文》千卷。我们为什么说《类文》的撰集从天监十五年起始，这里存在有一个触发的缘由。……我们由此认定萧统因为《华林遍略》开撰的触发，从而决意撰集《类文》，恐怕是可以说得通的。③

2. 徐勉为萧统编纂《文选》推荐了大批人才。

萧统身边人才济济，他们当中许多人都是《文选》的编者。我们认为，东宫人才来源有三：其一，慕萧统之名而来者；其二，梁武帝安排者；其三，徐勉推荐者。徐勉何以能为萧统推荐人才？

首先，徐勉具备推荐人才的条件。徐勉于天监六年来到东宫，"敕知宫事"，而就在这一年，徐勉被任命为吏部尚书。"六年，除给事中、五兵尚书，迁吏部尚书。"④ 吏部尚书负责铨选，朝廷官员的委任必由吏部。之

---

① 方师铎在其《传统文学与类书之关系》（天津古籍出版社1986年版）一书中进行了论述，引文见下。

② 许逸民在其论文《〈文选〉编撰年代新说》（《文学遗产》2000年第4期）一文中提出千卷《类文》为《文选》前身之说。其依据有二：第一，南北宋之际吴棫的《韵补》。《韵补》卷首开列五十种征引书目，其中既有《文选》也有《类文》，《类文》下注曰："此书本千卷，或云梁昭明太子作《文选》时所辑，今所存止二十卷。本朝陶内翰所编。"第二，清朱彝尊《书〈玉台新咏〉后》曰："《昭明文选》初成，闻有千卷。既而略其芜秽，集其清英，存三十卷，择之可谓精矣！然所录之文，不无伪制。"

③ 许逸民：《〈文选〉编撰年代新说》，《文学遗产》，2000年，第4期。

④ 姚思廉：《梁书·徐勉传》卷二十五，中华书局1973年版，第378页。

后，徐勉升为尚书仆射，依然负责选官之事。在东宫，徐勉自萧统加冠后，即为太子詹事。“太子詹事之职，掌统东宫三寺、十率府之政令，辨其纲纪而修其职务。”① 因此，无论在朝廷，还是在东宫，徐勉都负责铨选，为百官之长。

其次，徐勉善于奖掖、提拔人才。他知人善任，唯才是举，总能把人才用在最适合的地方。“勉居选官，彝伦有序”②；萧纲评其“举直斥伪，校名责实。朝有进贤，野无遗逸”③。萧统喜欢“引纳才学之士……恒自讨论篇籍”，又欲“略其芜秽，集其清英”，作为老师，徐勉自是欢喜不尽。于是，徐勉为萧统推荐了一大批人才，支持萧统的编纂工作。

萧统身边最著名的人才莫过于昭明十学士：

> 时昭明太子尚幼，武帝敕锡与秘书郎张缵使入宫，不限日数，与太子游狎，情兼师友。又敕陆倕、张率、谢举、王规、王筠、刘孝绰、到洽、张缅为学士，十人尽一时之选。④

从上文所载看，昭明十学士乃是梁武帝所“敕”。为太子选拔人才是关系到太子成长、发展、成才的大事，自然应该由皇帝“钦批”。但是，皇帝虽为九五之尊，但对天下英才，未必都了然于心。所以，我认为，十学士未必真都是梁武帝“钦选”，对于十学士的选择和推荐，负责铨选的徐勉功不可没。

其一，如上文所说，无论在朝廷还是在东宫，徐勉都负责铨选，为东

① 李昉：《太平御览》卷二百四十五（职官部四十三），中华书局1960年版，第1159页。

② 姚思廉：《梁书·徐勉传》卷二十五，中华书局1973年版，第378页。

③ 姚思廉：《梁书·徐勉传》卷二十五，中华书局1973年版，第378页。

④ 李延寿：《南史·王彧附王锡传》卷二十三，中华书局1975年版，第640—641页。

宫选拔、安排人才，是徐勉的职责。

其二，梁武帝对徐勉十分信任，特别是在人才的选拔上，更是常常咨询徐勉。如：

> 高祖尝问吏部尚书徐勉曰："今帝业初基，须一人有学艺解朝仪者，为尚书仪曹郎。为朕思之，谁堪其选？"勉对曰："孔休源识具清通，谙练故实，自晋、宋《起居注》诵略上口。"①
>
> 殿中郎缺，高祖谓徐勉曰："此曹旧用文学，且居鵷行之首，宜详择其人。"勉举缅充选。②

有时，徐勉甚至左右梁武帝的意见。初，王泰出阁，高祖谓勉云："江蒨资历，应居选部。"勉对曰："蒨有眼患，又不悉人物。"高祖乃止。③ 考《梁书》，直接由徐勉为梁武帝推荐的人才除孔休源、张缅之外，还有沈峻、裴子野、杜之伟、蔡大宝、伏挺、何思澄、刘杲、钟屿、顾协、王子云等。梁武帝需要人才，尚且找徐勉商量，对于太子萧统的事自然更是如此。况且，在萧统七岁的时候，梁武帝就让徐勉"知宫事"；太子加冠后，又迁徐勉为"太子詹事"，可以说，梁武帝几乎将萧统的大小事情都交给徐勉了。从另一方面讲，徐勉受梁武帝之托，担当培养、教育太子的重任。为太子选拔人才，助其成长，肯定是徐勉想得到、做得到的事情。所以，我认为"十学士"虽为"钦敕"，但主要还是徐勉的推荐。

十学士之外，徐勉为萧统推荐的人才还有庾仲容、何思澄、刘杳、杜之伟、徐悱等。总之，萧统周围人才济济，作为吏部尚书、太子詹事、尚书仆射，徐勉为萧统推荐的人才绝非仅仅以上十多位。正是在他们的共同

---

① 姚思廉：《梁书·孔休源传》卷三十六，中华书局1973年版，第520页。

② 姚思廉：《梁书·张缅传》卷三十四，中华书局1973年版，第491页。

③ 姚思廉：《梁书·江蒨传》卷二十一，中华书局1973年版，第334页。

努力下，萧统顺利完成了《文选》的编纂。具体来说，十学士的工作主要在前期，他们为萧统收集整理了大量资料；而后期刘孝绰、何思澄则是最重要的参编者。值得一提的是，刘杲、杜之伟等被推荐时，萧统早因“蜡鹅事件”失宠，备受冷落。但徐勉不仅“固谏”救太子，而且依然如故关心萧统，不停地为萧统推荐人才，这才确保萧统顺利完成了《文选》的编纂。

3. 徐勉对萧统《文选》文学批评思想的影响。

作家的文学思想往往和他的思想倾向相一致。梁武帝是个佛教信徒，受父亲的影响，萧统亦笃信佛理，一心向佛。但是，另一方面萧统又有很深的儒家思想。“昔闻孔道贵，今观释花珍”①。这里，“昔”“今”指出了萧统接受儒、释两家思想的先后，但萧统没有因为“释花珍”，而弃“孔道贵”。实际上，萧统一生儒、释兼修，而儒家思想一直处于上风。在《文选序》中，萧统表达了他对儒家文化的崇尚：“若夫姬公之籍，孔父之书，与日月俱悬，鬼神争奥，孝敬之准式，人伦之师友，岂可重以芟夷，加之剪截?”萧统儒家思想的形成有多种原因，其中与十多年来一直教导着他的徐勉的影响有很大关系。

徐勉是个大学问家，尤其精通经学。“故能明经术以绾青紫，出闾阎而取卿相”②，正是凭借博通经术，徐勉一跃而至卿相高位。徐勉非常重视儒家思想教育。他在著名的《诫子书》中说：“遗子黄金满，不如一经。”③ 并谆谆告诫儿子“见贤思齐，不宜忽略以弃日也”④。徐勉不仅以儒家文化教育儿子，同样也以儒家精神激励其他年轻人。普通七年，萧统七弟萧绎出为荆州刺史，临行前，萧绎赋诗抒怀。

---

① 逯钦立：《先秦汉魏晋南北朝诗·萧统》卷十四，中华书局 1983 年版，第 1798 页。

② 姚思廉：《梁书·徐勉传》卷二十五，中华书局 1973 年版，第 388 页。

③ 姚思廉：《梁书·徐勉传》卷二十五，中华书局 1973 年版，第 383 页。

④ 姚思廉：《梁书·徐勉传》卷二十五，中华书局 1973 年版，第 385 页。

徐勉和诗曰："敬爱良是贤，谦恭实所务。尊贤遗道德，重学严师傅。六艺诚为敏，三雍称有裕。覆被唯仁义，吐纳必珪璋……"① 徐勉从儒家的道德标准和处事原则出发褒扬萧绎，显示了一位儒学大师对年轻人的欣赏与期望。徐勉的作品流失严重，我们不知道徐勉有没有给萧统写过类似的文章。当然，是否写过这类文章其实并不重要，重要的是，徐勉自萧统七岁至二十二岁一直陪伴在他左右，是萧统的老师，二人亲如父子，这种儒学思想教育自然会传递给萧统的。《梁书》本传载，萧统"性仁孝""善举止""天下皆称仁""孝谨天至""仁德素著""性宽和容众，喜愠不形于色。引纳才学之士，赏爱无倦"，这种儒家精神品质的养成与徐勉的影响与教育是分不开的。

作品是思想的反映，从师生二人的作品中我们同样可以看出这种倾向。我们不妨再引徐勉《和元帝诗》如下：

> 敬爱良是贤，谦恭实所务。尊贤遗道德，重学严师傅。六艺诚为敏，三雍称有裕。覆被唯仁义，吐纳必珪璋。壮思如泉涌，逸藻似云翔。夙有匡时调，早怀经世方。留心在庶绩，厉精思治纲。②

再看萧统的诗文：

> 载披经籍，言括典坟。郁哉元气，焕矣天文。……人伦惟何，五常为性。……违仁则勃，弘道斯盛。友于兄弟，是亦为政。③（《示徐州弟诗》）
>
> 孝若信儒雅，稽古文敦淳。茂沿实俊朗，文义纵横陈。佐公持方

① 逯钦立：《先秦汉魏晋南北朝诗·徐勉》卷十五，中华书局1983年版，第1812页。
② 逯钦立：《先秦汉魏晋南北朝诗·徐勉》卷十五，中华书局1983年版，第1812页。
③ 逯钦立：《先秦汉魏晋南北朝诗·萧统》卷十四，中华书局1983年版，第1793页。

介，才学罕为邻。灌蔬实温雅，摛藻每清新。①（《宴阑思旧》）

对比二人的作品，我们发现有很多类似的地方。他们都追求儒家道德、伦理，强调学习儒家典籍，提倡奋发有为的入世精神，体现了共同的儒家思想和精神。

在文学批评方面，徐勉没有留下什么。但是，从当时著名文人王僧孺的评价中，我们依稀可见徐勉的文学追求与文学思想。

（徐勉）搦札含毫，必弘靡丽，摛绮之思，郁风霞之情，质不伤文，丽而有体。②

萧统的文学批评思想在《文选序》及《答湘东王求文集及诗苑英华书》一文中阐述得很明白：

若其赞论之综缉辞采，序述之错比文华，事出于沉思，义归乎翰藻。③

夫文典则累野，丽亦伤浮。能丽而不浮，典而不野，文质彬彬，有君子之致。④

刘孝绰《昭明太子集序》中也对萧统的文学批评思想进行了评价：

---

① 逯钦立：《先秦汉魏晋南北朝诗·萧统》卷十四，中华书局1983年版，第1795页。

② 王僧孺：《詹事徐府君集序》，见严可均：《全梁文》卷五十一，商务印书馆1999年版，第549页。

③ 萧统编，李善注：《文选·序》，岳麓书社2002年版，第3页。

④ 萧统：《答湘东王求文集及诗苑英华书》，见严可均：《全梁文》卷二十，商务印书馆1999年版，第216页。

深乎文者，能使典而不野，远而不放，丽而不淫，约而不俭。①

通过对比，我们不难发现，二人的文学批评思想如出一辙。徐勉之文曰“摛绮之思，郁风霞之情”，萧统认为为文应“事出于沉思，义归乎翰藻”；徐勉之文“质不伤文，丽而有体”，萧统也追求“丽而不浮，典而不野”，“典而不野，远而不放，丽而不淫，约而不俭”。可以看出，二人的文学思想都源于儒家的“文质彬彬”理念，又同时在新的时代要求下有所超越和发展。他们一方面坚持“典质”文风，另一方面又“必弘靡丽”。二人之间所以有如此相似的文学思想，绝不是偶然的，作为萧统的老师，徐勉对萧统的引导与影响是不可忽视的。

萧统“文质彬彬”的文学批评思想在《文选》作品选录方面表现得十分突出，刘跃进先生说：“在具体的选录中，他更重视陆机、谢灵运、江淹、颜延之等典雅一类的作品，所以他不选录风格轻艳的艳情诗和精美细微的咏物诗，也不选乐府民歌中的情诗。由此来看，萧统的选录标准实际是涂饰了齐梁色彩的儒家思想体系。”② 这种重典雅弃轻艳的选录倾向，是萧统文学批评思想的最有力的体现，也是萧统服膺的儒家思想意识的集中反映。

4. 徐勉领编《华林遍略》对《文选》诗、赋“事类”编录方法的影响。

萧统在《文选序》中谈到《文选》的编录特点时说：“次文之体，各以汇聚，诗赋体既不一，又以类分。”③ 就是说，在《文选》的编排体例上，首先按照体裁来排列。如《文选》分为赋、诗、骚、七、对问等共三

① 刘孝绰：《昭明太子集序》，见严可均：《全梁文》卷六十，商务印书馆 1999 年版，第 672 页。

② 刘跃进：《〈文选〉概说》，《古典文学知识》，2009 年，第 1 期。

③ 萧统编，李善注：《文选·序》，岳麓书社 2002 年版，第 3 页。

十七个门类，是为“各以汇聚”。而赋、诗篇目较多，编排时又进行了二次分类，在“赋”下分京都、郊祀、耕藉、畋猎、纪行、游览、宫殿、江海、物色、鸟兽、志、哀伤、论文、音乐、情共十五小类；“诗”下分补亡、述德、劝励、献诗、公宴、祖饯、咏史、百一、游仙、招隐、反招隐、游览、咏怀、哀伤、赠答、行旅、军戎、郊庙、乐府、挽歌、杂歌、杂诗、杂拟共二十三小类，此所谓“诗赋体既不一，又以类分”。就是说，《文选》编录时，首先根据文章的体裁特征，将文章划分为三十七类。赋、诗篇目较多，《文选》又以“事类”之法将之进行二次分类。

萧统《文选》“次文之体，各以汇聚”的分类方法，可能源于《文章流别论》。挚虞编纂的六十卷《文章流别论》被认为是我国总集之祖。① 它就是按照文章的体裁特征进行编录的。《晋书·挚虞传》曰：“（虞）又撰古文章，类聚区分为三十卷，名曰《流别集》，各为之论。辞理惬当，为世所重。”（《隋书·经籍志》）

总集类小序也说：“（虞）于是采摭孔翠，芟剪繁芜，自诗赋下，各为条贯，合而编之，谓为《流别》。”“类聚区分”“各为条贯”指的是《文章流别论》文章编录的特点，即根据文章的体裁“分体编录”。这种按照体裁进行编录的方法为后来总集编撰者采用。《文选》同样也采用了这种按文体分类编录的方式。但是，在大的分类原则下，《文选》“诗赋体既不一，又以类分”的二次分类，却是《文选》作为总集类著作独自的特色。对照上文，萧统《文选》将赋、诗二次分类，是按“事”或说按题材内容来分类的。那么，《文选》这种“事类”方法是怎样形成的呢？我们认为，萧统《文选》“事类”的编录方式，模仿的是“以类相从”的类书，而当

① 《隋书·经籍志》：“总集者，以建安之后，辞赋转繁，众家之集，日以滋广，晋代挚虞，苦览者之劳倦，于是采摭孔翠，芟剪繁芜，自诗赋下，各为条贯，合而编之，谓为《流别》。是后文集总钞，作者继轨，属辞之士，以为覃奥，而取则焉。”又《四库全书总目》：“文籍日兴，散无统纪，于是总集作焉。……《三百篇》既列为经，王逸所裒又仅《楚辞》一家，故体例所成，以挚虞《流别》为始。”

时萧统身边正在编撰的大型类书《华林遍略》，正是《文选》学习、模仿的直接对象。

第一，如上所说，《文选》是受到《华林遍略》的启发而着手编撰的，徐勉是萧统的老师，萧统“每事询谋”，他对《华林遍略》“事类”的编录方式应该了解。那么，将《华林遍略》的编录方法运用到《文选》中是很自然的事。“萧统与《华林遍略》的编撰颇有一些关系。《华林遍略》由梁徐勉等编纂，徐勉，字修仁，萧统为太子在东宫时，由他主东宫太子读书之事。……因此，天监十五年，由太子詹事举学士撰类书，萧统也是知晓的。……那么，类书编撰按内容分类的方式，定会给他留下深刻印象，或者说影响到《文选》诗按内容来实施分类。”① 其说甚是。

第二，萧统编撰《文选》的目的之一，是为了方便作者翻检以及写作取则之需。既然如此，萧统很有可能会借鉴《华林遍略》便于使用者“按图索骥”的“事类”方式。台湾学者方师铎提出：“我们真想不明白：魏文帝曹丕‘集五经群书，以类相从’的《皇览》，我们把他算作‘类书’，而不视为‘总集’；可是同样情形的‘体既不一，又以类分’的《昭明文选》，我们却不把他当作‘类书’，反而把他算作‘总集’；这样的任意去取，究竟有没有一定的权衡呢?”② 方先生认为《文选》采用“体既不一，又以类分”的编录方式，应该算作类书。《文选》算不算类书，不是本文要探讨的内容，但是这种“体既不一，又以类分”的编录方式肯定源于类书，我们由此可以推断《华林遍略》对《文选》的影响。

第三，《文选》所以能借鉴《华林遍略》的编撰方法，还因为编者与《华林遍略》领编者徐勉有着特殊关系的原因。

萧统是《文选》的主编。如前文所及，徐勉于萧统有终生之师谊，二人亲如父子。对于徐勉，“太子礼之甚重，每事询谋”，在《文选》的编撰

---

① 胡大雷：《〈文选〉编纂研究》，广西师范大学出版社 2009 年版，第 221 页。

② 方师铎：《传统文学与类书之关系》，天津古籍出版社 1986 年版，第 28 页。

上自然少不了向徐勉取谋。

刘孝绰是《文选》最主要的参编者之一，这一结论已为学术界所公认。而刘孝绰与徐勉关系非同寻常。

第一，刘孝绰与徐勉有姻亲关系，刘孝绰三妹是徐勉儿子徐悱之妻。第二，二人为文中密友。《梁书·刘孝绰传》载："孝绰免职后，武帝数使仆射徐勉宣旨慰抚之，每朝宴常预焉。及武帝为《籍田诗》，又使勉先示孝绰。"可见，就连梁武帝也知道他们二人的亲密关系。刘孝绰有《陪徐仆射晚宴诗》，充分表达了两人亲密无间的深厚友谊。当然，从历史记载看，刘孝绰没有参加《华林遍略》的编写，但是，作为至交文友，刘孝绰一定了解《华林遍略》的编录特点，那么，在编撰《文选》时"就地取材"加以借鉴，并不让人感到意外。

如上所说，何思澄在完成《华林遍略》的撰写之后，因表现突出，先被提拔为"治书侍御史"，后又被徐勉推荐给萧统。那么，何思澄在《文选》编纂中到底起怎样的作用呢？王应麟《玉海》卷五四引《中兴书目》，著录《文选》六十卷，其释文谓萧统集汉迄梁文人才士所著诗赋等为三十卷。又有双行小注称："与何逊、刘孝绰等选集。"人所共知，何逊因卒年较早等原因，无缘参与《文选》的编撰。对此，俞绍初先生解释为，何逊乃何思澄误写①。如果俞先生的推论不假，则何思澄在《文选》编纂中的作用可谓大矣！其实，从何思澄与萧统的关系，也可以推断他在《文选》编撰中所发挥的作用。《梁书·何胤传》曰：初，开善寺藏法师与胤遇于秦望，后还都，卒于钟山。死日，（何）胤在波若寺见一名僧，授胤香炉奁并函书……胤开函……又于寺内立明珠柱，柱乃七日七夜放光。太守何远以状启昭明太子，太子钦其德，遣舍人何思澄致手令以褒美之。藏法师为当世名僧，何胤也为当时高士，萧统特派何思澄持手令前往褒

① 俞绍初在《〈文选〉成书过程拟测》一文中指出："大概后世以何逊诗名特盛，只知有何逊其人而不知有何思澄，又因'思澄'二字快读则成'逊'，故有此误。"

美，足以说明萧统对何思澄的重视。而且，何思澄有编撰《华林遍略》的经验，又因能力出众被提拔为“治书侍御史”，确为编纂高手。对这样的人才，萧统怎能不大加重视呢？“在《文选》编撰中，何思澄、刘孝绰出力为多。”① “《文选》是经过前后两个时期，在萧统主持下，由刘孝绰、何思澄等东宫学士协助而得以成书的。”② 因此，何思澄与刘孝绰一样，是《文选》两大最重要的编者之一。何思澄是《华林遍略》的主要参编者，对于“事类”的编录方法十分熟悉，那么，将之运用到《文选》，当然驾轻就熟。

综上所述，徐勉于萧统有终身之师谊，二人关系亲密，宛如父子。徐勉见证了萧统的辉煌，也陪伴、帮助萧统度过了诸多艰难时光。徐勉是萧统生活上的监护人，学问上的导师。对于萧统《文选》的编纂，徐勉功不可没。

第三节　《华林遍略》对中国古代类书编纂的影响

摘要：《华林遍略》是萧梁时期梁武帝敕众学士所撰类书，其领修人是徐勉。以类事为重、追求宏富、一事多录是《华林遍略》的特点。《华林遍略》是中国类书史上的一座高峰，成书后盛传数代，为我国古代许多重要类书的蓝本，对中国古代类书的编纂具有深远的影响。

关键词：徐勉；《华林遍略》；类书；影响

类书是中国古代书籍的一种编撰体式，也是学术史上一个重要的著作

① 许逸民：《〈文选〉编撰年代新说》，《文学遗产》，2000 年，第 4 期。
② 高明峰：《关于〈文选〉编纂过程的一点意见》，《阴山学刊》，2004 年，第 5 期。

类型。中国古代首部类书当推魏之《皇览》。宋王应麟云："类事之书，始于《皇览》。"《三国志·魏书》载："帝好文学，以著述为务，自所勒成，垂百篇。又使诸儒撰集经传，随类相从，凡千余篇，号曰《皇览》。"南北朝时期，统治者对类书的编纂十分重视，据说当时有类书3000多种，而其中最重要的是南朝萧梁的《华林遍略》和北齐时以《华林遍略》为蓝本编纂的《修文殿御览》。唐代高俭在《文思博要序》中写道"魏之《皇览》，登巨川之滥觞，梁之《遍略》，标崇山之增构"，足见《华林遍略》崇高的学术地位和成就。

一、《华林遍略》的领修人是徐勉

关于《华林遍略》的领修人，史书有两种记载：一种观点认为，《华林遍略》的领修人是徐勉；另一种认为是徐僧权。

关于徐勉为《华林遍略》领修人的记载主要有：

①《梁书·何思澄传》："天监十五年，敕太子詹事徐勉举学士入华林撰《遍略》，勉举思澄等五人以应选。"①

②《南史·何思澄传》："天监十五年，敕太子詹事徐勉举学士入华林撰《遍略》，勉举思澄、顾协、刘杳、王子云、钟屿等五人以应选。八年乃书成，合七百卷。"②

③《梁书·刘杳传》："詹事徐勉举杳及顾协等五人入华林撰《遍略》。"③

《南史》本传记载与《梁书》同。

---

① 姚思廉：《梁书·何思澄传》卷五十，中华书局1973年版，第714页。
② 李延寿：《南史·何思澄传》卷七十二，中华书局1975年版，第1782—1783页。
③ 姚思廉：《梁书·刘杳传》卷五十，中华书局1973年版，第716页。

④《旧唐书·经籍志》："《华林遍略》六百卷徐勉撰。"①

⑤《新唐书·艺文志》："徐勉《华林遍略》六百卷。"②

关于徐僧权为《华林遍略》领修人的记载主要有：

①《隋书·经籍志》："《华林遍略》六百二十卷，梁绥安令徐僧权等撰。"③

②《日本国见在书目录》："《华林遍略》六百二十卷，梁绥安令徐僧权等撰。"

记录与《隋书》完全相同。

比较以上关于《华林遍略》领修人的记载，可以看出：

1. 关于《华林遍略》领修人为徐勉的记载出自《梁书》和《南史》，早于《隋书》和《日本国见在书目录》；

2.《梁书》和《南史》记载详细，而《隋书》和《日本见在书目录》只载结论。考《梁书》《南史》，我们还发现，二书不仅记载了《华林遍略》的领修人、参编人、卷数、完成时间，还在不同地方记载了《华林遍略》编纂的原因、编纂中的趣事、成书后参编人员去向、著作的流行与影响等许多详细情况。从这些记载看，《梁书》《南史》的作者可能看到了记载《华林遍略》的详细资料，因此，《梁书》《南史》的记载应该是真实可信的。胡道静先生指出："《唐志》《新唐志》皆载徐勉撰，与《何思澄传》相应，说明领修人是徐勉。……《南史·徐伯阳传》叙僧权为梁东宫

① 刘昫：《旧唐书·经籍志》卷四十七，中华书局1975年版，第2046页。
② 欧阳修，宋祁：《新唐书·艺文志》卷五十九，中华书局1975年版，第1562页。
③ 魏征：《隋书·经籍志》卷三十四，中华书局第1973年版，第1009页。

通事舍人，领秘书，以善书知名。不言其修《华林遍略》。或者《隋志》所记有误，或者二徐并是领修人，未可定。”① 虽然作者没有完全否定徐僧权，但对徐勉为领修人之说做了充分肯定。

《日本国见在书目录》的记载与《隋书》记载完全相同，我们认为很有可能是抄录了《隋书·经籍志》。学者在研究此书书题时说：“今本尾题为《本朝现在书目录》，其题意应为：‘对中国（主要指《隋书·经籍志》）而言、本邦实在存在的汉籍目录。’”② 因此，从某种意义上说，《日本国见在书目录》是以《隋书·经籍志》为底本的。综合以上情况，笔者认为，《华林遍略》的领修人应为徐勉而非徐僧权。

二、《华林遍略》的流传和特点

据《南史》《梁书》记载，《华林遍略》工程浩大，耗时八年，共七百卷；但成书于唐初的《隋书》称六百二十卷；成书于后晋的《旧唐书》和成书于宋初的《新唐志》皆称六百卷。可能《华林遍略》在流传过程中，几经抄录，或合并，或删略，或遗失，到唐时已有了不同的版本。《华林遍略》在唐代十分流行，唐编《艺文类聚》《文思博要》《初学记》等类书时都曾利用过此书。但《遍略》在宋初即已不见，所以北宋初年编撰的《太平御览》就没有能直接利用它。

因为看不到《华林遍略》全书，我们无法详谈其长短。但从文献资料的评价，可以约略看出它的一些特点：

1. 以事为重。欧阳询在《艺文类聚序》中说：“前辈缀集，各抒其意，《流别》《文选》，专取其文，《皇览》《遍略》，直书其事，文义既殊，寻检难一。”

---

① 胡道静：《中国古代的类书》，中华书局2005年版，第60页。

② 孙猛：《浅谈日本国见在书目录》，［2010－01－25］. http：//www. cnindex. edu. fudan. cn.

2. 博富。“魏朝之撰《皇览》，梁世之修《遍略》，务多为美，聚博为功。”①《华林遍略》要压倒《类苑》的原因，也决定了它的丰富性。《类苑》号称“天下之事，毕尽此书，无一物遗漏”，然而只有一百二十卷。《华林遍略》七百卷，足见其丰富性。

3. 一事多录。《续谈助》卷四引唐代杜宝《大业杂记》说：“梁朝学士取事，意各不同，至如‘宝剑出自昆吾溪，照人如照水，切玉如切泥’，序剑者尽录为剑事，序溪者亦取为溪事，撰玉者亦编为玉事，以此重出，是以卷多。”杜宝认为，《华林遍略》一事多录，为复见之病。而实际上，这应该是《华林遍略》的特点之一。《华林遍略》是类书，编纂的目的是供使用者检录及查找资料之需，“一事多录”，虽然有复见之嫌，但却方便了使用者检录，因为无论需要“剑”者，还是需要“溪”者、“玉”者，都能一次检录成功，避免了二次查找的麻烦。

三、《华林遍略》对类书编撰的影响

《华林遍略》是我国类书史上的一座高峰。《华林遍略》以其博富的原始材料、成熟的体制特点，为后世数代类书所效仿、因袭。《华林遍略》对我国类书编纂的影响是极其深刻而久远的。

1.《华林遍略》与北齐《修文殿御览》

《修文殿御览》是北齐后主高纬时期官修的一部类书，在中国类书史上颇具影响力。《修文殿御览》的编纂不仅受到了《华林遍略》的启发，而且直接以《华林遍略》为蓝本。《太平御览》卷六〇一引唐代丘悦所撰《三国典略》曰：

> 初齐武成令宋士素录古来帝王言行要事三卷，名为《御览》，

---

① 刘知己著，浦起龙释，王煦华整理：《史通通释·采撰》，上海古籍出版社1978年版，第116—117页。

> 置于齐主巾箱。阳休之创意，取《芳林遍略》（“芳”应为“华”）加《十六国春秋》《六经拾遗录》《魏史》等书，以士素所撰之名称为《玄洲苑御览》，后改为《圣寿堂御览》。至是，珽等又改为《修文殿》上之。①

由上可知，《修文殿御览》以《华林遍略》为蓝本最初是阳休之的创意，而真正实施者却是祖珽。那么，祖珽何以如此倾心于阳休之的创意？恐怕主要有两个原因。第一，《华林遍略》在北方影响很大；第二，祖珽与《华林遍略》有着特殊的感情：

> （祖珽）事文襄。（扬）州客至，请卖《华林遍略》。文襄多集书人，一日一夜写毕，退其本曰：“不须也。”珽以《遍略》数帙质钱樗蒲，文襄杖之四十。……又盗官《遍略》一部。事发，文宣付从事中郎王士雅推检，并书与平阳公淹，令录珽付禁，勿令越逸。②

文襄就是高澄，后为北齐世宗，当时领中书监。然而以其之贵，也舍不得花钱购买一本完整的《华林遍略》，而不得不找人来抄写；而祖珽仅用《华林遍略》数秩就可押作现款用来赌博，足见《华林遍略》在北方影响之大，价值之高。而以祖珽两次盗取《华林遍略》的深情，当阳休之提出以《华林遍略》为蓝本时，他自然由衷赞同了。

《修文殿御览》以《华林遍略》为蓝本，甚至抄袭之，后世多有评论。如，陈振孙在其著作《直斋书录解题》中说：“《唐志》类书在前者有《皇览》《类苑》《华林遍略》等六家，今皆不存，则此书当为古今类书之

① 李昉：《太平御览》卷六百一（文部十七），中华书局1960年版，第2702页。
② 李百药：《北齐书·祖珽传》卷三十九，中华书局1972年版，第515页。

首。珽之行事奸贪凶险，盗贼小人之尤无良者，言之则污口舌。而其所编集乃独至今传于世。然珽尝以他人所卖《遍略》质钱受杖。又尝盗官《遍略》一部，坐狱论罪。今书毋乃盗《遍略》之旧，以为己功邪?”近代学者胡道静说：“《修文殿御览》以《华林遍略》为蓝本，大采而特用，是公开的事，并不偷偷摸摸。阳休之创意辑《玄洲苑预览》，即以《遍略》为蓝本。因袭的问题不在于祖珽。祖珽虽两番盗书，但他确实也懂得《遍略》的好处。阳休之的主意，他必是由衷的赞同。”① 因为有《华林遍略》做蓝本，祖珽们的工作异常顺利，三百六十卷的《修文殿御览》仅七个月就完成了。洪业说：“梁以八年成书，齐以七月毕纂，创难而踵易也。”②这是很合理的说法。

2.《华林遍略》与隋代类书

隋代享年甚短，但在类书史上却是一个十分重要的时期。其重要类书有《长洲玉镜》《编珠》《北堂书钞》等。而从历史记载看，这些著作，大多受益于《华林遍略》。

（1）《华林遍略》与《长洲玉镜》

《长洲玉镜》是隋炀帝杨广时官修的一部类书，《隋书·经籍志》载有二百三十八卷。《大业杂记》则记录为四百卷。编纂人有虞绰、虞世南、庾自直、柳顾言等。《长洲玉镜》今已佚，但从文献记载，我们依然可以看到隋代这部重要著作与《华林遍略》的密切关系。《续谈助》卷四引唐代杜宝《大业杂记》说：

“大业二年六月，学士秘书监柳顾言、学士著作佐郎王曹等撰《长洲玉镜》一部四百卷。帝谓顾言曰：‘此书源本出自《华林遍略》，然无复可加，事当典要。其卷虽少，其事乃多于《遍略》。‘对曰’梁主以隐士刘孝标撰《类苑》一百二十卷，自言天下之事毕尽此书，无一物遗漏，梁武心

---

① 胡道静：《中国古代的类书》，中华书局2005年版，第67页。

② 洪业：《所谓修文殿御览者·洪业论学集》，中华书局1981年版，第64页。

不伏，即敕华林园学士七百余人，人撰一卷，其事数倍，多于《类苑》。今文集又富梁朝，是以取事多于《遍略》。然梁朝学士取事，意各不同，至如‘宝剑出自昆吾溪，照人如照水，切玉如切泥’，序剑者尽录为剑事，序溪者亦取为溪事，撰玉者亦编为玉事，以此重出，是以卷多。至于《玉镜》则不然。帝曰：‘诚如卿说。’”

由此可知，《长洲玉镜》是以《华林遍略》为蓝本的。《长洲玉镜》的编者不仅对《华林遍略》的编撰始末很熟悉，而且对《遍略》的特点研究得很透彻，编撰时力取《遍略》之优，采事以弘富为特点，同时又尽量避免《遍略》的复见之病。实际上《长洲玉镜》不过是在《遍略》基础上做了一番删繁就简的功夫后，又增加了一些新故事而已。因为有《遍略》作为蓝本，《玉镜》成书也很迅速，四百卷的巨著只用了一年半的时间。

（2）《华林遍略》与《北堂书钞》

《北堂书钞》是经久重视的一部古类书，被列为“唐代四部类书”（《北堂书钞》《艺文类聚》《初学记》《白氏六帖事类集》）之一。（《北堂书钞》的编者是虞世南，其事迹主要在唐朝，因而被后人算作唐代类书。但《北堂书钞》是虞世南在隋朝任秘书郎时所作，因此，此书应为隋代作品。）

虞世南曾是《长洲玉镜》的主要编者之一。《北史·虞绰传》载：“（虞）绰仕陈为太学博士。及陈亡，晋王广引为学士。大业初，转为秘书学士，奉诏与秘书郎虞世南、著作佐郎庾自直等撰《长洲玉镜》等书十余部。”既然《长洲玉镜》以《华林遍略》为蓝本，虞世南自然十分熟悉《华林遍略》，他在自编《北堂书钞》时受到《华林遍略》的影响是很自然的。

3.《华林遍略》与唐代类书

唐朝是我国类书的昌盛时期。除以上四大类书外，还有《文思博要》

《三教珠英》等。在唐代，《华林遍略》影响很大。很多类书都以它为蓝本，或汲取其精华。现以几本重要类书为例，谈谈《华林遍略》对唐代类书的影响。

（1）《华林遍略》与《艺文类聚》

《艺文类聚》是唐代最著名的类书之一，也是保存到今天的最早最完整的类书。《艺文类聚》是唐代开国初年由高祖李渊下令编撰的。参编者有欧阳询、令狐德棻、陈叔达等十余人。《艺文类聚》的编撰深受《华林遍略》的影响。欧阳询在《艺文类聚序》中指出：

> 前辈缀集，各抒其意。《流别》《文选》专取其文；《皇览》《遍略》，直书其事。文义既殊，寻检难一。爰诏撰其事且文，弃其浮杂，删其冗长，金箱玉印，比类相从，号曰《艺文类聚》。故事居其前，文列于后。①

由此可知，《艺文类聚》所创立的事文合璧的类书“新”体例，是在对前代传统类书与总集进行综合的基础上形成的。《艺文类聚》取文仿效《流别》《文选》；取事则继承《皇览》与《遍略》，而《皇览》当时已难见全貌，这就决定了它与当时盛行的《华林遍略》的密切关系。另外，从规定事前文后的编排次序，可以看出，在欧阳询看来，叙事和诗文在类书中的地位是不能等量齐观的。叙事是有关门类的主体，负载着叙述、阐释和譬喻的责任，因而是经、是纲，应置于各门类的前面。诗文则是围绕着叙事而展开的描绘铺陈，因而是纬、是目，应放在各门类的后面。欧阳氏所以有这样的思想，正源于其对《华林遍略》所体现的传统的认同。

---

① 欧阳询等：《艺文类聚·序》，中华书局1965年版，第27页。

(2)《华林遍略》与《文思博要》《三教珠英》

《文思博要》是唐初一本重要类书。《唐会要》卷三六《修撰门》曰："贞观十五年十月二十五日，尚书左仆射申国公（高）士廉等撰《文思博要》成，凡一千二百卷。"高士廉在序中说："魏之《皇览》，登巨川之滥觞，梁之《遍略》，标崇山之增构。"可见编者对《华林遍略》评价之高。因此，《文思博要》的编写肯定要受到《华林遍略》的影响。《文思博要》在编纂上的一个特点是"博广"。《文思博要序》曰："笼箱素则一字必包，举残片则片言靡弃，□而有检，简而不失，同滋万顷，塍埒自分，譬彼百川，派流无壅。"这种"包举甚广，片言只语，所在必收"的富广，应该源于《华林遍略》"博富"的影响。

《三教珠英》是在《文思博要》基础上增订的。《唐会要》曰："大足元年十一月十二日，麟台监张昌宗撰《三教珠英》一千三百卷成，上之。初圣历中，以上《御览》及《文思博要》等书，聚事多未周备，遂令张昌宗召李峤……等二十六人同撰。"《御览》指《修文殿御览》。

我们知道，《修文殿御览》是以《华林遍略》为蓝本，并在大量抄录《华林遍略》基础上成书的，因此可以断定《文思博要》以及后来在其基础上修编的《三教珠英》与《华林遍略》的关系。

《初学记》是初唐另一部重要类书。《初学记》最大的创新之处在于增加了"事对"部分，因为编撰的目的是唐玄宗的儿子作文时检查事类之用，所以《初学记》以精取胜，不求博富。但是，《初学记》不敢在体例上有什么改革，仍然坚持以叙事为主题，这是和《华林遍略》一脉相承的。"（《三教珠英》）实际上是徐坚和张说总其成。后来玄宗时坚与说又成《初学记》，盖已是编纂类书的能手了。"① 因此，正是来自编纂《三教珠英》的锻炼以及受《华林遍略》的实际影响，徐坚的《初学记》才进

---

① 胡道静：《中国古代的类书》，中华书局2005年版，第117页。

行得更加顺利。

4.《华林遍略》与北宋类书

北宋时期，是我国类书编纂史上又一重要时期。以《太平御览》和《册府元龟》最为著名。当时《华林遍略》已经散失，但对《太平御览》和《册府元龟》的影响依然不能忽视。

（1）《华林遍略》与《太平御览》

《太平御览》是北宋年间官修的一部大类书，由宋太宗命李昉等14人编辑。始编于宋太宗大平兴国二年（977年）三月十七日，完成于太平兴国八年（983年）十二月十九日。《太平御览》编纂时，《华林遍略》已佚。故编《太平御览》时没有能利用到它。但是，《华林遍略》对《太平御览》的影响，却通过《修文殿御览》等前代类书辗转发挥着作用：

“祖珽等的《修文殿御览》于北齐后主武平三年二月敕撰，八月即完，成书极速，因为是用《华林遍略》为蓝本，踵事增华，加以补充的。宋初《皇览》早亡，《遍略》亦佚，但《御览》尚存，李防等撰《太平御览》，又是在北齐这部类书的基础上进行的。”①

《太平御览》的编纂以《修文殿御览》等为蓝本，前人多有记载。宋版《太平御览》，载有《国朝会要》一节，其中说：“帝阅前代类书，门目纷杂，失其伦次，遂诏修此书。以前代《修文殿御览》《艺文类聚》《文思博要》及诸书参详条次，分定门目。”

陈振孙《直斋书录解题》也说：

“《太平御览》一千卷，以前代《修文殿御览》《艺文类聚》《文思博要》及诸家，参译条次修纂。或言：国初古书多未亡，以《御览》所引书名故也。其实不然，特因前诸家类书之旧尔。以《三朝国史》考之，馆阁及禁中书总三万六千余卷，而《御览》所引书多不著录，盖可见矣。”

① 刘叶秋：《类书常谈》，《辞书研究》，1982年，第2期。

因此可知，《太平御览》的编撰是以《修文殿御览》《艺文类聚》《文思博要》为蓝本辑录的。而此三书，恰恰是受《遍略》影响最深的三大类书。“《遍略》义例，重事不重文，与《修文殿御览》《太平御览》体制相同。编《太平御览》时，《遍略》已不存，不能用其书，然可通过《修文殿御览》《艺文类聚》所取自《遍略》者而存之。”① 由此可知，通过《修文殿御览》《艺文类聚》这些受益于《华林遍略》的古代类书，《华林遍略》对《太平御览》的取材、体制甚至包罗万象的宏富的特点都有着重要影响。

（2）《华林遍略》与《册府元龟》

如《太平御览》一样，《册府元龟》也通过《修文殿预览》间接受到《华林遍略》的影响。《册府元龟》由宋真宗钦定编纂，该书不仅引用了《修文殿御览》的资料，还由宋真宗亲自对资料进行了核对，以纠正其中舛误。《直斋书录解题》卷十四载：“《册府元龟》一千卷，景德二年，命资政殿学士王钦若、知制诰杨亿，修历代君臣事迹。八年而成，总五十部，部有总序，一千一百四门，门有小序，赐名制序。所采正经史之外，惟取《战国策》《国语》《韩诗外传》《吕氏春秋》《管》《晏》《韩子》《孟子》《淮南子》及《修文殿御览》，每门具进，上亲览，摘其舛误，多出手书，或召对指示商略。”

综上所述，《华林遍略》是萧梁时期梁武帝敕太子詹事徐勉编纂而成的一部重要类书。成书后影响很大，为后世许多重要类书的蓝本，虽然《华林遍略》在宋代已经佚失，但正所谓“落红不是无情物，化作春泥更护花”，《华林遍略》沾溉后世类书，其泽甚远矣！

① 胡道静：《中国古代的类书》，中华书局2005年版，第72页。

第四节　徐摛与梁代宫体诗的兴盛

摘要：宫体诗兴起并全盛于梁代，以萧纲的东宫为中心。在宫体诗兴起与兴盛的过程中，徐摛发挥了重要作用。徐摛自幼受到永明诗风的熏陶，其诗“好为新变，不拘旧体”，其特点是：多咏物诗，以描摹女性为中心，内容狭窄；追求声律、节奏、对仗之美，风格秾丽。徐摛是萧纲的老师，是徐陵的父亲，在徐摛的教育引导下，萧纲与徐陵走上了宫体诗创作之路，并成为宫体诗创作的领军人物、核心人物。徐摛才、学、识兼备，富有感召力和影响力，加之萧纲的“恩礼”与推崇，徐摛发起的这种“新诗”为“春坊尽学之”，宫体诗因而达到全盛。

关键词：梁代；徐摛；萧纲；宫体诗

宫体诗兴起于梁代，以萧纲东宫为中心。提到宫体诗，我们自然会想到萧纲及其东宫学士徐陵、庾肩吾、庾信等宫体诗人，实际上，在宫体诗兴起与兴盛的过程中，还有一个关键人物，他就是萧纲的老师、徐陵的父亲——徐摛。《梁书·徐摛传》载：“摛幼而好学，及长，遍览经史，属文好为新变，不拘旧体……（萧纲）以摛为侍读……王入为皇太子，转家令，兼掌管记，寻带领直。摛文体既别，春坊尽学之，‘宫体’之号，自斯而始。”① 由此可知，徐摛是宫体诗的发起人，他的创作直接影响了萧纲、徐陵甚至整个东宫诗人，使宫体诗创作兴盛起来。那么，徐摛何以能成为宫体诗发起人，他怎样影响了萧纲、徐陵的创作，并引发了宫体诗创作的全盛呢？本文尝试就这些问题展开讨论。

---

① 姚思廉：《梁书·徐摛传》卷三十，中华书局1973年版，第446—447页。

一、徐摛“好为新变”及其成为宫体诗发起人的原因

徐摛，字士秀，东海郯人，出身南朝著名文化世家东海徐氏家族。徐摛“好为新变”并能成为宫体诗发起人不是偶然的。

1. 受周氏家族影响，很早就接触了“四声”。

宫体诗是在永明体基础上踵事增华发展起来的一种新诗体，提到永明体，我们不能不提“四声”及其发现者——周颙。“永明末，盛为文章。吴兴沈约、陈郡谢朓、琅邪王融以气类相推毂。汝南周颙善识声韵。约等文皆用宫商，以平上去入为四声，以此制韵，不可增减，世呼为‘永明体’。”① 因此，永明体与“四声”的发现是不可分的。而徐摛与发现了“四声”的周氏家族关系特殊。高祖谓周舍曰：“为我求一人，文学俱长兼有行者，欲令与晋安游处。”舍曰：“臣外弟徐摛，形质陋小，若不胜衣，而堪此选。”周舍是周颙的儿子，周舍称徐摛为“外弟”，这说明徐、周两族有姻亲关系。从周舍对徐摛的推荐判断，徐、周两家关系极好，周颙是徐摛关系不远的长辈。徐摛生于刘宋泰始七年（471）②，周颙大概卒于永明八年至十一年（490—493）之间③，当时徐摛二十多岁，“幼而好学”，可能直接受到过周颙的教育和影响。另外，作为周颙的儿子，周舍对父亲的“四声”也非常熟悉。“帝问周舍曰：‘何谓四声？’舍曰：‘天子圣哲’是也。”④ 对梁武帝的问题，周舍张口一例，足见其对四声的熟悉。周舍与

---

① 萧子显：《南齐书·周颙传》卷五十二，中华书局1972年版，第898页。

② 据《梁书·徐摛传》，徐摛卒于大宝二年（551），年七十八，徐摛应生于宋后废帝元徽二年（474）。曹道衡先生在《魏晋南北朝文学札记·徐摛生卒年》考得徐摛生于泰始七年（471），年八十一。见《中古文学史论文集》，中华书局2002年版，第482页。

③ 刘跃进先生在《周颙卒年新探》一文中考得周颙卒于永明八年至十一年（490—493）之间，见《辽宁大学学报》（哲学社会科学版），1992年，第3期。徐文明先生在《周颙卒年研究》一文中考得周颙可能卒于永明十一年初，见《文学遗产》，2011年，第4期。

④ 姚思廉：《梁书·沈约传》卷十三，中华书局1973年版，第243页。

徐摛是要好的兄弟，又都是文人，应该少不了诗艺的切磋，因此徐摛可能很早就接触、熟悉了四声。

2. 受永明体代表人物沈约等的影响，徐摛与永明体诗的代表人物有文学交往，并受过用韵等方面的实际锻炼。

《太平广记》卷二四六记载，梁武帝曾召集臣子作五字叠韵诗，其中有永明诗人代表沈约。梁高祖尝作五字垒韵曰："后牖有榴柳。"命朝士并作。刘孝绰曰："梁王长康强。"沈约曰："偏眠船舷边。"庾肩吾曰："载七每碍埭。"徐摛曰："臣昨祭禹庙，残六斛熟鹿肉。"何逊用曹瞒故事曰："暯苏姑枯庐。"吴均沉思良久，竟无所言。高祖愀然不悦，俄有诏曰："吴均不均，何逊逊，宜付廷尉。"① 从内容上看，这首诗没有任何实际意义，纯属笔墨游戏，但在音韵学上却有很高的参考价值。也就是说，梁武帝组织这次联诗没有内容上的要求，纯粹是为了练习用韵。梁武帝是中国历史上著名的文人皇帝，登基之后，"旁求儒雅，诏采异人"，"每所御幸，辄命群臣赋诗"②，像这样探究声韵的活动不会仅这一次。在这些用韵实践中，徐摛获得了运用"声韵说"进行创作的实际体验。

3. 独特的气质特征

徐摛爱好文学，但并不独秀于文学。徐摛个性突出，有感召力。如在萧纲幕府，萧纲让徐摛负责管理值班卫兵工作；东宫讨论问题，萧纲让徐摛当主持；在责难自己的萧衍面前，徐摛侃侃而谈，能使萧衍转怒为喜；面对凶残的侯景，徐摛不亢不卑，予以斥责，竟使侯景"常惮摛"，这些都体现了徐摛不同于一般文人的果敢和影响力。把徐摛和东宫中另一位几乎与他齐名的诗人庾肩吾比较，更可以看出徐摛独特的气质特征。庾肩吾是典型的文人，他的传记在《梁书》的《文学传》中；而徐摛不同，他的传记单列，而且写得很详细。在《梁书》作者看来，"徐摛远远不止是一

① 李昉：《太平广记》，人民文学出版社1959年版，第1908页。

② 姚思廉：《梁书·沈约传》卷四十九，中华书局1973年版，第586页。

个文学人物”①。

另外，在萧纲文学集团中，徐摛年龄最长，又是萧纲敬重的老师，这使他的言行易于被接受或模仿。才华、个性、地位、资历等使徐摛引导新诗风成为可能。

二、徐摛对萧纲宫体诗风形成的重要影响

提到宫体诗，我们就会想到萧纲。《梁书·简文帝本纪》载，萧纲“七岁有诗癖，长而不倦。然伤于轻艳，当时号曰‘宫体’”②。《隋书·经籍志》也载：“梁简文之在东宫，亦好篇什，清辞巧制，止乎衽席之间，雕琢蔓藻，思极闺闱之内。后生好事，递相放习，朝野纷纷，号为宫体。流宕不已，讫于丧亡。”③ 诗人诗风的形成常常是有诸多原因，而萧纲诗风的形成与徐摛的教育、引导是大有关系的。

1. 徐摛为萧纲终生之师

梁武帝萧衍非常重视子孙教育。子孙们七八岁时，总会为他们安排最好的老师，萧纲是萧衍喜欢的儿子。《南史·萧纲本纪》载：“幼而聪睿，六岁便能属文。武帝弗之信，于前面试，帝揽笔立成文。武帝叹曰：‘常以东阿为虚，今则信矣。’”④ 东阿是曹植的小字，萧衍自豪地将萧纲比作曹植，可见萧衍对萧纲的赏爱。对于这样一个才比曹植的爱子，萧衍当然会为他选择最好的老师。经过推荐、考察，萧衍认为徐摛才、学、识兼备，是建安七子之冠王粲一类的人物，于是任命徐摛为儿子的侍读。这一年萧纲七岁，徐摛三十九岁。自这一年开始，到大宝二年（551）两人同年死去，徐摛与萧纲相伴四十二年，这期间除了短暂的丁母忧及出为新安

① 田晓菲：《烽火与流星——萧梁王朝的文学与文化》，中华书局2010年版，第125页。

② 姚思廉：《梁书·简文帝本纪》卷四，中华书局1973年版，第109页。

③ 魏征：《隋书·经籍志》卷三十五，中华书局1973年版，第1090页。

④ 李延寿：《南史·萧纲本纪》卷八，中华书局1975年版，第232页。

太守的时间，徐摛一直陪伴在萧纲左右，可以说徐摛为萧纲终生之师。

2. 徐摛对萧纲宫体诗风形成的重要影响

萧纲七岁时，徐摛来到萧纲身边，而正好这一年萧纲有了“诗癖”，这恐怕不是偶然的。《梁书·徐摛传》载：“摛文体既别，春坊尽学之，‘宫体’之号，自斯而始。帝闻之怒，召摛加让，及见，应对明敏辞义可观，乃意释。”① 从梁武帝之“怒”可见，徐摛发起了宫体诗风，并直接影响到了萧纲的创作。将二人的作品进行比较更可以清楚看出徐摛对萧纲的影响。徐摛存世作品不多，流传至今的诗作只有《胡无人行》《咏笔诗》《咏橘诗》《坏桥诗》《赋得帘尘诗》五首。而从萧纲《和徐录事见内人作卧具诗》和庾肩吾《和徐主簿望月诗》可知，徐摛还写过《卧具诗》和《望月诗》。徐摛的作品存世太少，我们无法将二人作品一一对照，但通过这有限的几首诗，我们还是可以看出徐摛对萧纲的影响。

（1）徐摛的《咏笔诗》与萧纲的《咏笔格》

本自灵山出，名因瑞草传。纤端奉积润，弱质散芳烟。直写飞蓬牒，横承落絮篇。一逢提握重，宁忆仲升捐。②

英华表玉笈，佳丽称蛛网。无如兹制奇，雕饰杂众象。仰出写含花，横抽学仙掌。幸因提拾用，遂厕璇台赏。③

对比两首诗我们发现：第一，从结构上看两首诗都是五言八句，结构相近；第二，从表意上看，语句类似，意义相近。如“仰出写含花，横抽学仙掌”与“直写飞蓬牒，横承落絮篇”，“幸因提拾用，遂厕璇台赏”

① 姚思廉：《梁书·徐摛传》卷三十，中华书局1973年版，第447页。

② 逯钦立：《先秦汉魏晋南北朝诗·徐摛》卷十九，中华书局1983年版，第1891页。

③ 逯钦立：《先秦汉魏晋南北朝诗·萧纲》卷二十二，中华书局1983年版，第1961页。

与“一逢提握重，宁忆仲升捐”写法相似。但总体来看，徐摛这首诗如珠玉落盘，流响自如，艺术成就出萧诗之上。

（2）同题《咏橘诗》

先看徐摛的《咏橘诗》诗：

丽树标江浦，结翠似芳兰。焜煌玉衡散，照曜金衣丹。愧以无雕饰，徒然登玉盘。①

这首诗开头先写橘生长的故乡，接着又对橘进行了一番赞美。最后两句“愧以无雕饰，徒然登玉盘”，借橘子表达自谦，也表达了对萧衍、萧纲知遇之恩的感激之情。

再看萧纲的《咏橘诗》：

葳蕤映庭树，枝叶凌秋芳。故条杂新实，金翠共含霜。攀枝折缥干，甘旨若琼浆。无假存雕饰，玉盘余自尝。②

“葳蕤映庭树，枝叶凌秋芳”直承“丽树标江浦，结翠似芳兰”而来，“故条杂新实，金翠共含霜”与“焜煌玉衡散，照耀金衣丹”一样也写外貌。两首诗中的“庭树”与“丽树”、“秋芳”与“芳兰”、“金翠”与“结翠”皆是仿写之语。两诗最后两句，都先用“无雕饰”自谦，接着徐摛以“登玉盘”感知遇之恩，萧纲则以“玉盘自尝”表自豪之情，既喻其各自地位，也表现了二人的无间与和谐，显然是唱和之语。

---

① 逯钦立：《先秦汉魏晋南北朝诗·徐摛》卷十九，中华书局1983年版，第1891页。

② 逯钦立：《先秦汉魏晋南北朝诗·萧纲》卷二十二，中华书局1983年版，第1959页。

（3）同题《坏桥诗》

在逯钦立《先秦汉魏晋南北朝诗》中，梁代有三首关于“桥”的诗作：

匝栏生暗藓，覆板没鱼衣。岸曲斜梁阻，何时香步归。①

虹飞亘林际，星度断山隅。斜梁悬水迹，画柱脱轻朱。②

秦王金作柱，汉帝玉为栏。仙人飞往易，道士出归难。③

三首“桥”诗，作者分别是徐摛、萧纲和庾肩吾，结构相同，都写“栏”、“梁”、环境等，应是三人游赏之时，诗兴所至的唱和之作。

（4）徐摛的《赋得帘尘》与萧纲的《梁尘》

朝逐珠胎卷，夜傍玉钩垂。恒教罗袖拂，不分秋风吹。④（徐摛《赋得帘尘》）

依帷濛重翠，带日聚轻红。定为歌声起，非关团扇风。⑤（萧纲《梁尘》）

两首诗同咏一物，都先写“尘”所处环境，再写“尘”飘浮的状态，表意、结构神似。其中“定为”对应“恒教”，“歌声起”对应“罗袖

① 逯钦立：《先秦汉魏晋南北朝诗·徐摛》卷十九，中华书局1983年版，第1892页。

② 逯钦立：《先秦汉魏晋南北朝诗·萧纲》卷二十二，中华书局1983年版，第1975页。

③ 逯钦立：《先秦汉魏晋南北朝诗·庾肩吾》卷二十三，中华书局1983年版，第2003页。

④ 逯钦立：《先秦汉魏晋南北朝诗·徐摛》卷十九，中华书局1983年版，第1892页。

⑤ 逯钦立：《先秦汉魏晋南北朝诗·萧纲》卷二十二，中华书局1983年版，第1971页。

拂”，“非关”对应“不分”，“团扇风”对应“秋风吹”，唱和之趣显而易见。

（5）徐摛的《见内人作卧具》与萧纲的《和徐录事见内人作卧具诗》

徐摛的《见内人作卧具诗》已经散失，我们无法把两首诗进行比较，但很明显，萧纲的《和徐录事》是徐摛的唱和之作。据上可知，徐摛现存七首诗（包括两首存目诗），萧纲对其中五首进行了拟作或唱和，正是在拟作仿和的过程中，萧纲受到徐摛的直接影响。

还值得一提的是，徐摛直接培养了另一位重要宫体诗人——徐陵。徐摛是徐陵的父亲，从小就注重对徐陵进行教育，徐陵十五岁时，徐摛带他入萧纲幕府，在徐摛的培养引导下，徐陵创作了很多宫体诗，最终成为东宫宫体诗创作的核心人物。

三、徐摛“新变”体诗的特点

多咏物诗，以描摹女性及其生活为主，追求声律、节奏、对仗之美，是徐摛诗风的主要特点。

1. 以女性为关注对象

包括只存目作品在内，徐摛有七首诗传世，其中多以女性作为写作视角，有的甚至以“衽席之间”“闺闱之内”作为描写对象，是典型的艳诗。《坏桥诗》是一首咏物诗，开头“匝栏生暗藓，覆板没鱼衣”写坏桥的衰飒、荒落，是对“坏桥”的直接描写；接下来“岸曲斜梁阻，何时香步归”则落脚到了女性及其爱情上面。《赋得帘尘》也是一首咏物诗，却赤裸裸地描写了“深闺”的布景及其“深闺”女子的行为。而“朝逐”“夜傍”“珠胎”“玉钩”“罗袖拂”这些容易让人产生联想的词语，更直接“烘托”了诗作秾艳的氛围。

《胡无人行》属相和歌瑟调三十八曲之一，多以汉、胡边战为诗歌内容，格调悲凉激昂。如梁代诗人吴均的《胡无人行》：

剑头利如芒，恒持照眼光。铁骑追骁虏，金羁讨黠羌。高秋八九月，胡地早风霜。男儿不惜死，破胆与君尝。①

整首诗刀光剑影，铁骑秋风，表现了一位披肝沥胆为国效忠的铮铮男儿的英雄形象，“文体清拔有古气”②，与《胡无人行》的主题很符合。

再看徐摛的《胡无人行》诗作：

列楹登鲁殿，拥絮拭胡妆。犹将汉闺曲，谁忍奏毡房。遥忆甘泉夜，暗泪断人肠。③

对比吴诗，徐摛诗写絮妆闺曲，酣夜暗泪，通过描写被掠胡地的柔弱女子的生活与心境来表现战争之难。这虽不是艳情诗，但表现出徐摛诗歌以女性为观照对象的特点及其描写女性时驾轻就熟的本领。

徐摛还有两首诗作《见内人作卧具诗》和《望月诗》，虽然原作已佚，但和诗尚存。诗歌唱和的特点是“染墨之辞不异，述怀之志皆同，彼此宫商，故称相和”④，“赓和之诗，当观元（原）诗之意如何”⑤，就是说，古代的唱和诗，和诗之意要符合原诗之意。明乎此，我们就可以通过萧纲和庾肩吾的和诗大体了解徐摛原诗的内容。

先看萧纲《和徐录事见内人作卧具诗》：

---

① 逯钦立：《先秦汉魏晋南北朝诗·吴均》卷十，中华书局 1983 年版，第 1721 页。

② 姚思廉：《梁书·文学·吴均传》卷四十九，中华书局 1973 年版，第 698 页。

③ 逯钦立：《先秦汉魏晋南北朝诗·徐摛》卷十九，中华书局 1983 年版，第 1891 页。

④ 遍照金刚：《文镜秘府论》，中国社会科学出版社 1983 年版，第 168 页。

⑤ 杨载：《诗法家数》，齐鲁书社 1975 年版。

密房寒日晚，落照度窗边。红帘遥不隔，轻帷半卷悬。方知纤手制，讵减缝裳妍。龙刀横膝上，画尺堕衣前。熨斗金涂色，簪管白牙缠。衣裁合欢褶，文作鸳鸯连。缝用双针缕，絮是八蚕绵。香和丽丘蜜，麝吐中台烟。已入琉璃帐，兼杂太华毡。且共雕炉暖，非同团扇捐。更恐从军别，空床徒自怜。①

从萧纲“止乎衽席之间，雕琢蔓藻，思极闺闱之内”的描写，可以想见徐摛《见内人作卧具诗》也定为靡靡之音。

再看庾肩吾的《和徐主簿望月诗》：

楼上徘徊月，窗中愁思人。照雪光偏冷，临花色转春。星流时入晕，桂长欲侵轮。愿以重光曲，承君歌扇尘。②

这是一首典型的思妇诗，那么徐摛的《望月诗》也应是以女性为观照、描摹对象的。通过以上分析，我们看到，徐摛传世的七首诗中，有五首直接或间接描写女性或闺帷之物，是典型的艳情诗人。

2. 声韵、格律更为精致

对于声韵的追求与实践始于永明诗人。沈约在解释什么是永明体时说：“夫五色相宣，八音协畅，由乎玄黄律吕，各适物宜。欲使宫羽相变，低昂互节，若前有浮声，则后须切响。一简之内，音韵尽殊；两句之中，轻重悉异。妙达此旨，始可言文。”③ 表明了永明体诗人对声律的追求。虽

---

① 逯钦立：《先秦汉魏晋南北朝诗·萧纲》卷二十二，中华书局1983年版，第1939页。

② 逯钦立：《先秦汉魏晋南北朝诗·庾肩吾》卷二十三，中华书局1983年版，第1997页。

③ 沈约：《宋书·谢灵运传》卷六十七，中华书局1974年版，第1779页。

然沈约提出了关于声韵的理论，又在实践中努力实践，但他的作品依然存在很多声韵问题。如《咏筝》：

> 秦筝（平）吐绝调，玉柱（仄）扬清曲。弦依（平）高张断，声随（平）妙指续。徒闻（平）音绕梁，宁知（平）颜如玉。①

这首诗第一、二句先“平”后“仄”，调配和谐；但第三、四、五、六句的第一个音节都是平韵，就没有调配好。沈约的尝试还处在初级阶段，他把完全达到声韵和谐的理想寄托在“来哲”② 身上。

虽然徐摛难负“来哲”重任，但在声调调配上，徐摛的作品已经比沈约前进了一大步。如《咏笔》：

> 本自（仄）灵山出，名因（平）瑞草传。纤端（平）奉积润，弱质（仄）散芳烟。直写（仄）飞蓬牒，横承（平）落絮篇。一逢（平）提握重，宁忆（仄）仲升捐。③

此诗共八句，句子之间的调配可谓天衣无缝，比沈的《咏筝》高出很多。

再看徐摛其他诗作：

> 匝栏（平）生暗藓，覆板（仄）没鱼衣。岸曲（仄）斜梁

---

① 逯钦立：《先秦汉魏晋南北朝诗·沈约》卷七，中华书局1983年版，第1656页。
② 沈约：《宋书·谢灵运传》卷六十七，中华书局1974年版，第1779页。
③ 逯钦立：《先秦汉魏晋南北朝诗·徐摛》卷十九，中华书局1983年版，第1891页。

阻，何时（平）香步归。[①]（《坏桥诗》）

朝逐（平）珠胎卷，夜傍（仄）玉钩垂。恒教（仄）罗袖拂，不分（平）秋风吹。[②]（《赋得帘尘诗》）

两首诗也都完全符合句间声配。徐摛的诗，不仅注意到了句子之间的声调搭配，有时就连每句内部的音韵也注意到了。以《咏笔》为例，其平仄规律如下：

仄仄平平平，平平仄仄平；平平仄平仄，仄仄仄平平；
仄仄平平平，平平仄仄平；平平平仄仄，平仄仄平平。

除第三句“奉积润”连用三个仄声字不合韵外，其它各句内部声调配合得十分成功。当然，徐摛不是所有的诗都做到了这样的程度，但与沈约的作品相比，在声韵调配方面，徐摛的作品确实更加符合声韵规律，与后来的近体诗接近了。

除了追求声韵谐和之外，徐摛的诗歌在对仗方面也更加讲究。如《咏笔诗》中，第一、二句近于后来的流水对。其他句也对得很工整。如“纤端”对“弱质”、“直写”对“横承”、“飞蓬牒”对“落絮篇”等。再如《赋得帘尘》中“朝逐”对“夜傍”、“珠胎卷”对“玉钩垂”、“恒教”对“不分”、“罗袖拂”对“秋风吹”等都整齐雅致，和谐自然。综上所述，徐摛自幼好学，受到永明诗风的影响，形成独特的“新诗”风，这种“新诗”的特点是，从内容上看，以女性为主要关注对象，有时过于注重

① 逯钦立：《先秦汉魏晋南北朝诗·徐摛》卷十九，中华书局1983年版，第1892页。

② 逯钦立：《先秦汉魏晋南北朝诗·徐摛》卷十九，中华书局1983年版，第1892页。

“衽席之间”、“闺闱之内”的描写，其诗以咏物为主，内容偏狭；从形式上看，讲究声韵节奏之美，追求对仗工整和谐，用词秾丽。徐摛在萧纲七岁时来到萧纲身边，对萧纲宫体诗风的形成产生了关键影响。徐摛注重对儿子徐陵的教育与培养，使其最终成为梁代重要的宫体诗人。徐摛的“新诗”风，受到萧纲和徐陵等的推崇，也为东宫众学士所效仿，形成“春坊尽学之”之势，引发了宫体诗创作的全盛。

第五节　“不有所废，将焉以兴”：徐羡之与元嘉之治

南北朝是典型的乱世，战争四起，祸乱不断。但是，在那动荡的年代里，却出现了一段比较安定清明的时期，这就是刘宋时期由宋文帝开创的三十年的元嘉盛世，史称“元嘉之治”。对于元嘉盛况及其开创者宋文帝，史臣赞美不已：“太祖幼年特秀，顾无保傅之严，而天授和敏之姿，自禀君人之德。及正位南面，历年长久，纲维备举，条禁明密，罚有恒科，爵无滥品。故能内清外晏，四海谧如也。昔汉氏东京常称建武、永平故事，自兹厥后，亦每以元嘉为言，斯固盛矣！”① 但是，当人们为宋文帝大唱赞歌的时候，却忘记了这样的事实，宋文帝刘义隆是以徐羡之为首的顾命大臣发动宫廷政变奉迎扶立的皇帝，没有徐羡之等发动的宫廷政变，刘义隆就不会登上皇帝的宝座，恐怕也难有元嘉盛世。虽然元嘉三年刘义隆以“弑君”之罪杀死了徐羡之，一代老臣难以在元嘉之世更多为宋室效力，但是，徐羡之废昏立明，为元嘉之治创造了契机，元嘉盛世应记徐羡之等大臣之功绩。

---

① 沈约：《宋书·宋文帝本纪》卷五，中华书局1974年版，第103页。

一、“不有所废，将焉以兴”——废除昏君，为明君铺路

徐羡之，字宗文，东海郯人，是刘宋初期位居第一的重要辅臣。景平二年，徐羡之废除宋少帝刘义符，奉迎刘义隆为新帝，从而改变了刘宋的历史。那么，徐羡之何人，他为什么要废掉刘义符？

徐羡之生于晋哀帝兴宁二年（364），刘宋元嘉三年（426）被宋文帝所杀，历仕宋代三朝。刘裕之世，徐羡之是刘裕最信任、最器重的大臣（另一位是刘穆之，但在义熙十三年病逝）。这可以从以下几件事情上表现出来。第一，早年与刘裕同辅晋室，即“深相亲结”。[①] 第二，刘裕北伐，以他为太尉左司马，贰辅刘穆之；刘穆之死后，又升为吏部尚书、丹阳尹“总知留任”。第三，刘裕代晋以后，“思佐命之功”，下诏封爵的第一名就是他。更为重要的是，刘裕临终之际，经过“深思熟虑，反复斟酌”，任命徐羡之为顾命大臣首席，辅佐少帝刘义符。刘裕对徐羡之极为信任和器重，而徐羡之对刘裕不仅忠心耿耿，也极为称职。“羡之起布衣，有无学术，直以志力局度，一旦居廊庙，朝野推服，咸谓有宰臣之望……当世倍以此推之。”[②] 可以这样说，徐羡之是刘裕的得力心腹，是刘裕时期最重要的辅臣。徐羡之所仕二朝皇帝即宋少帝刘义符，也即刘裕顾托之帝。但是就在少帝即位的第二年，徐羡之却联合诸大臣，发动了宫廷政变，废除了少帝刘义符。徐羡之所辅第三朝皇帝，是徐羡之亲自奉迎的宋文帝刘义隆。但是，刘义隆没有感徐羡之迎立之恩，却以弑君之罪，将徐羡之治罪处死。徐羡之发动宫廷政变，改变了刘宋的历史，也颠覆了自己的命运。那么，徐羡之到底为什么要废除自己本该辅佐的刘义符？

少帝废除之日，皇太后诏书揭示了废帝的原因：

---

① 沈约：《宋书·徐羡之传》卷四十三，中华书局1974年版，第1329页。

② 沈约：《宋书·徐羡之传》卷四十三，中华书局1974年版，第1331页。

王室不造，天祸未悔，先帝创业弗永，弃世登遐。义符长嗣，属当天位，不谓穷凶极悖，一至于此。大行在殡，宇内哀惶，幸灾肆于悖词，喜容表于在戚。至乃征召乐府，鸠集伶官，优倡管弦，靡不备奏，珍羞甘膳，有加平日。采择媵御，产子就宫，靦然无怍，丑声四达。及懿后崩背，重加天罚，亲与左右执绋歌呼，推排梓宫，抃掌笑谑，殿省备闻。加复日夜媟狎，群小慢戏，兴造千计，费用万端，帑藏空虚，人力殚尽。刑罚苛虐，幽囚日增。居帝王之位，好阜隶之役，处万乘之尊，悦厮养之事。亲执鞭扑，殴击无辜，以为笑乐。穿池筑观，朝成暮毁，征发工匠，疲极兆民。远近叹嗟，人神怨怒。社稷将坠，岂可复嗣守洪业，君临万邦。今废为营阳王，一依汉昌邑、晋海西故事。①

从诏书内容看，刘义符完全是一个昏暴之君。

刘义符是刘裕的长子，出生时刘裕已愈四十，晚年得子，刘裕十分高兴。《宋书》《南史》都记载了刘义符出生后，刘裕的得意之情。“武帝晚无男，及帝生，甚悦。”“时武帝年愈不惑，尚未有男，及帝生，甚悦。”或许正是这个原因，刘裕对这个晚来的儿子溺爱有加，而教育不足，致使其胸无远志，行为猥琐。“武皇将涉知命，弱嗣方育，顾有慈颜，前无严训。少帝体易染之质，禀可下之姿。外物莫犯其心，所欲必从其志。崄纵非学而能。”② 儿子难当大任，刘裕是清楚的。

初，少帝之居东宫，多狎群小，谢晦尝言于武帝曰：“陛下春秋既高，宜思存万代。神器至重，不可使负荷非才。”帝曰：“庐陵何如？”晦曰：“臣请观焉。”晦造义真，义真盛欲与谈，晦

① 沈约：《宋书·少帝本纪》卷四，中华书局1974年版，第65—66页。
② 李延寿：《南史·宋本纪·少帝》卷一，中华书局1975年版，第31页。

不甚答，还曰："德轻于才，非人主也。"由是出居于外。[①]

"陛下春秋既高，宜思存万代。神器至重，不可使负荷非才"，如果此评不实，这可是要诛灭九族的重罪。且如上所说，刘义符是刘裕的爱子，是将来要继承大统的皇太子，如果不是刘义符"非才"到不可救药的程度，谢晦怎敢在刘裕跟前发此飚语。"帝曰'庐陵何如?'"可以看出，谢晦对刘义符的评价，刘裕完全赞同。只可惜，二儿子刘义真"德轻于才"，同样不堪造就。在别无选择的情况下，刘裕也只好按传统办事，让长子刘义符继位。但是，刘裕对刘义符实在放心不下，于是做了如下安排：第一：诛杀东晋宗室，以给其庸子清路。[②] 第二，将二儿子刘义真"出居于外"，以免兄弟相残，发生祸乱。第三，安排顾命大臣，辅佐少帝刘义符执政。但是，对于这个根本不具备皇帝素质的刘义符，这样的安排根本不起作用。刘裕尸骨未寒，刘义符即"为多过失"（如太后废诏内容）。尤其严重的是，少帝的过失给了内外反对力量以可乘之机。少帝在位仅仅两年，但内外骚乱不断发生。以下是《宋书·少帝本纪》中的记载：

（景平元年）正月……辛丑……虏将达奚印破金墉，进围虎牢……拓跋木末又遣安平公涉归寇青州。癸卯，河南失守。[③]

（景平元年）二月……辛未，富阳人孙法光反，寇山阴。[④]

（景平元年）三月……甲子，豫州刺史刘粹遣军袭许昌，杀虏颍川太守庾龙。乙丑，虏骑寇高平。初虏自河北之败，请修和亲；及闻高祖崩，因复侵扰，河、洛之地骚然矣。[⑤]

---

① 李延寿：《南史·宋本纪·文帝》卷二，中华书局1975年版，第365页。
② 王夫之：《读通鉴论》，中华书局1975年版，第1084—1085页。
③ 沈约：《宋书·少帝本纪》卷四，中华书局1974年版，第64页。
④ 沈约：《宋书·少帝本纪》卷四，中华书局1974年版，第64页。
⑤ 沈约：《宋书·少帝本纪》卷四，中华书局1974年版，第64页。

（景平元年）夏四月……乙未，魏军克虎牢，执司州刺史毛德祖以归。[①]

面对“少帝失德”这种情况，徐羡之等顾命大臣，“内怀忧惧”[②]，他们忧惧什么呢？当时的徐羡之、傅亮等顾命大臣身居高位，炙手可热，与少帝也无任何冲突，“身家性命并未遭受威胁，无由为之担心，他忧惧的无疑便是和自己的命运已经紧紧拴在一起的刘宋王朝有可能颠覆之危险。在这种情况下，为了挽救刘宋王朝，也为了保住个人权位，徐羡之等经过一番策划，采取断然措施把少帝废掉，应该说这不但未辜负刘裕委托，恰好是符合刘裕顾命之基本精神。”[③] 这基本精神是什么？就是要保证刘宋江山永固，思存万代。但是，“如果听任少帝胡作非为，或让义真继位，刘宋王朝或许早已覆亡。”[④] 因此，正如史臣所评：“少帝体易染之质，禀可下之姿。外物莫犯其心，所欲必从其志。崄纵非学而能，危亡不期而集。其至颠沛，非不幸也。”[⑤] 徐羡之发动宫廷政变，废除刘义符，从某种程度上说，消除了刘宋王朝覆亡的危险，为后世繁荣创造了契机。

二、“祯符所集，法驾奉迎”——迎立明君，为元嘉之治奠基

废除刘义符，刘裕还有六个儿子，该立那位皇子为皇帝呢？在这个问题上徐羡之非常谨慎，因为如果选错了继承人，不仅宫廷政变毫无意义，而且可能还会给刘宋王朝带来诸子争位的灾难。经过深思熟虑，徐羡之决定迎立刘裕第三子镇西将军宜都王刘义隆“入纂皇统”。但是，按照封建社会皇帝继位制度，废除刘义符，继位的首选应该是刘裕的二儿子刘义

---

① 沈约：《宋书·少帝本纪》卷四，中华书局1974年版，第64页。
② 沈约：《宋书·徐羡之传》卷四十三，中华书局1974年版，第1339页。
③ 祝忠斌：《晋恭帝之死与刘裕的顾命大臣》，《北京大学学报》，1986年，第2期。
④ 祝忠斌：《晋恭帝之死与刘裕的顾命大臣》，《北京大学学报》，1986年，第2期。
⑤ 李延寿：《南史·宋本纪·少帝》卷一，中华书局1975年版，第31页。

真。那么，徐羡之为什么不立刘义真？

从上文刘裕与谢晦的对话，可以知道，刘义真“德轻于才，非人主也”，根本不具备君王之德。对于儿子的品行，刘裕也看得很清楚。所以在位之时，就将刘义真“出居于外”，以免其制造事端。不仅如此，刘裕临终之际，还对刘义真的事做了安排。徐羡之在上《奏废义真疏》中说：

> 先帝贻厥之谋，图虑经固，亲敕陛下，面诏臣等，若遂不悛，必加放黜；至言苦厉，犹在纸翰。①

徐羡之说刘裕曾经面诏他们，刘义真“若遂不悛，必加放黜”，这未必是捏造，因为当时少帝还在位，徐羡之绝不敢将少帝没听到的话强加于他。而且，从“亲敕陛下”可知，对庐陵王刘义真的事，刘裕不仅对徐羡之等做过交代，也亲自向少帝刘义符做过交代。对于刘裕的话，谢晦也一再强调：“庐陵之事，不由傍人，内积萧墙之衅，外行叔段之罚，既制之有主，臣何预焉。然庐陵为性轻险，悌顺不足，武皇临崩，亦有口诏，比虽发自营阳，实非国祸。”② 看来，刘裕在世时就对二儿子放心不下，他早就叮嘱过少帝和大臣，如果义真危及国家利益，可以将其废黜。因为在刘裕看来，如果义真因为危及社稷而被废，那就“实非国祸”。那么，刘义真到底有没有“不悛”之事？刘裕在位之时，刘义真还有所掩饰，刘裕死后，刘义符继位，刘义真“德轻于才”的品行便暴露无遗了。“纵博酣酒，日夜无辍，肆口纵言，多行无礼”③，更与“陈郡谢灵运、琅邪颜延之、慧琳道人并周旋异常”，“构扇异同，非毁执政”，并云“得志之日，以灵运、延之为宰相，慧琳为西豫州都督”。种种情况表明刘义真确实“德轻于

---

① 沈约：《宋书·刘义真传》卷六十一，中华书局1974年版，第1636页。

② 沈约：《宋书·谢晖传》卷四十四，中华书局1974年版，第1357页。

③ 沈约：《宋书·刘义真传》卷六十一，中华书局1974年版，第1636页。

才”，国家如果交到这样无德之人手中，将非常危险。鉴于此，徐羡之在经过周密思考后终于做出了一个高明的决定：在废除刘义符之前，徐羡之利用刘义符与刘义真的矛盾，上疏刘义符，以皇帝的名义，将刘义真贬为“庶人”，不动声色中剥夺了刘义符继位的权利，避免了刘义真为争皇位可能造成的祸乱。

排出了刘义符，刘裕还有五个儿子，又该立谁呢？在这一点上，大臣的意见并不一致，如“侍中程道惠劝立第五皇弟义恭，羡之不许”①。刘义恭是刘裕第五个儿子，当时只有十二岁。对于一些人主张迎立刘义恭的主意，徐羡之没有同意。在中国封建社会历史上，废立之事并不少见，而在拥立新主的问题上最能看出废立者的意图。从国家利益出发，拥立英明之主；从个人私利出发，或者拥立宠幸自己者，或者拥立小皇帝。当时的徐羡之，手握重权，如果想满足一己之私利，他不仅可以立十二岁的刘义恭，甚至可以立年仅十岁刘裕的第六子刘义宣和第七子刘义季。但是，徐羡之没有这样做，却坚持立刘裕第三子，已经十八岁的刘义隆。徐羡之为什么会做出这样的安排？恐怕基于这样的思考：

第一，刘义符、刘义真之外，刘义隆最长，立刘义隆为帝，符合封建社会“立长”的原则，足以服众，可以降低因争位而造成祸乱的可能性。

第二，这可能也是徐羡之考虑最多的一点。刘义隆不仅已经成年，而且聪明敏断，具备成为明君的能力。《南史》载：“永初元年，……时年十四。长七尺五寸，博涉经史，善隶书。是岁来朝，会武帝当听讼，仍遣上讯建康狱囚，辩断称旨，武帝甚悦。”② 小小年纪，文帝已经显示了他的英明和决断。“太祖幼年特秀，顾无保傅之严，而天授和敏之姿，自禀君人之德。”因此可知，刘义隆不仅能干，而且也符合封建社会君主的标准和要求。“景平初，有黑龙见西方，五色云随之。二年，江陵城上有紫云。

① 沈约：《宋书·徐羡之传》卷四十三，中华书局1974年版，第1332页。
② 李延寿：《南史·宋本纪·文帝》卷二，中华书局1975年版，第37页。

望气者皆以为帝王之符，当在西方。其年少帝废，百官议所立。徐羡之、傅亮等以祯符所集，备法驾奉迎，入奉皇统。”① 虽然，所谓“帝王之符”“五色云”之说纯属迷信，但从以上描述，可以看出，迎立文帝乃是众望所归。

还要特别指出的是，徐羡之拥立刘义隆时，并没有史家之言可以借鉴，但是，徐羡之恐怕比史家、比谢晦更深刻地了解刘裕诸子。前文提到，刘裕晚年得子。刘裕起义之后，诸子尚小，没有嫡亲可以依赖，刘裕就打算找一个能干的女婿予以重用，这个女婿就是徐羡之的侄子徐逵之。《宋书·徐湛之传》曰：“父逵之，尚高祖长女会稽公主，为振威将军、彭城沛二郡太守。高祖诸子并幼，以逵之姻戚，将大任之，欲先令立功。及讨司马休之，使统军为前锋，配以精兵利器，事克，当即授荆州。”② 后来，刘裕又将第六女嫁给徐羡之的长子，因此刘裕与徐羡之不仅为君臣，更“深相亲结”③，有密切的亲家关系，君臣亲家常叙家常，关系莫逆。《宋书·高祖本纪》记载了这样一个小插曲：“时徐羡之住西州，尝幸羡之，便步出西掖门，羽仪络驿追随，已出西明门矣。”④ 如此让人畏惧的大皇帝，在徐羡之面前却放下了皇帝的架子，想念时就直扑家门，叙旧，解闷儿，可见二人的无间深情。正是基于刘裕与徐羡之这样的关系，我们有理由相信，徐羡之对刘裕晚年所得诸子的品行、才华等情况应该是非常了解的。就是说，徐羡之拥立刘义隆看重的是他的品行和能力。对于徐羡之此番安排的心意，谢晦在上文帝的表中表达得十分明白：

> 伏自寻省，废昏立明，事非为己。……至于羡之、亮等，周

① 李延寿：《南史·宋本纪·文帝》卷二，中华书局1975年版，第37页。
② 沈约：《宋书·徐湛之传》卷七十一，中华书局1974年版，第1843页。
③ 沈约：《宋书·徐羡之传》卷四十三，中华书局1974年版，第1329页。
④ 沈约：《宋书·武帝本纪》卷一，中华书局1974年版，第60页。

旋同体，心腹内外，政欲勠力皇家，尽忠报主。若令臣等颇欲执权，不专为国，初废营阳，陛下在远，武皇之子，尚有童幼，拥以号令，谁敢非之。而泝流三千，虚馆三月，奉迎銮驾，以遵下武，血心若斯，易为可鉴。①

虽然，“废昏立明”“专为国”乃由谢晦说出，但这确实是一个无可辩驳的事实，徐羡之发动宫廷政变绝非为一己之私利，而主要是为了刘宋国家的利益。没有徐羡之冒灭族之险发动宫廷政变，就不会有刘义隆的皇帝之位，更不要提元嘉盛世了。从这层意义上讲，徐羡之废昏立明，为元嘉之治奠定了重要基础。

三、“不以贼遗君父”——弑帝杀王，为后主绝患

徐羡之发动宫廷政变，将刘义真贬为“庶人”，废除少帝刘义符为营阳王。但到此宫廷政变并没有结束。“景平二年春，帝正月，己卯朔，日有蚀之。二月，徐羡之杀庐陵王。夏五月，众废帝为营阳王。六月癸丑，徐羡之杀营阳，王崩。”② 就是说徐羡之不仅废除了刘义符和刘义真，还杀死了他们。对于徐羡之“弑帝杀王”，声讨之声不绝于耳。“故废昏举明以安天下，此所谓公也。既废矣，又从而杀之，此乱臣之恶，羡之为首乎。”③“徐羡之、傅亮受顾命事，营阳、庐陵皆当废，但不当杀尔。……至于二王之不当杀，不待智者而后知。”④“乱臣贼子敢推刃于君父，有欲篡而弑者，有欲有所援立而弑者，有祸将及身迫而弑者；又其下则女子小人狎侮而激其忿戾，愍不畏死，遂成乎弑者。若夫身为顾命之大臣，以谋

---

① 沈约：《宋书·谢晦传》卷四十四，中华书局 1974 年版，第 1357 页。
② 王通：《元经薛氏传》，中华书局 1991 年版，第 116 页。
③ 王通：《元经薛氏传》，中华书局 1991 年版，第 118 页。
④ 叶适：《习学记言序目》，中华书局 1977 年版，第 446—447 页。

国自任，既无篡夺之势，抑无攀立之主，身极尊荣，君无猜忌，而背憎翕訿，晨揣夕谋，相与协比而行弥天之巨恶，此则不可以意测，不可以情求者矣。而徐羡之、傅亮、谢晦以之。”① 批评家们虽然肯定徐羡之“废昏立明”“安天下”之公，但却从儒家传统君臣关系理论出发，谴责徐羡之为“乱臣贼子”。而刘义隆也恰恰以这条罪行为理由捕杀了徐羡之、傅亮、谢晦等。那么，徐羡之在废除义符、义真后，为什么又要加害他们呢？谢晦在上表中是这样解释的：

成人之美，《春秋》之高义，立帝清馆，臣节之所司。耿弇不以贼遗君父，臣亦何负于宋室邪？况衅结阋墙，祸成畏逼，天下耳目，岂伊可诬。②

谢晦说，做人，要成人之美；立帝，要为之清馆。他说他与徐羡之等杀死义符、义真，目的是避免兄弟相争，以为文帝开创一个安定的政治环境，他们没有辜负宋室。虽然这是谢晦的辩解之词，但确为肺腑之言。这一点就连刘义隆身边最亲近的心腹王华，也是这样认为的。

太祖入奉大统，以少帝见害，疑不敢下。华建议曰：“羡之等受寄崇重，未容便敢背德，废主若存，虑其将来受祸，致此杀害。盖由每生情多，宁敢一朝顿怀逆志。……今日就征，万无所虑。”太祖从之。③

“废主若存，虑其将来受祸，致此杀害”，王华对徐羡之等杀死营阳、

① 王夫之：《读通鉴论》，中华书局 1975 年版，第 1088—1089 页。
② 沈约：《宋书·谢晦传》卷四十四，中华书局 1974 年版，第 1350—1351 页。
③ 沈约：《宋书·王华传》卷六十三，中华书局 1974 年版，第 1676 页。

庐陵的意图看得十分清楚。因为在当时的历史条件下，如果徐羡之不杀营阳、庐陵，宫廷政变的成果不仅可能被颠覆，甚至还有引起更大祸乱的可能。第一，少帝刘义符是刘裕嫡长子，是刘裕亲自扶立的皇帝，符合封建社会继位制，如果刘义符想复辟，应该有不少拥护者。第二，从历史事实看，当时的刘义真在朝中势力很大，不仅有以谢灵运、颜延之为首的陈郡谢氏、琅琊颜氏这些高门的支持，在佛道界也有不少追随者。而且，早在少帝之世，刘义真已经暴露了其篡位的野心，所以，一旦废除刘义符，刘义真肯定要争夺皇位。第三，从少帝刘义隆的情况看，虽然有琅琊王氏等高们的支持，但其势力主要在蜀地，朝中势力尚还单薄。所以，虽然徐羡之"废昏立明"，但有义符、义真存在，恐怕刘义隆龙座不稳，天下难安。因此，徐羡之杀死义符、义真，看似有悖儒家名教，却是老臣周密考虑后冒着灭族的危险，做出的无奈选择，这样做避免了可能的祸乱，也给刘义隆提供了一个安定的政治环境，使刘义隆可以放心执政。正是看到了这一点，沈约在《宋书》徐羡之、傅亮、檀道济之传后边，对他们做出了这样的评价：

> 若其任重于身，恩结自主，虽复据鼎承剑，悠然不以存殁为怀。当二公受言西殿，跪承顾托，若使死而可再，固以赴蹈为期也。及逢权定之机，当震主之地，甫欲攘抑后祸，御蔽身灾，使桐宫有卒迫之痛，淮王非中雾之疾。若以社稷为存亡，则义异于此。但彭城无燕刺之衅，而有楚英之戮。若使一昆延历，亦未知定终所在也。谢晦言不以贼遗君父，岂徒言哉。①

沈约虽然对徐羡之发动宫廷政变后，因"欲攘抑后祸，御蔽身灾"而

① 沈约：《宋书·檀道济传》卷四十三，中华书局1974年版，第1345页。

内掌重权、外置重兵的做法有所质疑，但是，字里行间却流露出了对徐羡之、傅亮等“据鼎承剑，悠然不以存殁为怀”“若使死而可再，固以赴蹈为期也”这种竭忠为国精神的赞誉。沈约还举汉代楚王刘燕、楚王刘英兄弟乱朝两例，肯定了谢晦“不以贼遗君父”之说，肯定了徐羡之等杀死义符、义真，以绝宋文帝后患的做法。沈约生于宋代，卒于梁朝，离所记徐羡之之事相距不远，他的分析应该是合乎历史事实的。对于徐羡之废杀营阳、庐陵的原因，祝忠斌先生也有精到的分析：

> 大概有两个原因。第一，害怕夜长梦多，有人会复辟少帝或拥立义真。第二，更重要的还是为了讨好宋文帝。因为在他们看来，留这二人给文帝登基后亲自处理，将使他处于困境：不杀吧，会影响他皇位之稳定，杀吧，以弟杀兄，有干礼教名分。所以不如由自己事先杀掉，除去文帝心病。用谢晦的话就叫“不以贼遗君父”。南史卷一五《傅亮传》：少帝废，傅亮去江陵迎文帝，“及至都，徐羡之问帝可方谁？亮曰：‘晋文景以上人。’羡之曰：‘必能明我赤心。’”这里“明我赤心”大概涵义有二：一是废少帝、义真之动机在于挽救刘宋王朝；二是杀掉二人乃为了给你新皇帝除去祸害。①

像刘裕一样，诛杀东晋王室，以为少帝清路；徐羡之废杀刘义符、刘义真也是为了给刘义隆提供一个安定的政治环境。将一切不稳定的因素消灭在萌芽中，不给新皇帝留后患，这正是徐羡之等杀死营阳、庐陵的根本原因。从历史事实看，宋文帝执政三十年，虽时有边备骚乱，但国内清平安宁，无纤毫纷乱之忧，这与老臣们的铺垫是分不开的。从这层意义上

① 祝忠斌：《晋恭帝之死与刘裕的顾命大臣》，《北京大学学报》，1986年，第2期。

讲，徐羡之杀死营阳、庐陵，为刘义隆扫清了障碍、铺平了道路，元嘉盛世应为老臣记功的。

四、“废昏立明，事非为己”——徐羡之废昏立明的动机与效果分析

徐羡之发动宫廷政变，“弑帝杀王”，在历史上影响很大，后世多有声讨之声，“若赵盾、霍光、徐羡之、谢晦立君废君皆自为其身计。事幸而济足以全身保家，否则祸败不旋踵，陷于首恶之名”①。“徐羡之辈，本为其一身利害计耳，所谓元恶大憝，必诛而无赦者也。”② 但是从上边的分析，我们看到，徐羡之发动宫廷政变废昏立明，并非为了一己私利，而是出于国家利益的需要，正如谢晦所说“废昏立明，事非为己”，这样的结论我们还可以从以下几方面得到补充证明。

1. 身极尊荣

刘裕之世，徐羡之已位列朝臣第一。刘裕去世前，又安排徐羡之为顾命大臣首席。少帝即位后，徐羡之的地位更是登峰造极，由于少帝不喜处理朝政，他几乎将朝廷所有事务都交由徐羡之等来处理。“平理狱讼，政道所先。朕哀荒在疚，未堪亲览。司空、尚书令可率众官月一决狱。”③“徐羡之等秉权，臣强之应也。”④ 但是，尽管徐羡之重权在握，君臣之间并没有构怨。正如王夫之所说，徐羡之“身极尊荣，君无猜忌”。既已如此尊荣，徐羡之还要怎样“弄权”？进一步说，徐羡之想要继续弄权真是非常容易，他只要利用自己首席顾命大臣的身份以及少帝对自己的信任，将不喜朝政的少帝控制在自己手中，或者迎立一个傀儡小皇帝，就可以为

① 家铉翁：《春秋集传详说》。
② 张栻：《癸巳孟子说》。
③ 沈约：《宋书·徐羡之传》卷四十三，中华书局1974年版，第1331页。
④ 沈约：《宋书·天文四》卷二十六，中华书局1974年版，第744页。

所欲为了。但是，徐羡之没有这样做，他废掉少帝，却坚持迎立了一个睿智敏断的新皇帝。这无疑为自己“弄权”增添了困难。因此，从这个角度考虑，徐羡之废立行为“皆自为其身计”之说很难成立。

2. 共议废昏

徐羡之虽然是顾命大臣首席，也是宫廷政变的主谋，但宫廷政变并非徐羡之一人独断，而是与众臣反复商讨后做出的决定。谢晦在上表中说：“逮营阳失德，自绝宗庙，朝野岌岌，忧及祸难，忠谋协契，徇国忘己。”①谢晦说废立之事，是“忠谋协契”，是集体商量的结果，此语绝非虚妄。废杀营阳、庐陵，不仅经由四位顾命大臣共同磋商，还咨询了当时颇有影响的一些高门的意见。《宋书・王弘传》：“少帝景平二年，徐羡之等谋废立，召弘入朝。”又“徐羡之等以废弑之罪将见诛，弘既非首谋，弟昙首又为上所亲委，事将发，密使报弘”②。这说明废立之事，徐羡之主动找王弘商议，而王弘不仅予以支持，而且也是积极参与者。“众废帝者何？徐羡之、傅亮、王弘、檀道济、谢晦，中外众臣共议帝过恶乖失。”③ 值得一提的是，王弘与徐羡之素来有隙。④ 但是徐羡之知道，废立之事，关乎社稷，不能专断。基于这样的考虑，徐羡之摒弃个人感情，主动与王弘商量，听取各方面的意见，以防酿成大错。《宋书・蔡廓传》：“太祖入奉大统，尚书令傅亮率百僚奉迎，廓亦俱行。”⑤ 可以看出，废立之事，蔡廓也是参与者。由此可知，废立之事徐羡之虽然为首谋，但绝不是个人专断。既是“中外众臣共议”，“本为其一身利害计耳”之说哪里说得通呢？

---

① 沈约：《宋书・谢晖传》卷四十四，中华书局 1974 年版，第 1350 页。

② 沈约：《宋书・王弘传》卷四十二，中华书局 1974 年版，第 1314 页。

③ 王通：《元经薛氏传》，中华书局 1991 年版，第 118 页。

④ 徐羡之与王弘有两次重大的利害冲突。第一次，发生在刘穆之死后。刘穆之是刘裕的“中枢”，刘穆之在刘裕篡位前卒，留下了炙手可热的位置，刘裕原本要以王弘接替刘穆之之位，后来听了谢晦的建议，重用了徐羡之。第二次冲突在刘裕登基后。登基后，刘裕大封功臣，徐羡之位居第一，王弘不得不屈居第二。

⑤ 沈约：《宋书・蔡廓传》卷五十七，中华书局 1974 年版，第 1572 页。

3．主动交权

废除少帝后，徐羡之留京处理政务，安排傅亮西下荆州，迎接圣驾。天上掉下个皇帝宝座，刘义隆自然喜不自禁，但想到刚刚发生的宫廷政变，又觉得祸福难测，不敢贸然入京。“以少帝见害，疑不敢下。”[①] 在身边宠臣王华分析利弊后，刘义隆总算鼓起勇气，回京“入奉大统”。尽管如此，徐羡之等人内掌朝政，外据重兵，还是让宋文帝寝食难安。正所谓“威震主者不畜”“卧榻之侧岂容他人鼾睡”，宋文帝一方面顺应他们的要求，另一方面却在王华兄弟的蛊惑下，布置周密的扑杀行动。朝廷的意图，徐羡之早有察觉。“时朝廷处分异常，其谋颇泄。”[②] 面对危机，该何去何从？当时的宋文帝羽翼未丰，而徐羡之等重权在握。如果为了个人利益，在宋文帝拿起“屠刀”前，徐羡之完全可以来个先发制人，再发动一次宫廷政变。但是徐羡之等大臣没有这样做。因为他们知道，宋文帝是“晋文、景以上人”，刘宋江山需要这样英明的皇帝。在这种情况下，为了自己的安危，也是为了打消宋文帝的疑虑，使其安心执政，徐羡之选择了辞职。“元嘉二年，羡之与傅亮归政，三奏乃见许。羡之仍逊位，退还私第。”[③] 宋文帝亲政。虽然徐羡之没有经住别人“敦劝甚苦”的诱惑，也或许对自己与武皇帝开创的基业情感太深，徐羡之最终又“复奉诏摄任”了。但是，徐羡之多次恳求辞职，而且从宋文帝登基直至被杀的三年来一直勤勉事政，即使在宋文帝杀机泄露以后，也从没有做任何过激之事，这些足以证明徐羡之对宋室的赤诚忠心了。

徐羡之“废昏立明，事非为己”，对宋室一片赤诚，甚至搭上了自己和家人的性命，那么最终达到了怎样的效果？“景平二年七月中，少帝废。百官备法驾奉迎，入奉皇统……改景平二年为元嘉元年。”[④] 至此以后，刘

---

① 沈约：《宋书·王华传》卷六十三，中华书局1974年版，第1676页。
② 沈约：《宋书·徐羡之附徐佩之传》卷四十三，中华书局1974年版，第1349页。
③ 李延寿：《南史·徐羡之传》卷十五，中华书局1975年版，第433页。
④ 沈约：《宋书·文帝本纪》卷五，中华书局1974年版，第72—73页。

义隆在位三十年，他积极处理政务：兴农、恤民、减租、赈灾，劝学、重教，招贤、治吏，尚俭、务实，采风、纳谏，治兵、慰士、固边等，百姓得以休养生息，社会生产有所发展，经济文化日趋繁荣。对此史臣赞美不已："自此区宇宴安，方内无事，三十年间，氓庶蕃息，奉上供徭，止于岁赋，晨出莫归，自事而已。守宰之职，以六期为断，虽没世不徙，未及曩时，而民有所系，吏无苟得。家给人足，即事虽难，转死沟渠，于时可免。凡百户之乡，有市之邑，歌谣舞蹈，触处成群，盖宋世之极盛也。"①宋文帝的亲民之德、修政之能、治世之效，远非庸暴的少帝和"德轻于才"的义真可以追比，没有宋文帝就断不会有元嘉盛世。

"不有所废，将焉以兴"，自跪受遗诏以来，徐羡之等就承担起了辅佐少帝、管理朝政的重任。他们希望能够通过努力，保持国家安定昌盛。但是，令他们失望的是，少帝根本不具备封建帝王的素质。少帝的昏庸与失德，导致刘宋江山岌岌可危。他们害怕与高祖一起出生入死打下的江山不能长久，忧心辜负高祖将刘宋江山"传至无穷"的重托。无奈之下，他们决定废除少帝，迎立有贤名的文帝。废杀帝王有违封建朝廷为臣之道。但是，徐羡之等大臣们敢冒"天下之大不韪"，却给新皇帝创造了安定、平和的政治环境。"以徐羡之为首的顾命大臣没有辜负刘裕的托付，他们立下的最大功勋便是：在纷乱的政治局势中，以极大魄力和胆略，废黜宋少帝，拥立宋文帝，从而使刘宋王朝转危为安，并建立于巩固基础之上。"②虽然徐羡之等家破身死、罹遭辱骂，但是，在他们的身后却留下了郁郁葱葱的"元嘉之治"。所以当我们为元嘉盛世大唱赞歌的时候，我们不能忘记那些为之付出身家性命的历史功臣们。"忠贞不效，期之以死"，徐羡之等大臣们做到了这一点。

---

① 沈约：《宋书·良吏传序》卷九十三，中华书局1974年版，第2261页。

② 祝忠斌：《晋恭帝之死与刘裕的顾命大臣》，《北京大学学报》，1986年，第2期。

参考文献

古籍部分

1. 司马迁撰，郭逸，郭曼标点：《史记》，上海：上海古籍出版社，1997 年。
2. 班固撰，颜师古注：《汉书》，北京：中华书局，1962 年。
3. 范晔撰，李贤等注：《后汉书》，北京：中华书局，1965 年。
4. 陈寿：《三国志》，北京：中华书局，1997 年。
5. 魏收：《魏书》，北京：中华书局，1974 年。
6. 房玄龄：《晋书》，北京：中华书局，1974 年。
7. 沈约：《宋书》，北京：中华书局，1974 年。
8. 萧子显：《南齐书》，北京：中华书局，1972 年。
9. 姚思廉：《梁书》，北京：中华书局，1973 年。
10. 姚思廉：《陈书》，北京：中华书局，1972 年。
11. 李百药：《北齐书》，北京：中华书局，1972 年。
12. 令狐德棻：《周书》，北京：中华书局，1971 年。
13. 李延寿：《北史》，北京：中华书局，1974 年。
14. 李延寿：《南史》，北京：中华书局，1975 年。
15. 魏征：《隋书》，北京：中华书局，1973 年。
16. 刘昫：《旧唐书》，北京：中华书局，1975 年。

17. 欧阳修，宋祁：《新唐书》，北京：中华书局，1975 年。
18. 司马光：《资治通鉴》，北京：中华书局，1956 年。
19. 杨伯峻：《春秋左传注》，北京：中华书局，1990 年。
20. 杨伯峻：《论语译注》，北京：中华书局，1980 年。
21. 杨伯峻：《孟子译注》，北京：中华书局，1960 年。
22. 郭庆藩：《庄子集释》，北京：中华书局，1997 年。
23. 杨柳桥：《庄子译诂》，上海：上海古籍出版社，1991 年。
24. 尸佼撰，汪继培校正：《尸子》，上海：上海古籍出版社，1989 年。
25. 王先谦撰，沈啸寰、王星贤点校：《荀子集解》，北京：中华书局，1988 年。
26. 王先慎撰，钟哲点校：《韩非子集解》，北京：中华书局，1998 年。
27. 吕不韦：《吕氏春秋》，北京：中国文史出版社，2003 年。
28. 何宁：《淮南子集释》，北京：中华书局，1998 年。
29. 刘向撰，向宗鲁校证：《说苑校证》，北京：中华书局，1987 年。
30. 许逸民：《徐陵集校笺》，北京：中华书局，2008 年。
31. 吴兆宜：《徐孝穆集笺注》，香港：迪志文化公司，2003 年。
32. 林宝撰，岑仲勉校记：《元和姓纂》，北京：中华书局，1994 年。
33. 皮锡瑞撰，周予同注释：《经学历史》，北京：中华书局，1959 年。
34. 皮锡瑞：《经学通论》，北京：中华书局，1954 年。
35. 李学勤主编：《十三经注疏》，北京：北京大学出版社，199 年。
36. 郑玄注，孔颖达疏：《礼记正义》，北京：北京大学出版社，1999 年。
37. 葛洪撰，王明校释：《抱朴子内篇校释》，北京：中华书局，1985 年。
38. 释僧祐，释道宣编：《弘明集广弘明集》，上海：上海古籍出版社，1991 年。
39. 刘义庆撰，刘孝标注，余嘉锡笺疏：《世说新语笺疏》，上海：上海古籍出版社，1993 年。

40. 周振甫：《诗经译注》，北京：中华书局，2002 年。
41. 郭茂倩：《乐府诗集》，北京：中华书局，1979 年。
42. 张溥撰，殷孟伦注：《汉魏六朝百三家集题辞注》，北京：人民文学出版社，1960 年。
43. 钟嵘：《诗品》，上海：上海古籍出版社，1994 年。
44. 钟嵘撰，陈延杰注：《诗品》，北京：人民文学出版社，1980 年。
45. 许学夷著，杜维沫校点：《诗源辨体》，北京：人民文学出版社，1998 年。
46. 王夫之：《清诗话》，上海：上海古籍出版社，1978 年。
47. 王夫之编撰，张国星校点：《古诗评选》，北京：文化艺术出版社，1997 年。
48. 沈德潜：《古诗源》，北京：中华书局，1977 年。
49. 逯钦立：《先秦汉魏晋南北朝诗》，北京：中华书局，1983 年。
50. 刘勰撰，周振甫注：《文心雕龙注释》，北京：人民文学出版社 1981 年。
51. 杨慎：《词品》，上海：上海古籍出版社，2009 年。
52. 萧统编，李善注：《文选》，北京：中华书局，1977 年。
53. 严可均：《全上古三代秦汉三国六朝文》，上海：上海古籍出版社，2012 年。
54. 颜之推撰，王利器集解：《颜氏家训集解》，上海：上海古籍出版社，1980 年。
55. 马国翰：《玉函山房辑佚书》，上海：上海古籍出版社，1996 年。
56. 纪昀纂：《四库全书总目提要》，石家庄：河北人民出版社，2000 年。
57. 欧阳询：《艺文类聚》，上海：上海古籍出版社，1965 年。
58. 李昉：《太平御览》，北京：中华书局，1960 年。
59. 许嵩：《建康实录》，上海：上海古籍出版社，1987 年。
60. 杜佑：《通典》，北京：中华书局，1984 年。

61. 乐史：《太平寰宇记》，北京：中华书局，2000 年。

62. 马昌仪：《古本山海经图说》，济南：山东画报出版社，2001 年。

63. 朱彝尊：《曝书亭集》，长春：吉林文史出版社，2009 年。

64. 章学诚著，严杰，武秀成注：《文史通义全译》，贵阳：贵州人民出版社，1997 年。

65. 赵翼著，王树民校证：《廿二史札记校证》，北京：中华书局，1984 年。

66. 慧皎：《高僧传》，北京：中华书局，1992 年。

67. 赵翼：《陔余丛考》，北京：商务印书馆，1957 年。

68. 皮日休：《皮子文薮》，上海：上海古籍出版社，1981 年。

69. 孙梅：《四六丛话》，北京：人民文学出版社，2010 年。

70. 李兆洛：《骈体文钞》，郑州：中州古籍出版社，1990 年。

71. 皮日休：《皮子文薮》，上海：上海古籍出版社，1981 年。

72. 洪迈：《容斋随笔》，上海：上海古籍出版社，1978 年。

73. 叶适：《习学记言》，北京：中华书局，1977 年。

74. 沈德潜：《说诗晬语》，北京：人民文学出版社，1979 年。

75. 韩愈：《韩愈集》，江苏：凤凰出版社，2007 年。

76. 李商隐：《李义山诗集》，上海：上海古籍出版社，2008 年。

77. 黄庭坚：《山谷集》，长春：吉林出版社，2007 年。

近现代部分

1. 王伊同：《五朝门第》，香港：中文大学出版社，1978 年。

2. 陈寅恪：《金明馆丛稿二编》，上海：上海古籍出版社，1980 年。

3. 唐长孺：《南朝寒人的兴起》，北京：三联书店，1955 年。

4. 唐长孺：《士族的形成和升降》，北京：中华书局，1983 年。

5. 唐长孺：《魏晋南北朝隋唐史三论》，武汉：武汉大学出版社，1993 年。
6. 周一良：《魏晋南北朝史札记》，北京：中华书局，1985 年。
7. 周一良：《魏晋南北朝史论集》，北京：北京大学出版社，1997 年。
8. 毛汉光：《中国中古社会论》，上海：上海书店出版社，2002 年。
9. 蒙思明：《魏晋南北朝的社会》，上海：上海世纪出版集团，2005 年。
10. 田余庆：《东晋门阀政治》，北京：北京大学出版社，2005 年。
11. 唐长孺：《魏晋南北朝史论拾遗。，北京：中华书局 1983 年。
12. 钱穆：《国史大纲》，北京：商务印书局，1996 年。
13. 钱穆：《中国学术思想论丛》，合肥：安徽教育出版社，2004 年。
14. 钱穆：《中国学术思想论丛》，合肥：安徽教育出版社，2004 年。
15. 钱穆：《两汉经学今古文评议》，北京：商务印书馆，2001 年。
16. 缪钺：《读史存稿》，北京：三联书店，1963 年。
17. 田余庆：《秦汉魏晋史探微》，北京：中华书局，2004 年。
18. 唐长孺：《魏晋南北朝史论丛》，北京：三联书店，1955 年。
19. 汤用彤：《汉魏两晋南北朝佛教史》，北京：中华书局，1983 年。
20. 汤用彤：《魏晋玄学论稿》，上海：上海古籍出版社，2001 年。
21. 罗宗强：《玄学与魏晋士人心态》，天津：南开大学出版社，2003 年。
22. 穆克宏：《魏晋南北朝文学史料述略》，北京：中华书局，1997 年。
23. 罗宗强：《魏晋南北朝文学思想史》，北京：中华书局，1996 年。
24. 刘跃进：《中古文学文献学》，南京：江苏古籍出版社，1997 年。
25. 陆侃如：《中古文学系年》，北京：人民文学出版社，1985 年。
26. 袁行霈，孟二冬，丁放：《中国诗学通论》，合肥：安徽教育出版社，1994 年。
27. 褚斌杰：《中国古代文体概论》，北京：北京大学出版社，1984 年。
28. 钱钟书：《谈艺录》，北京：中华书局，1984 年。
29. 钱志熙：《魏晋诗歌艺术原论》，北京：北京大学出版社，1993 年。

30. 刘大杰：《魏晋思想论》，上海：上海古籍出版社，1998 年。
31. 吕思勉：《两晋南北朝史》，上海：上海古籍出版社，1983 年。
32. 卢盛江：《魏晋玄学与中国文学》，南昌：百花洲文艺出版社，2002 年。
33. 刘跃进：《门阀制度与永明文学》，北京：三联书店，1996 年。
34. 吴小如等：《汉魏六朝诗鉴赏辞典》，上海：上海辞书出版社，1992 年。
35. 查屏球：《从游士到儒士——汉唐士风与文风论稿》，上海：复旦大学出版社，2005 年。
36. 胡道静：《中国古代的类书》，北京：中华书局，2005 年。
37. 葛兆光：《中国思想史》，上海：复旦大学出版社，2001 年。
38. 徐旭生：《中国古史的传说时代》，桂林：广西师范大学，2003 年。
39. 郑振铎：《插图本中国文学史》，北京：人民文学出版社，1957 年。
40. 曹道衡，沈玉成：《南北朝文学史》，北京：人民文学出版社，2000 年。
41. 钱钟书：《管锥编》，北京：中华书局，1979 年。
42. 宗白华：《美学散步》，上海：上海人民出版社，1981 年。
43. 丹纳著，傅雷译：《艺术哲学》，天津：天津社会科学院出版社，2004 年。
44. 余英时：《士与中国文化》，上海：上海人民出版社，1996 年。
45. 袁行霈等：《中国古代文学史》，北京：高等教育出版社，2005 年。
46. 穆克宏《昭明文选研究》，北京：人民文学出版社，1998 年。
47. 阎步克：《品位与职位——秦汉魏晋南北朝官阶制度研究》，北京：中华书局，2002 年。
48. 张松辉：《汉魏六朝道教与文学》，长沙：湖南师范大学出版社，1996 年。
49. 曹高峰：《士族逸事》，桂林：广西师范大学出版社，1998 年。
50. 万绳楠整理，陈寅恪：《魏晋南北朝史讲演录》，合肥：黄山书社，1984 年。
51. 田晓菲：《烽火与流星——萧梁王朝的文学与文化》，北京：中华书局，2010 年。

52. 熊礼汇：《先唐散文艺术论》，北京：文化艺术出版社，1999 年。
53. 顾农：《魏晋文章新探》，北京：中国文联出版社，1999 年。
54. 谭家健：《六朝文章新论》，北京：北京燕山出版社，2002 年。
55. 钟涛：《六朝骈文的形式及其文化底蕴》，北京：东方出版社，1996 年。
56. 罗新，叶炜：《新出魏晋南北朝墓志疏证》，北京：中华书局，2004 年。
57. 曹道衡：《中古文学史论文集》，北京：中华书局，1986 年。
58. 詹福瑞：《中古文学理论范畴》，石家庄：河北大学出版社，1997 年。
59. 陈庆元：《中古文学论稿》，天津：天津人民出版社，1992 年。
60. 王瑶：《中古文学史论集》，上海：上海古籍出版社，1982 年。
61. 刘跃进：《玉台新咏研究》，北京：中华书局，2000 年。
62. 曹道衡，刘跃进：《南北朝文学编年史》，北京：人民文学出版社，2000 年。
63. 吕思勉：《读史札记》，上海：上海古籍出版社，2005 年。
64. 曹道衡，傅刚：《萧统评传》，南京：南京大学出版社，2001 年。
65. 王志民，张富祥：《齐鲁文化通史》，北京：中华书局，2004 年。
66. 王志民：《齐文化论稿》，济南：山东大学出版社 1995 年。
67. 王志民：《齐鲁文化概说》，济南：山东文艺出版社 2004 年。
68. 王琳：《山东分体文学史》（散文卷），济南：齐鲁书社，2002 年。
69. 马昌仪：《古本山海经图说》，济南：山东画报出版社，2001 年。
70. 谭其骧：《简明中国历史地图集・西周时期图说》，北京：中国地图出版社，1991 年。
71. 姚维：《才性之辨》，北京：人民出版社，2007 年。
72. 方师铎：《传统文学与类书之关系》，天津：天津古籍出版社，1986 年。
73. 张褒全：《玉台新咏译注》，桂林：广西师范大学出版社，2007 年。
74. 胡大雷：《〈文选〉编纂研究》，桂林：广西师范大学出版社，2009 年。
75. 方立天：《魏晋南北朝佛教论丛》，北京：中华书局，1982 年。

76. 秦跃宇:《六朝士大夫玄儒兼治研究》,扬州:广陵书社,2001 年。
77. 张自慧:《礼文化的价值与反思》,上海:学林出版社,2008 年。
78. 田汉云:《六朝经学与玄学》,南京:南京出版社,2003 年。
79. 程章灿:《世族与六朝文学》,哈尔滨:黑龙江教育出版社,1998 年。
80. 刘焕阳:《宋代晁氏家族及其文献研究》,济南:齐鲁书社,2004 年。
81. 王永平:《六朝江东世族之家风家学研究》,南京:江苏古籍出版社,2003 年。
82. 夏炎:《中古世家大族清河崔氏研究》,天津:天津古籍出版社,2004 年。
83. 曹道衡:《兰陵萧氏与南朝文学》,北京:中华书局,2004 年。
84. 李伯齐:《簪缨世家琅邪王氏家族》,济南:山东文艺出版社,2004 年。
85. 唐燮军:《六朝吴兴沈氏及其宗族文化研究》,台北:文津出版社,2006 年。
86. 胡阿祥:《魏晋本土文学地理研究》,南京:南京大学出版社,2001 年。
87. 石观海:《宫体诗派研究》,武汉:武汉大学出版社,2003 年。
88. 胡大雷:《宫体诗研究》,北京:商务印书馆,2004 年。
89. 归青:《南朝宫体诗研究》,上海:上海古籍出版社,2006 年。
90. 冈村繁:《冈村繁全集》,上海:上海古籍出版社,2002 年。
91. [日] 川胜义雄:《六朝贵族制社会の研究》,岩波书店,1982 年。
92. [日] 越智重明:《魏晋南朝の贵族制》,研文社,1982 年。
93. [日] 中村圭尔:《六朝贵族制研究》风间书房,1987 年。
94. [日] 谷川道雄,李济沧译:《隋唐帝国形成史》论,上海:上海古籍出版社,2004 年。
95. [日] 谷川道雄,马彪译:《中国中世社会与共同体》,北京:中华书局,2002 年。
96. [日] 川胜义雄,砺波护:《中国贵族制社会の研究》,同朋舍,1987 年。

后　记

时间都到哪里去了？屈指算来，对于徐陵及其家族的研究已经走过了整整十五个春秋。

2006 年，已过不惑之年的我再次做起了学生，成为一名老博士新生。当时家族研究是学术研究的热点，在导师王志民先生的指导下，我确定了博士论文选题：南朝东海徐氏家族文化与文学研究，自此我开始了对于南朝东海徐氏家族历史文化的追寻与探究。与孔氏家族、颜氏家族、琅琊王氏等家族不同，虽然徐氏家族也是一个有着悠久历史的大家族，但学界对于徐氏家族却置笔不多。然而，当徐徐然拨开历史的面纱，我发现这是一个非常有吸引力的家族，家族文化积淀深厚，家族人物丰满生动，他们常常令我感慨、动容，推动我前行。值得一提的是，当时虽已博士入学，但并未脱产，依然承担着繁重的教学工作。见缝插针，熬夜蓖麻，四年以后我顺利完成了博士论文：《南朝东海徐氏家族文化与文学研究》，于 2010 年如期毕业。

巧合的是，也是在 2010 年，由教育部人文社会科学重点研究基地山东师范大学齐鲁文化研究中心组织主办的重大项目《山东文化世家研究书系》（28 种）正式启动，我有幸被邀，承担了东海徐氏家族文化的写作工作。又是一个紧张忙碌的四年，我在前期研究的基础上继续爬梳考证，2013 年底终于完成了 44 万字的《南朝东海徐氏家族文化研究》的写作工作。《书系》由中华书局出版发行，在当时影响颇大，包括《光明日报》在内的各大报刊纷纷进行宣传。《南朝东海徐氏家族文化研究》也多次被《齐鲁晚报》、《山东商报》、《齐鲁乡情》、东海徐氏宗亲网等报道。2015年，《书系》获得山东省第二十九次社会科学优秀成果重大成果奖及一等奖，本著《南朝东海徐氏家族文化研究》也获得了同等的荣誉和奖励。

或许是执着或许是执拗，或是二者兼而有之，自从踏上这一领域，我便初心不改，十五年来，一直踽踽独行于斯。教学之余，我把兴趣放在了对于徐氏家族文化特别是徐氏家族重要人物的研究上面。我生性愚钝，虽然十多年来，孜孜以求、专心致志，甚至宵衣旰食、焚膏继晷，但却收获甚少。让我些许欣慰的是，除了完成了上述《南朝东海徐氏家族文化研究》一书，我还申请了山东省社会科学规划研究项目《徐陵诗文渊源与接受史研究》；完成了近十篇关于徐氏家族研究的学术论文，其中《论徐勉对萧统〈文选〉编纂的影响》、《〈华林遍略〉对中国古代类书编纂的影响》、《徐摛与梁代宫体诗的兴盛》、《徐陵、庾信创作差异及其个性投影》等被《文学遗产》、《图书情报工作》、《齐鲁学刊》、《求是学刊》等权威CSSCI期刊收录。而《论徐勉对萧统〈文选〉编纂的影响》更获得了山东省第二十八次社会科学优秀成果三等奖，成果得到了学界的认可。

徐陵是徐氏家族中最重要的代表人物之一，其为人“令德可甄”，其为官“业高名辈”，其为文“文曰词宗”，被史家比作“凤”、“麒麟”、“颜回”，在当时其地位何其高也，在后世其影响何其远也，但至今没有一部关于徐陵研究的著作问世。在家族研究过程中，我愈加觉得徐陵的重要，更是想在徐陵研究方面做些事情，但总觉能力有限，再加上教学任务繁重，所以一直推宕拖延，迟迟未能下笔。今年年初，趁着寒假，我终于下定决心，再次收拾材料，收拾心情，抛却各种顾虑、担心、彷徨，开始专心写作。我想以己之粗陋愚笨，能在徐氏家族研究的田野里种上几棵梧桐树，引来世贤英哲这些金凤凰，那我的目的就达到了。

时光如白驹过隙，转瞬已近年底，付梓在即，我百感交集。十五年来，在徐氏家族研究的领域，虽然收获甚微，但我却得到了太多的指导、帮助、关心、支持和鼓励，借此机会真诚表达我的感谢！我深知言难尽意，我将把这一切美好深藏心底，永远铭记。

2021 年 10 月于泉城

刘宝春